Kerstmis in

Jenny Colgan

Kerstmis in het Cupcake Café

Het Cupcake Café 2

Vertaald door Josee Koning

UITGEVERIJ LUITINGH–SIJTHOFF

Het recept aan het begin van hoofdstuk 20 en de cupcaketips aan het einde van het boek komen uit *Het Cupcake Café* en zijn vertaald door Anna Visser.

Eerste druk, oktober 2022
Tweede druk, januari 2023

© 2012 Jenny Colgan
All rights reserved
© 2022 Nederlandse vertaling
Uitgeverij Luitingh-Sijthoff bv, Amsterdam
Alle rechten voorbehouden
Oorspronkelijke titel *Christmas at the Cupcake Café*
Vertaling Josee Koning (VOF De Taalscholver)
Omslagontwerp Studio Marlies Visser
Omslagbeeldillustratie © Anke Knapper
Opmaak binnenwerk Crius Group, Hulshout

ISBN 978 90 245 9186 2
ISBN 978 90 245 9857 1 (e-book)
ISBN 978 90 245 9858 8 (luisterboek)
NUR 302

www.lsamsterdam.nl
www.boekenwereld.com

Uitgeverij Luitingh-Sijthoff vindt het belangrijk om op milieuvriendelijke en verantwoorde wijze met natuurlijke bronnen om te gaan. Bij de productie van dit boek is daarom gebruikgemaakt van papier waarvan het zeker is dat de productie niet tot bosvernietiging heeft geleid.

Voor iedereen die nog steeds een mince pie voor de Kerstman neerlegt (en een wortel voor het rendier).

Een woord vooraf van Jenny

Hallo! *Het Cupcake Café* was weliswaar al mijn dertiende roman, maar toch vond ik het een stuk lastiger om dat boek los te laten dan flink wat andere. Misschien kwam dat doordat het 't langste boek was dat ik ooit heb geschreven. Ik was enorm aan de personages gehecht geraakt. En toen het af was, merkte ik dat ik in kerststemming kwam – ik ben dol op de kerst. Ik begon aan mijn kerstcake, bakte mince pies en – ja, ik besef heel goed dat dit volslagen belachelijk klinkt – ik vroeg me af hoe Issy ze zou maken. Dus bedacht ik dat ik ze maar beter kon opschrijven. Als je de recepten leuk vindt, is het sowieso wel fijn om er voor deze tijd van het jaar een aantal bij elkaar te hebben. Voor het geval je net begint, hebben we ook het briljante cupcake-basisrecept van de Caked Crusader nog een keer afgedrukt. (Ik zeg het maar even, om teleurstelling te voor-komen...)

Nu lees ik zelf graag series, dus is het best gek dat ik nog nooit een vervolg heb geschreven. Nou ja, er zijn ook wel aspecten die ik er minder prettig aan vind. Daarom heb ik geprobeerd alinea's te vermijden in de trant van: 'Jane liep de kamer binnen. "Hé, Jane!" zei Peter. "Hoe gaat het toch met je sinds je schipbreuk leed en werd gedwongen mensenvlees te eten, tot je werd opgepikt door een dolfijn die je een lift naar huis gaf, waar je trouwde met je grote liefde, die toch niet je broer bleek te zijn?" "O, prima," zei Jane.'

Anderzijds heb ik geprobeerd niet in het andere uiterste te vervallen, waarbij je echt álles zelf moet onthouden (toe nou, we hebben het allemaal druk!), als in '"Dit is nog erger dan Bermuda," brieste Jane, en ze smeet haar kunstbeen door de kamer.'

Zo niet dus. In plaats van iedereen in het verhaal te prakken, geef ik nu even een overzicht. (En trouwens, welkom, als je dit je eerste Cupcake Café-boek is!)

Issy Randall raakte haar baan bij een makelaardij kwijt en besteedde haar ontslagvergoeding aan het openen van het Cupcake Café in Stoke Newington, een gemengd, dorps deel van Londen. (Haar opa, **Joe**, was bakker in Manchester en zelf was ze altijd al dol op bakken. Daarom besloot ze er haar werk van te maken.)

Ze nam **Pearl McGregor** aan – die haar zoontje **Louis** zo ongeveer in haar eentje opvoedt, al komt zijn vader, **Benjamin Kmbota**, zo nu en dan in beeld –, en ook **Caroline**, die van haar rijke echtgenoot aan het scheiden is. En Issy verbrak haar relatie met haar vriendje en baas, **Graeme**, een akelige vent, en begon iets met **Austin Tyler**, de plaatselijke bankmanager, die na de dood van hun ouders zijn broertje **Darny** opvoedt. Austin kreeg een nieuwe baan in het buitenland aangeboden, maar dat liep vertraging op. Het is nu een jaar na het vorige boek, als dat een beetje te volgen is. Hoe dan ook, Louis is nu vier en zit in groep 1, Darny is elf en brugsmurf, en Issy's beste vriendin, verpleegkundige **Helena**, heeft een kind met haar vriend, **Ashok**, die arts is.

Dus hopelijk zijn we nu allemaal weer bij!

Met oprechte dank aan BBC Books en Delia Smith dat ik haar recept mag gebruiken. En ook dank aan The Little Loaf voor het recept in hoofdstuk 15. Meer recepten vind je op thelittleloaf.wordpress.com

Als je een of meer recepten uitprobeert, horen we het graag op facebook.com/jennycolganbooks, of stuur een tweet naar @jennycolgan.

Tot slot wens ik je van harte een heerlijke kerst.

Met warme groet,
Jenny

Noot van de auteur

Ik heb alle recepten in het boek met succes zelf uitgeprobeerd, vele ervan herhaaldelijk, en inhalig. Als je tijd hebt om de kerstcake ruim vier weken van tevoren te maken, maakt dat een wereld van verschil!

NB: hoogtekoekjes zijn te land echt heel, héél zoet.

Zittend onder de maretak
(Lichtgroen, magische maretak),
Flikkert een laatste kaars nog zwak,
Vermoeide dansers zijn verdwenen,
Na door één vlam te zijn beschenen,
Schaduwen kruipen dichterbij:
Iemand kwam en kuste mij.

Walter de la Mare, 'Mistletoe'

1

Peperkoek

Dit recept is niet bedoeld voor peperkoekpoppetjes, die hard en knapperig moeten blijven. Daar bestaat een koekrecept voor. Het is ook geen recept voor peperkoekhuisjes, tenzij je heel veel tijd hebt en (laten we het netjes zeggen) een beetje een uitslover bent die haar baksels liever laat bewonderen dan opeten. Nee, dit is ouderwets zachte, plakkerige peperkoek. Het kost niet veel tijd om te maken, maar je zult blij zijn dat je het hebt gedaan.

NB: Bestrijk de beslagkom met olie voordat je er stroop in giet. Anders krijg je ruzie met je vaatwasmachine.

50 gram witte suiker
50 gram bruine suiker
120 gram boter
1 ei
180 ml stroop
300 gram zelfrijzend bakmeel
1 theelepel bakpoeder
1 theelepel kaneelpoeder
1 eetlepel gemberpoeder (of iets meer als je dat lekker vindt)
½ theelepel kruidnagelpoeder (ik heb er een hele kruidnagel in
    gedaan voor de gelukkige vinder)
½ theelepel zout
60 ml warm water

Verwarm de oven voor op 175°C/gasoven stand 3. Vet een langwerpige of vierkante bakvorm in.

Mix suiker en boter door elkaar (je kunt dit beslag geheel in de keukenmachine bereiden) en doe daarna het ei en de stroop erbij.

Meng de specerijen, het bakpoeder, de bloem en het zout. Spatel door het natte beslag. Doe het water erbij. Giet het dan in de bakvorm en bak gedurende 45 minuten in de oven.

Je kunt er poedersuiker over strooien of een suikerglazuur maken. Maar je kunt hem ook gewoon snijden zoals hij uit de oven komt – echte, verrukkelijke peperkoek voor de kerst. Deel gul uit aan mensen die je graag mag.

De geur van kaneel, sinaasappelschil en gember hing in de lucht, met een zware ondertoon van koffie. Buiten sloeg de regen hard tegen de ramen van de lichtgroen geschilderde gevel van het Cupcake Café, dat verstopt lag aan een klein grijs pleintje met kinderkopjes, naast een ijzerwarenhandel en een omheinde boom die er op deze gure middag kouwelijk en kaal uitzag.

Issy zette verse cupcakes met kastanjepuree neer die ze had versierd met kleine groene blaadjes, slaakte een diepe, innig tevreden zucht en vroeg zich af of het nog te vroeg was om haar *Silver Bells*-cd op te zetten. Het weer was een groot deel van deze novembermaand opmerkelijk zacht geweest, maar nu sloeg de winter echt toe.

Klanten die door de storm naar binnen werden geblazen, zagen er verslagen en verwaaid uit. Ze smeten hun paraplu's in de mand naast de voordeur (er werden er veel vergeten en Pearl had al gezegd dat ze altijd nog een handeltje in tweedehands paraplu's konden beginnen als ze in financiële problemen kwamen) en worstelden zich halverwege het café uit hun jas. Op dat punt aangekomen bereikte de warme geur hun neusgaten. En Issy zag wat dat met hen deed: in de knusse sfeer van het café begonnen hun tegen de regen opgetrokken schouders langzaam te zakken; hun angstig verkrampte, Londense gezichten ontspanden en met een zweem van een glimlach naderden ze de ouderwetse glazen vitrine waar het dagelijkse aanbod van lekkers te zien was: hoog opgetaste cupcakes met het beste boterglazuur, die elke week anders waren, afhankelijk van wat Issy in haar hoofd had, of ze was getipt over de beste vanillepeulen, of ze een speciale aanbieding met rozenbottels had gekregen, of omdat ze een beetje uit haar dak was gegaan met hazelnootschuim. Op de achtergrond siste de stampende, oranje joekel van een espressoapparaat (de kleur vloekte vreselijk met de zachte groen- en grijstinten en bloemetjesmotieven van het café zelf, maar ze hadden het goedkoop op de kop getikt en het werkte perfect), de kleine open haard brandde vrolijk (Issy had liever hout gestookt, maar dat mocht niet, dus brandde hij op gas), je kon de kranten lezen en er stonden boeken op de boekenplanken, er was wifi en je kon wegkruipen in knusse nisjes en hoekjes, maar ook was er een lange tafel waaraan moeders met hun kinderen in buggy's konden plaatsnemen zonder meteen iedereen in de weg te zitten.

Mensen namen glimlachend de tijd om hun keuze te maken. Issy vertelde altijd graag wat ze allemaal hadden, wat erin zat: over hoe ze de aardbeien plette en ze dan op siroop liet staan voor de kleine aardbeientaartjes die ze 's zomers aanboden; of over de bosbessen die ze graag heel liet in de cupcake met zomerfruit; of ze liet, zoals nu, klanten aan haar verse lading kruidnagels ruiken. Pearl liet mensen gewoon kiezen. Ze moesten wel opletten of Caroline genoeg had geslapen, anders wilde ze nog wel eens ongeduldig worden en opmerkingen maken over de hoeveelheid calorieën in elke lekkernij. Daar kon Issy erg boos om worden.

'Het "c"-woord is in deze winkel niet toegestaan,' had ze gezegd. 'Mensen komen hier niet om zich schuldig te voelen. Ze willen ontspannen, even tijd voor zichzelf vrijmaken, ergens gaan bijpraten met hun vrienden. Dan zitten ze er niet op te wachten dat jij ze loopt door te zagen over verzadigde vetten.'

'Ik probeer alleen maar te helpen,' zei Caroline. 'De economie zit in zwaar weer. Ik weet hoeveel belasting mijn ex ontduikt. Ik zeg alleen maar dat er straks geen geld is voor hartbewaking.'

Pearl kwam de trap op met een nieuwe voorraad peperkoekpoppetjes. De eerste lading was in een mum van tijd soldaat gemaakt door kinderen die na schooltijd binnen waren gekomen en verrukt waren over hun kleine strikjes en bange gezichtjes. Ze zag dat Issy een tikje dromerig stond te kijken terwijl ze een man met een dikke buik, een rode jas en een witte baard twee kaneelbroodjes en een dampende latte serveerde.

'Geen denken aan,' zei ze.

'Waaraan?' vroeg Issy met schuldbewuste blik.

'Aan beginnen met die hele kerstzooi. Dat is niet de Kerstman.'

'Ik zou best de Kerstman kunnen zijn,' protesteerde de oude man. 'Hoe weet jij dat nou?'

'Omdat je het nu veel te druk zou hebben om koffie te drinken,' zei Pearl, die haar aandacht weer op haar baas richtte.

Issy's blik dwaalde af naar de glazen pot met zuurstokken die op de een of andere manier naast de kassa terecht waren gekomen.

'Het is november!' zei Pearl. 'Weet je dan niet meer dat we nog maar pas onze Guy Fawkes-cupcakes hebben verkocht? En ik zal je er maar niet aan herinneren hoeveel tijd het me na Halloween heeft gekost om al die spinrag weer weg te krijgen.'

'Misschien hadden we dat moeten laten hangen, bij wijze

van nepsneeuw?' vroeg Issy zich hardop af.

'Nee,' zei Pearl. 'Het is belachelijk. Die feestdagen nemen ontzettend veel tijd in beslag en iedereen krijgt er genoeg van. Ze zijn vreselijk overdreven en misplaatst.'

'Bah, nonsens,' zei Issy, even sarcastisch als Scrooge, maar Pearl weigerde haar slechte humeur op te geven.

'En het is voor iedereen een moeilijk jaar,' zei Caroline. 'Ik heb Hermia verteld dat de pony er misschien uit moet als haar vader zijn ideeën niet bijstelt.'

'Waar moet hij dan naartoe?' vroeg Pearl.

'Naar de eeuwige jachtvelden,' zei Caroline zonder aarzeling. 'Ondertussen gaat meneer naar Antigua. Antigua! Heeft hij mij ooit meegenomen naar Antigua? Nee. En je weet hoe Antigua is,' zei ze tegen Pearl.

'Waarom zou ik?' vroeg Pearl.

Issy kwam snel tussenbeide. Caroline was een goede, efficiënte werker, maar sinds haar man bij haar was weggegaan kon ze erg gevoelloos zijn, en nu probeerde hij ook nog te snijden in haar alimentatie. Caroline had eigenlijk altijd een luizenleventje geleid. Dat ze nu moest werken en met gewone mensen omging, zag ze nog steeds als een hilarische noviteit.

'Nou, we zitten bijna in de laatste week van november,' zei Issy. 'Iedereen heeft een kerstmuts op, draait "Jingle Bells" en serveert koffie in rode bekers. Je kunt echt beter niet in Londen zijn als je aan Kerstmis wilt ontsnappen. Deze stad doet de meest fantastisch kerst ter wereld, en ik wil dat wij daaraan meedoen.'

'Ho ho ho,' zei de dikke man met de witte baard. Ze keken hem aan en toen elkaar.

'Hé, kappen nou,' zei Pearl.

'Nee, doe maar niet!' zei Issy. Ze was dit jaar zo opgewonden over de kersttijd; er was zoveel te vieren. Ze zouden niet bepaald rijk worden van het Cupcake Café, maar ze hielden wel het hoofd boven water. Haar beste vriendin Helena en haar vriend Ashok zouden langskomen met Chadani Imelda, hun levendige (zeg maar gerust zéér energieke) dreumes, en misschien zou Issy's moeder ook komen. De laatste keer dat Issy iets van Marian had gehoord, in september, had ze op een Grieks eiland gewoond waar ze op dat moment goed verdiende met yogales geven aan vrouwen die deden alsof ze in *Mamma Mia* zaten. Marian was een vrije geest, wat weliswaar erg romantisch klonk, maar haar als moeder niet altijd bijster betrouwbaar maakte.

En dan had je natuurlijk Austin, Issy's adembenemend knappe, verstrooide vriend, met zijn niet bij elkaar passende sokken en intense blik. Austin had weerbarstige krullen en grijze ogen. Hij had de gewoonte zijn bril met schildpadmontuur vaak op en af te zetten als hij nadacht. Issy's hart ging al tekeer als ze aan hem dacht.

De deurklingel luidde een nieuwe stroom klanten in, jonge vrouwen die wilden bijkomen van wat eerste kerstinkopen. Hun tassen puilden uit van de slingers en handgemaakte voorwerpen die ze bij de kleine winkeltjes in de plaatselijke hoofdstraat hadden gekocht. Met hun rode wangen en natte haren brachten ze de kou mee in een uitbundige dans van uitgeschudde parka's en afgewikkelde sjaals. Misschien gewoon snel een sliert kerstlichtjes boven de koffiemachine ophangen, dacht Issy. Kerstmis in Londen. De mooiste kerst van de hele wereld.

Kerstmis in New York, dacht Austin, terwijl hij verbluft om zich heen keek. Het was echt bijzonder; even dramatisch als iedereen zei dat het was. Er viel al wat sneeuw en elke etalage plaatste volkomen overdreven kersttaferelen en luxegoederen voor het voetlicht. Radio City Music Hall had een boom die verscheidene verdiepingen hoog reikte en kondigde een optreden aan van een groep die de Rockettes heette – hij had het gevoel alsof hij door de tijd was gezakt en in een film uit de jaren vijftig terecht was gekomen.

Hij kon er niets aan doen; hij vond het geweldig. New York gaf hem het gevoel dat hij weer kind was, al was hij hier wel degelijk met een volwassen opdracht. Het was zo spannend. Zijn bank had hem hierheen gestuurd om 'ideeën uit te wisselen', nadat het Amerikaanse kantoor blijkbaar had gevraagd om iemand die kalm bleef en geen gebakken lucht verkocht. Zo te horen was New York de dolgedraaide, risico nemende bankiers zat en was men nu wanhopig op zoek naar iemand die redelijk nuchter was en de boel bij elkaar kon houden. Austin was niet bijster efficiënt en had weinig geduld met de administratieve kant van zijn werk, maar hij verstrekte zelden leningen die niet werden afgelost en zag altijd goed wie het waard was om een risico mee te nemen (Issy was absoluut een van die mensen geweest) en wie in het nieuwste management-jargon luchtkastelen beschreef. Hij was een veilig paar handen in een financiële wereld die blijkbaar volledig was doorgedraaid.

Issy had hem helpen inpakken, omdat je er anders niet van moest uitgaan dat zijn sokken bij elkaar zouden passen. Ze had hem een kus op zijn voorhoofd gegeven.

'Dus jij komt terug met een hoofd vol geweldige New Yorkse kennis, zodat iedereen nederig voor jou moet buigen en ze je uitroepen tot koning van de bank.'

'Ik geloof niet dat ze koningen hebben. Misschien ook wel. Ik bevind me nog niet op die duizelingwekkende hoogten. Als het zo is, wil ik een gigantische kroon.'

'En zo'n paalachtig ding, om mee te meppen.'

'Zijn ze dáárvoor bedoeld?'

'Ik zou niet weten wat het voor zin heeft om koning te

zijn als je niet mag meppen,' zei Issy.

'Jij hebt altijd gelijk,' zei Austin. 'Ik zal ook om imitatiehermelijn vragen.'

Ze had zachtjes in zijn neus geknepen.

'Wat ben jij een wijze en hoffelijke koning. Moet je mij zien!' zei ze. 'Niet te geloven dat ik sokken voor je sta te vouwen. Het lijkt wel of ik je naar kostschool stuur.'

'O, ben jij dan mijn waanzinnig strenge directrice?' vroeg Austin plagerig.

'Heb jij vandaag iets met meppen, of hoe zit het? Heb ik al die tijd moeten wachten voordat ik je van je smerige, perverse kant te zien kreeg?'

'Jij begon ermee, geilaard.'

Ze had hem naar het vliegveld gebracht. 'Als je terugkomt, is het al bijna Kerstmis!'

Austin glimlachte. 'Vind je het echt niet vervelend om weer hetzelfde te doen als vorig jaar? Eerlijk zeggen!'

'Eerlijk zeggen?' vroeg Issy. 'Eerlijk gezegd was vorig jaar de fijnste kerst die ik ooit heb meegemaakt.'

En ze had het gemeend, ook. De eerste keer dat Issy's moeder was weggegaan – althans, de eerste keer die ze zich duidelijk herinnerde zonder alle keren door elkaar te halen – was ze zeven en schreef ze een brief aan de Kerstman, waarbij ze goed op haar spelling lette.

Haar moeder had over haar schouder gekeken. Ze had een van haar moeilijkere buien, die gepaard gingen met veel geklaag over het weer in Manchester, donkere avonden en die verrekte vallende blaadjes. Joe, Issy's opa, en zij hadden een blik van verstandhouding gewisseld terwijl Marian als een gekooide tijger heen en weer liep en toen bleef staan om naar Issy's verlanglijstje te kijken.

'Mijn eigen spuitzak? Wat moet jij nou met een spuitzak?' Haar moeder had geen belangstelling voor bakken en besteedde relatief weinig aandacht aan eten, tenzij het om taugé of tofu ging – in het Manchester van de jaren tachtig was aan geen van beide makkelijk te komen – of om een andere bevlieging waar ze over had gelezen in een van de slecht opgemaakte pamfletten waar ze op geabonneerd was.

Issy legde het geduldig uit: 'Ik wil mijn eigen spuitzak, want ik mag die van opa niet gebruiken.'

'Die is te groot, en je maakte er steeds scheuren in,' bromde opa Joe, maar toen knipoogde hij naar Issy om te laten merken dat hij niet echt boos was. 'Dat butterscotch-glazuur dat je hebt gemaakt was trouwens behoorlijk goed, meiske.'

Issy straalde van trots.

Marians blik gleed naar beneden. 'My Little Pony-oven-wanten... Schattebout, ik denk niet dat ze die maken.'

'Dat zouden ze wel moeten doen,' zei Issy.

'Roze beslagkom... Girl's World... wat is dat?'

'Dat is een hoofd van een pop om make-up op te oefe-nen.' Issy had de andere meisjes in haar klas erover horen praten. Die kregen ze allemaal. Ze had niemand over een beslagkom gehoord. Daarom had ze besloten dat ze maar beter kon meedoen.

'Breng je make-up aan op een plastic hoofd?' vroeg Marian, die zelf een prachtige huid had en nog nooit van haar leven make-up had gebruikt. 'Waarom? Zodat ze er als een slet uitziet?'

Issy schudde licht blozend haar hoofd.

'Vrouwen hebben geen make-up nodig,' zei Marian. 'Dat is alleen maar om mannen een plezier te doen. Jij bent precies goed zoals je bent, begrijp je dat? Het gaat om wat hierín zit.' Ze tikte vinnig tegen Issy's slaap. 'God, wat een afgrijselijk land is dit toch. Stel je voor, ze verkopen make-up aan kleine kinderen.'

'Ik zie er niet echt kwaad in,' suste opa Joe. 'En het is tenminste speelgoed. De rest is allemaal bakgerei.'

'O god, het zijn allemaal weer spullen,' zei Marian. 'De commercialisatie van Kerstmis is walgelijk. Ik word er gek van. Al die mensen die zich verdomme volvreten tot ze er ziek van worden en proberen te doen alsof ze zo'n geweldig hechte familie hebben, terwijl iedereen weet dat het allemaal gelogen is en dat we door Thatcher worden onderdrukt en dat de bom elk moment kan...'

Opa Joe wierp haar een waarschuwende blik toe. Issy raakte erg van streek als Marian over de bom begon en zei dat ze haar mee wilde nemen naar Greenham Common, of als ze haar dwong om haar CND-button naar school te dragen. Toen ging hij rustig door met boter smeren op de boterhammen die ze bij hun knollensoep aten. (Marian stond erop om zeer eenvoudige groenten te eten; opa Joe zorgde voor suiker en koolhydraten. Als je beide uitersten meenam, was het een evenwichtig dieet.)

Issy nam uiteindelijk niet de moeite om de brief te sturen. Ze zette er niet eens haar naam onder, die destijds een hartje boven de 'I' had, omdat al haar vriendinnen dat deden.

Twee dagen later was Marian vertrokken. Ze had Issy een brief geschreven.

Schattebout van me, ik moet de zon op mijn gezicht voelen, anders krijg ik geen adem. Ik wilde je meenemen, maar Joe zegt dat je je school harder nodig hebt dan de zon. Aangezien ik zelf op mijn veertiende van school ben gegaan, zie ik het nut niet zo, maar voorlopig is het maar het beste om te doen wat hij zegt. Ik wens je een heel fijne kerst, snoezepoes, en zie je snel.

Naast de kaart stond een splinternieuwe, niet-ingepakte Girl's World in een glimmende doos.

Toen ze ouder werd, begon Issy te beseffen dat het voor haar moeder een hele opoffering moest zijn geweest – die meer van haar vergde dan geld – om hem te kopen, maar op dat moment voelde het niet zo. Ondanks de pogingen die haar opa deed om haar erin te interesseren, liet ze de doos ongeopend in de hoek van haar kamer staan zonder er ooit mee te spelen.

Ze werden op kerstochtend allebei al vroeg wakker, Joe uit gewoonte, Issy uit een soort opwinding, al was ze zich ervan bewust dat andere kinderen met hun mammie, en waarschijnlijk ook hun pappie, wakker zouden worden. Het brak Joe's hart om te zien hoezeer ze haar best deed om het niet erg te vinden, en toen ze haar nieuwe beslagkom uitpakte, en haar schattige kleine kluts, allemaal kindermaatjes, en de allerkleinste gebakjespannetjes die hij kon vinden, en ze pannenkoeken bakten voordat ze op kerstochtend naar de kerk liepen en hun vele vrienden en buren gedag zeiden, brak zijn hart opnieuw om te zien dat ze het ergens echt niet erg vond; dat ze er zelfs als klein meisje al aan gewend was om in de steek gelaten te worden door degene die er het meest voor haar zou moeten zijn.

Ze keek met glinsterende ogen naar hem op terwijl ze een pannenkoek in de pan omdraaide.

'Gelukkig kerstfeest, meiske,' had hij gezegd, en hij had zacht een kus op haar hoofd gedrukt. 'Gelukkig kerstfeest.'

Austin had zijn eigen redenen om een hekel te hebben aan Kerstmis. Sinds de eerste kerst na de dood van hun ouders, had hij domweg niet meer de moeite genomen. Die dag had de nog piepjonge Darny niet gehuild, niet gegild en niet gezeurd; hij had alleen stil en verbijsterd zitten kijken naar de belachelijke hoeveelheid cadeaus in de hoek van de kamer – afkomstig van iedereen die hij ooit had ontmoet. Hij had geen enkel pakje open willen maken en Austin had hem dat niet kwalijk genomen. Uiteindelijk hadden ze de stekker van de telefoon eruit getrokken (nadat Austin een eindeloze stroom uitnodigingen had afgeslagen, want iedereen belde om hen te overstelpen met medelijden, wat ondraaglijk was) en waren ze weer naar bed gegaan om op de computer *Transformers* te kijken en chips te eten. Op de een of andere manier paste het kijken naar belachelijk grote machinerobots die alles kort en klein sloegen nog het beste bij hun stemming, en sindsdien hadden ze elk jaar iets soortgelijks gedaan.

Maar vorig jaar was zijn relatie met Issy nog heel pril geweest en waren ze volkomen in elkaar opgegaan, wat spannend was geweest. Hij had een eeuwigheid lopen denken over wat hij haar zou geven, en ze was er ontzettend blij mee geweest: een uitgaansjurk uit haar favoriete vintagewinkeltje in Stoke Newington en een chic paar schoenen waar ze niet op kon lopen. Vreemd genoeg ging het niet eens zozeer om het feit dat hij ze had gekocht, maar om wat ze symboliseerden: samen uitgaan en lol maken, een schaars goed als je alleen maar aan het werk was.

'Ik dacht dat je me een schortje zou geven,' had ze gezegd terwijl ze de blauwe jurk aantrok die haar ogen fel blauwgroen kleurde en haar perfect paste. 'Of een mixer of zo. Dat doet iedereen! Als ik nog één cupcake-pot krijg, ga ik ze in de winkel verkopen.'

En onder in de tas, gekocht van zijn bonus – als hij zich niet vergiste, was hij afgelopen jaar de enige bij de bank geweest die een bonus kreeg – een paar kleine, prachtig geslepen diamanten oorbellen. Haar ogen waren groot geworden en ze was sprakeloos geweest.

Sindsdien had ze ze elke dag gedragen.

En ze hadden Darny vreselijk verwend met spelletjes (Austin) en boeken (Issy), in hun pyjama televisiegekeken en om elf uur genoten van gerookte zalm met champagne.

Het was zulk afgrijselijk weer geweest dat niemand voorstelde om een wandeling te maken. En Issy had een heerlijke lunch bereid...

Issy had... ze had ervoor gezorgd dat de kerst weer klopte. Ze had het leuk gemaakt, had er hún kerst van gemaakt. Ze had niet geprobeerd om het op te leuken, of om hen te dwingen gezelschapsspelletjes te spelen, rare mutsen te dragen, mee naar de kerk te gaan of een lange wandeling te maken, zoals de tantes zouden hebben gedaan. Ze had alle begrip en respect voor hun recht om de hele dag in hun pyjama naar *Transformers* te kijken en had er gewoon lief bij gezeten terwijl ze dat deden.

'Ik kan niet wachten tot het kerst is,' zei Austin op het vliegveld. 'Maar ik zou willen dat je naar New York kwam.'

'Ooit,' zei Issy, die bijna niets liever wilde. 'Ga jij maar slim en indrukwekkend zijn en laat hen allemaal steil achteroverslaan, als je daarna maar meteen naar huis komt.'

En nu was hij hier in hartje Manhattan, terwijl Darny en Issy in Londen waren. Een jaar geleden had hij er niet over gepiekerd om zijn koppige, hyperintelligente, supersluwe elfjarige broertje bij iemand anders dan een interventie-eenheid en een team dierenartsen met verdovingsgeweren achter te laten. Dat zou volkomen idioot zijn geweest. Sinds de dood van hun ouders door een ongeluk was Darny van school naar school gestuiterd en was hij steeds zijn grote broer te vlug af geweest. Austin was meteen met zijn studie gestopt en had een baantje bij een bank aangenomen om een dak boven hun hoofd te kunnen houden en te voorkomen dat zijn broertje door Jeugdzorg of een breed front aan goedbedoelende tantes zou worden weggehaald. Darny was hier niet uitgesproken dankbaar voor geweest.

Maar nadat Darny onuitstaanbaar was geweest tegen al Austins andere vriendinnen – meisjes die met dwepende blik naar de lange, knappe Austin hadden opgekeken en kirrende geluidjes tegen het kleine broertje hadden gemaakt, iets waar Darny kotsneigingen van kreeg – vond hij Issy echt vreselijk aardig. Het feit dat Darny haar zo graag mocht, was zelfs een van de dingen geweest die Austin in haar aantrokken – los van haar grote ogen, gulle mond en spontane lach. Als hij nu aan hen samen dacht in het kleine huis, waar het best een puinzooi was geweest toen de twee broers er samen hadden gewoond, maar dat er dankzij Issy's zorgen knus en uitnodigend uit was gaan zien, kreeg hij opeens behoefte om haar te bellen. Hij was op weg naar een vergadering en omdat hij het niet aandurfde om met de metro te gaan, had hij besloten te lopen. Hij keek op zijn horloge: elf uur precies. Dan was het in Londen vier uur 's middags. Het was te proberen.

'Hallo.'

'Hallo,' zei Issy, die met vijf kilozakken fijngemalen Ethiopische melange de trap op probeerde te komen. Er stonden mensen in de rij voor hun middagopkikker, of hun naschoolse lekkers, maar toch vond ze het heerlijk om zijn stem te horen. 'Alles goed?'

'Heb jij je mond toevallig vol plumpudding?' plaagde Austin. 'Je moet oppassen met al die restjes.'

'Echt niet,' zei Issy verontwaardigd. Ze liet de koffie op de toonbank vallen. 'Hallo, kan ik u helpen?'

'Hebt u ook kerstcake?'

Issy trok haar wenkbrauwen op naar Pearl. 'Nog niet,' zei ze. 'Blijkbaar gaat het kindeke Jezus huilen als we tien seconden voor het officiële begin van de adventstijd Kerstmis gaan vieren.'

'Wat jammer.'

'Ja, zeker.'

'Je mag best wat meer respect hebben voor mijn geloof,' snoof Pearl.

'Nou, ja, ik loop hier dus in New York een ongelooflijk duur mobiel telefoongesprek te voeren,' zei Austin.

'Sorry, schat,' zei Issy terwijl de klant beteuterd naar een cupcake met kersen wees. Ze zou niet meer teleurgesteld zijn, dacht Issy, als ze de gekonfijte kersen in de cupcake tegenkwam. 'Hoe is het?'

'O, het is geweldig!' zei Austin. 'Ik bedoel, écht fantastisch. Overal hangen lichtjes, en ze zijn aan het schaatsen bij het Rockefeller Center... dat enorme gebouw met de ijsbaan ervoor. Het is er bomvol en ze schaatsen echt goed. En dan alle muzikanten op straathoeken. Central Park hangt ook helemaal vol met prachtige lichtjes, en je kunt je er in een koetsje laten rondrijden met een deken en mistletoe en... nou ja, het is gewoon fantastisch en geweldig en wauw.'

'O, echt? Verdomme, zeg. Getsie, was ik maar bij je. Ik wil niet dat je het zonder mij zo naar je zin hebt!'

Er schoot haar iets te binnen. 'Is het echt zo fantastisch leuk? Zijn ze allemaal superaardig tegen je? Ze gaan je toch geen baan aanbieden, hè?'

Ze voelde een vlaag van paniek dat hij zou emigreren. Als ze die mogelijkheid tegen haar vriendin Helena zou opperen, zou die negentig seconden haar borstvoeding onderbreken, om daarna te snuiven dat dat belachelijk was. Dat kon je goed aan Helena overlaten. Zij had Ashok, die alle mogelijke moeite deed om al haar behoeften te vervullen, beretrots dat hij zo'n geweldige vrouw had als H, met haar wilde, rode manen en triomferende boezem; met haar manier om zich een weg door het leven te banen en gaandeweg gewone stervelingen te vellen. Issy had domweg niet zoveel zelfvertrouwen.

'Nee, joh,' zei Austin. 'Ze laten me gewoon het bedrijf zien, we wisselen ideeën uit, blabla.'

Het leek hem maar het beste om Issy niet te vertellen dat iemand in de backoffice hem had gevraagd of het waar was dat ze de helft van de Londense filialen gingen sluiten. In de bankwereld werd nog erger geroddeld dan in het borduurclubje van het Cupcake Café, en dat wilde wat zeggen.

Issy probeerde haar malende gedachten in bedwang te houden. Stel dat ze hem wilden? Wat moest zij dan met het café? Ze kon het niet onbeheerd achterlaten. Ze kon niet zomaar weggaan en alles opgeven waar ze zo hard voor had gewerkt. Maar als Austin verliefd was op het geweldige, fantastische New York, en als zij verliefd was op Austin... tja, dan had ze een probleem. Nee. Ze liep gewoon te mutsen.

Ze dacht terug aan hun afscheid op het vliegveld. Het was best leuk geweest – Heathrow deed niet moeilijk over het begin van het kerstseizoen en had de reusachtige, hoge terminal versierd met lange, paarse slingers en gigantische zilveren kerstbomen.

'Het lijkt die film wel,' had ze op fluistertoon tegen Austin gezegd, die er best zwierig uitzag met die mooie groene sjaal die zij voor hem had gekocht.

'Nee, hoor,' had Austin gezegd. 'Alle kinderen in die film zijn leuk.'

Darny stond chagrijnig aan de kant. Zijn haar stond op precies dezelfde manier omhoog als dat van zijn grote broer.

'Dat moet je niet doen. Het is walgelijk.'

'Wat bedoel je? Dit?' had Austin gevraagd en hij had zijn neus tegen Issy's hals gewreven tot ze een gilletje slaakte.

'Dat, ja,' zei Darny. 'Het heeft een verschrikkelijk effect op mijn ontwikkeling. Ik ben nu feitelijk onherstelbaar getraumatiseerd.'

Austin keek naar Issy. 'Toch is dat het wel waard,' zei hij, en zij had naar hem gegrijnsd. Daarna had ze staan kijken hoe zijn lange gestalte zich naar de drukke paspoortcontrole begaf. Vlak voordat hij opging in de massa, had hij zich omgedraaid en vrolijk gezwaaid. Ze wilde het de wereld wel toeschreeuwen: 'Dat is mijn vent! Daar, ja! Dat is hem! Hij is van mij! Hij houdt van me, met alles erop en eraan!'

Ze had Darny aangekeken. 'Nu moeten wij het samen een week zien te rooien,' zei ze vrolijk. Het was onorthodox geweest om verliefd te worden op een man die al iemand anders in zijn leven had, maar Darny en zij konden best goed met elkaar opschieten.

'Ik ben erg verdrietig,' zei Darny, die in de verste verten niet aangedaan klonk of overkwam. 'Mag ik een muffin?'

'Ik ben veel te dol op je,' zei Issy, 'om je vliegveldmuffins te laten eten. Ga maar mee naar huis, dan maak ik iets voor je.'

'Mag ik de mixer gebruiken?'

'Ja, hoor,' zei Issy. Na een korte stilte vroeg ze: 'Om te bakken, toch?'

Darny klakte afkeurend met zijn tong.

Ergens, bedacht Issy, had ze verwacht dat Austin zou staan te springen om weer naar huis te gaan. In New York schreeuwden ze sowieso allemaal, en ze riepen toch de godganse dag 'kopen–kopen–betalen–betalen'? Ze wist zeker dat dat helemaal niets voor Austin was. Hij was zo relaxed. Hij zou wat dingetjes uitzoeken, een paar gesprekken voeren en daarna ging alles weer zijn gewone gangetje. Ze hadden een jaar geleden al gedreigd hem naar het buitenland over te plaatsen, maar gezien het economische klimaat was daar niets van terechtgekomen, en dat vond Issy helemaal prima. Daarom zat het haar een beetje dwars dat hij nu zo vrolijk was.

'Dat klinkt geweldig,' zei ze weinig enthousiast. 'Londen ziet er ook prachtig uit. Het is hier overal versierd met lichtjes en slingers en opgetuigde etalages. Nou ja, overal behalve hier.'

Pearl kuchte onaangedaan.

'O ja,' zei Austin. 'O, maar... wauw, je zou het hier moeten zien. De wolkenkrabbers hebben rode lichtjes voor de ramen en er ligt sneeuw op straat... het is gewoon magisch.'

Issy tilde een stapel bordjes met chocoladeresten en kopjes op die zojuist naast haar op de toonbank waren beland.

'Magisch,' zei ze.

Austin fronste toen het gesprek ten einde was. Issy had niet zo uitbundig geklonken als gewoonlijk. Hij nam aan dat tijdsverschillen altijd lastig waren. Zo liep alles in het honderd. Hij zou later toch nog moeten bellen om met Darny te praten, al begon Darny te puberen en was de kans groot dat hij op elke vraag alleen iets gromde, of nog erger, onzichtbaar zijn schouders ophaalde, of dat hij zijn grote broer zou aanvallen op het feit dat hij in de financiële sector werkte en daarom wat Darny betrof aansprakelijk was voor het veroorzaken van het einde van de wereld, grootscheepse apocalyptische rampspoed en het kwaad in het algemeen. Austin had er vreselijke spijt van dat hij hem *De Hongerspelen* had laten lezen.

Austin leek absoluut niet weg te komen met uitleggen dat zijn werk nodig was om de enorme hoeveelheden eten die Darny wegwerkte op tafel te krijgen, of om nieuwe sportschoenen te kopen voor zijn slagschepen van voeten. Darny mompelde dan alleen dat het Issy toch ook lukte om Fairtrade-koffie te kopen, wat haar tot een van de aardige kapitalisten maakte. Met een knipoog naar Austin probeerde Issy dan aan Darny uit te leggen dat ze haar winkel nooit zonder de hulp van Austin had kunnen starten, waarop Darny altijd een eind aan het gesprek maakte door afkeurende klakgeluidjes te maken en met opgetrokken dunne schoudertjes weg te sloffen. Austin bedacht op zo'n moment dat de komende zeven jaar nog best lastig konden worden.

De bel van het café klingelde en Louis, Pearls vierjarige zoontje, stormde naar binnen met zijn beste vriend, Grote Louis. Grote Louis was aanzienlijk kleiner dan Louis, maar zat al langer op school, net als nog een andere Louis, die kleiner was dan zij allebei. Zo ging dat nu eenmaal. Louis had Pearl dit op een avond tot in de kleinste details verteld, iets waar hij bijna de hele rit in bus 73 over had gedaan.

Pearl had geprobeerd vanuit haar Zuid-Londense achterstandswijk naar het noorden van de stad te verhuizen om dichter bij haar werk en Louis' uitstekende, lastig-om-op-te-komen school te zijn (ze hadden het adres van het café gebruikt, en ze had haar dominee verteld dat ze zich daar ongemakkelijk over voelde, maar hij had haar een klopje op haar hand gegeven en gezegd dat Gods wegen ondoorgrondelijk waren en dat hij had gehoord dat William Patten een geweldige school was), maar het was lastig: haar moeder, die bij hen inwoonde, vond het vreselijk om te verhuizen, en Ben, Louis' vader, woonde weliswaar niet bij hen, maar kwam regelmatig binnenvallen, en ze wilde liever niet dat dat ophield. Ondanks het tijdrovende woon-werk-schoolverkeer kon ze momenteel niets beters verzinnen.

De moeder van Grote Louis haalde de jongens elke dag uit school, een enorme gunst die ze met koffie en lekkers terugbetaald kreeg. Pearl kwam achter de toonbank vandaan en ging op haar hurken zitten, zodat Louis zich in haar armen kon storten. Het was slecht voor haar knieën, maar ze zei streng tegen zichzelf dat er een dag zou komen, God mocht weten wanneer, dat hij niet langer op haar af zou vliegen om haar een dikke knuffel en een natte zoen op haar wang te geven, haar te vertellen hoe zijn dag was geweest en te doen alsof zij de liefste persoon op aarde was, wat ze voor hem natuurlijk ook was. Ze kon er geen genoeg van krijgen.

'Hallo, liefje,' zei ze. Oké, de moeder van Grote Louis

dacht waarschijnlijk net zo over haar eigen knulletje (dat leed geen enkele twijfel). Toch, dacht Pearl, kon ze zich niets mooiers voorstellen dan de ronding van Louis' gladde wangetjes, zijn lange, zwarte wimpers, zijn zachte, maar stevige krullen, zijn ronde buikje en zijn eeuwige lach. En zelfs minder vooringenomen toeschouwers vonden hem een aantrekkelijk jongetje.

'Mammie!' Louis trok met een bezorgd gezicht een tekening uit zijn *Cars*-rugzakje. Het was een grote vlinder, geschilderd in slordige spatten, met zilverpapier op zijn kop en metaaldraad voor de voelsprieten. 'Vlinders zijn insecten! Wist jij dat?'

'Nou, ja, dat wist ik waarschijnlijk wel. Weet je nog dat boek over dat hij nooit genoeg te eten heeft?'

'Dat zijn wupsen. Wupsen zijn insecten met pootjes, maar ze zijn ook vlinders. Net als toast,' zei hij er bedachtzaam achteraan.

'Hoe bedoel je, net als toast?' vroeg Pearl.

'Je hebt bwood, en je hebt toast. Maar het ene is bwood, en dan is het toast en dat is iets anders. Ikke honge,' zei Louis.

'Ikke honger!' blafte Grote Louis, opeens bezorgd dat hij zou worden overgeslagen.

'Alsjeblieft, voor jullie,' zei Issy, die kwam aanlopen met een paar plakken geroosterd krentenbrood en twee bekers melk. Het was voor vierjarigen niet gezond om elke dag te worden losgelaten op een taartjeswinkel. Daarom letten ze scherp op de jongens, vooral op Louis, die wat betreft lichaamsbouw op zijn moeder leek en niets leuker vond dan met een klant in gesprek te gaan over graafmachines – het maakte hem niet uit met wie, al vond hij vooral Doti de postbode erg aardig – met een dik brok glazuur in zijn mollige handje.

'Mama?' vroeg Louis. 'Is het al Kesmis?'

'Nog niet,' zei Pearl. 'Als de adventstijd begint en we alle deurtjes open gaan maken totdat Jezus komt. Dat is Kerstmis.'

'Iedereen op school zegt dat het al Kesmis is. We hebben een grote boom in de klas en juf Sangita zegt dat het voor iedereen een goede tijd is om te beesten.'

'Beesten?'

'Ja.'

'Nou, Kerrrsttt-mis is inderdaad een goede tijd om te f-f-feesten, als het eenmaal zover is. Het is nu nog november. We hebben het vuurwerk en Halloween nog maar net achter de rug, weet je nog? Enge kostuums en harde geluiden?'

Louis keek naar de grond en beet op zijn lip. 'Ik ben niet bang voor vuuwerk,' zei hij zacht. Het viel niet te ontkennen dat hij heel, héél bang voor het vuurwerk was geweest. En als ze heel eerlijk waren, vond hij het met Halloween wel leuk om snoepjes te krijgen, maar was het eng om spoken en monsters tegen het lijf te lopen – vooral de grote jongens uit de buurt met e-maskers op, die schreeuwend op hem af fietsten. Juf Sangita had Pearl verteld dat Louis iets te gevoelig was, en Pearl had gesnoven en gezegd dat ze bedoelde dat hij niet zo'n complete hufter was als de andere kinderen, en juf Sangita had met een fijn glimlachje gezegd dat ze die houding niet echt productief vond. Daarna had Pearl zich weer geïntimideerd gevoeld en bedacht dat dit een goede school was en dat ze niet zo in paniek moest raken over haar zoon.

Ze dacht eraan terug toen ze samen in de bus naar huis zaten en Louis hulpvaardig elke kerstboom en alle versiering in elk huis aanwees waar ze langsreden – en dat waren er heel wat. Toen ze in de binnenstad moesten overstappen, werden zijn ogen groot en rond toen hij naar de etalages van de beroemde warenhuizen keek: Hamleys, met zijn verrukkelijke, als bij toverslag bewegende dieren in een bostafereel, de enorme waterval van lichtjes in Regent Street; John Lewis, waar de ramen tot de nok toe gevuld leken te zijn met elke denkbare vorm van overvloed. De trottoirs puilden uit van de opgewonden koopjesjagers die de sfeer opsnoven, en nu al zaten pubs en restaurants, versierd met opzichtige guirlandes en met kalkoen op het menu, tjokvol vrolijke gasten. Pearl zuchtte. Het viel niet langer te ontkennen. De kerst stond voor de deur.

Het punt was alleen dat het zo'n zwaar jaar was geweest. Niet voor haar – de winkel liep goed, en Issy was vreselijk goed voor haar geweest door haar bedrijfsleider te maken, haar zoveel te betalen als ze maar kon en flexibel te zijn als het om Louis ging. Voor het eerst in haar leven had Pearl zelfs wat opzij kunnen leggen en durfde ze bijna aan de toekomst te gaan denken; misschien kon ze dichter bij de winkel en Louis' school gaan wonen, weg uit de achterstandswijk. Niet dat het een slechte buurt was, dacht ze trouw. Absoluut niet de slechtste. Maar het zou zo fijn zijn om een woning te vinden die niet precies hetzelfde was als die van iedereen, die ze kon inrichten zoals zij wilde en waar ze een extra kamer had voor haar moeder. Dat zou echt geweldig zijn. En het had er heel even naar uitgezien dat het zou kunnen lukken. Tot de economische recessie haar vreselijke tol had geëist van Benjamin.

Als Pearl op Facebook zou zitten – wat niet zo was, omdat ze geen internet had – zou ze haar relatie met Benjamin hebben omschreven als 'Het ligt ingewikkeld'. Ben was bloedmooi. Ze hadden verkering gehad en zij was zwanger geraakt. En natuurlijk zou ze Louis voor niets ter wereld willen ruilen – hij was het beste wat haar ooit was overkomen – maar toch... Ben had nooit bij hen gewoond en liep veel vaker hun leven in en uit dan haar lief was. Het punt was dat Louis hem volkomen verafgoodde en dat zijn lange, gespierde vader in zijn ogen een superheld was, die af en toe tussen zeer geheime missies door het gezin bezocht. Pearl kon het idee zijn gelukkige illusie te verstoren niet verdragen, wilde zijn vreugdekreten als Ben langskwam en het, heel even, voelde alsof ze een echt gezin waren, niet smoren. Ze zat dus klem. Ze kon niet verder met haar leven. Dat was niet eerlijk tegenover Louis.

Voor Ben was alles eerst ook beter gegaan, toen hij meer werk kreeg... tot een halfjaar geleden, toen de klussen voor bouwvakkers van de ene op de andere dag waren opgedroogd. Hij had nog even voor een woningcorporatie gewerkt, maar de concurrentie was moordend. Elders was ook niet veel te doen. Mensen stelden hun verhuizing, uitbouw, renovatie of hun nieuwe woonkeuken uit tot ze erachter waren hoe de kaarten vielen, of ze hun baan geheel of gedeeltelijk zouden kwijtraken, of ze minder gingen verdienen, of hun pensioen stagneerde en of de spaarrente de inflatie kon bijbenen.

Pearl vond het moeilijk om maar één slaapkamer te hebben; soms, als ze uit het raam naar de regen keek, bedacht ze dat ze geen idee had hoe mensen grotere woningen warm wisten te houden. Het was al een hele klus om haar energierekening te betalen.

Het lag niet aan Benjamin, echt niet. Hij was druk op zoek naar werk, pakte alles aan wat hij kon krijgen, maar er was domweg geen werk, en doordat hij in het verleden wat problemen met zijn uitkering had gehad, kreeg hij nu het absolute wettelijk toegestane minimum.

Ze kende hem zo goed. Hij was met een nat vloeitje te lijmen, maar hij was ook trots. Een harde werker, als hij werk had, maar zo niet... tja. Veel vrienden van hem hadden handeltjes waarvan ze niet wilde dat Louis' papa er ook maar iets mee te maken had.

Daarom had ze hem af en toe uit de brand geholpen,

steeds vaker, en ze wist niet waar het zou eindigen. Benjamin vond het ook afgrijselijk om geld van haar aan te nemen, vond het afschuwelijk om als een hond bij een vrouw te bedelen. Wat betekende dat hun zeldzame avondjes uit, soms samen eten, soms samen slapen – ze beet nog liever haar tong af dan dat ze het toegaf, maar hij was nog steeds de mooiste man die ze ooit had gezien – nog zeldzamer werden. Het was voor hem niet leuk om met zijn geliefde uit eten te gaan als zij de rekening moest betalen.

Pearl voelde echt hoezeer ze klem zat. Maar o, wat was Benjamin lief voor hun zoon. Hij zat urenlang met Louis te spelen, was echt onder de indruk van zijn geklieder en gekrabbel op school, voetbalde met hem op het braakliggende terrein of praatte urenlang met hem over graafmachines en hijskranen. Pearl kwam nog liever om van de honger dan dat ze haar zoon dat ontzegde.

Zover zou het niet komen, maar ze zou met de kerst heel zuinig aan moeten doen, en ze vond het afschuwelijk om daar met elk versierd raam en verwachtingsvol gezicht aan te worden herinnerd.

2

Kersen-choco-biscuittaart voor de kerst

Dit is een echt verrukkelijke taart die niet in de oven hoeft. Je kunt een scheut rum toevoegen voor een extra kerstachtig effect, maar bedenk wel dat die niet tijdens het bakken verdampt. ☺

275 gram boter (ik heb zelf 200 gram ongezouten boter gebruikt)
150 ml stroop (2 heel gulle eetlepels)
225 gram goede pure chocola
200 gram volkorenbiscuit (in kleine stukjes)
200 gram theebiscuit (in kleine stukjes)
125 gram gemengde noten (walnoten, paranoten, amandelen – optioneel)
125 gram gekonfijte kersen
40 gram Maltesers (kijk even wat je verder nog aan lekkers in de kast hebt – Rolo's, Smarties, Kitkat Pops, enzovoort – die mogen er ook in)

Bekleed een ronde taartvorm (15 cm) of een langwerpige cakevorm (20 cm) met een dubbele laag vetvrij papier. (Ik heb zelf een langwerpige siliconen bakvorm gebruikt – die hoef je niet te bekleden.)

Smelt de boter, stroop en chocola in een pan op laag vuur. Dit duurde even, doordat ik de pit op de laagste stand had gezet. Let erop dat de pan zo groot is dat straks ook de stukjes biscuit, enzovoort, erbij kunnen. Roer de ingrediënten goed door elkaar.

Voeg de biscuitjes, het snoepgoed, de kersen en (eventueel) noten toe. Roer goed door elkaar. Let erop dat je de biscuitjes in vrij kleine stukjes breekt, omdat ze anders niet in de bakvorm passen.

Schep het mengsel in de bakvorm. Strijk de bovenkant glad en druk goed aan om luchtbellen te voorkomen. Laat afkoelen en hard worden. Laat de taart twee uur in de koelkast of drie kwartier in de vriezer staan. Hoe langer, hoe beter. Op zaterdag was de taart nog lekkerder. Verpak de taart in vetvrij papier en bewaar hem in de koelkast.

Versier met hulst. Tel géén calorieën. Dit is een tijd van vreugde.

Helena tilde Chadani Imelda op met een grimmig tevreden glimlachje dat uitdrukte hoezeer haar enorme inspanningen waren beloond. Ook al had Chadani aan één stuk door gebruld, ze droeg nu een broekje en hemdje met ruches, een balletrokje en een jasje met pompons, plus een kant-achtige maillot met pompons aan de achterkant, babyroze Ugg-laarsjes met piepkleine sterretjes en een roze mutsje met een pompon en afhangende linten. Haar felrode haar vloekte bizar bij al dat roze, maar Chadani was nu eenmaal een meisje, dacht Helena vastberaden, en moest dus als zodanig te herkennen zijn.

'Ben je nu niet mooi?' kirde ze.

Chadani wierp haar moeder een woedende blik toe en trok rebels aan haar mutsje. Tevergeefs; Helena had het voor de zekerheid al vastgebonden. De handjes van een eenjarige waren niet opgewassen tegen de knopen van een BIG-geregistreerde SEH-verpleegkundige. En ze bleef iedereen vertellen dat ze nog steeds een verpleegkundige was. Ze zou weer gaan werken. Zodra ze de juiste oppas of crèche voor Chadani Imelda had gevonden. Tot nog toe had niets of niemand aan haar normen voldaan.

Eerst had Issy gedacht dat Helena een grapje maakte toen ze zei dat ze overbezorgd was. Helena was zelf zo sterk, zo zeker en zo onafhankelijk; hoe was het mogelijk? En misschien had het Helena ook overvallen. De bevalling zelf was snel en moeiteloos verlopen, iets wat naar Issy's idee Helena's mededogen met de zieken bepaald geen goed zou doen – ze was op eigen kracht het ziekenhuis binnengelopen en had zonder zelfs maar een aspirientje binnen negentig minuten de baby eruit geperst. Maar nadat Chadani Imelda's eerste krijsende ademhaling tot diep in Helena's markante boezem was doorgedrongen, stond haar hele leven in het teken van het Chadani-project.

Zodra Ashoks familieleden over de schok heen waren dat hij buiten het huwelijk een kind had verwekt bij een vrij onthutsende en rubensachtige vrouw met rood haar, waren ze idolaat en maakten ze geen aanstalten om Helena wat betreft Operatie C op andere gedachten te brengen. Ashok was de jongste in een gezin van vier meisjes en twee jongens, die alle zes luidruchtig waren (een van de redenen waarom hij er absoluut niet mee had gezeten om het op te nemen tegen een sterke vrouw) en die stuk voor stuk bereid waren om hen te overstelpen met hulp, goede raad en cadeautjes voor de nieuwe baby, nu hun eigen kinderen volwassen waren.

Zodoende ging Chadani nooit het huis uit zonder een paar extra laagjes voor het geval dat, of een extra flesje hier en daar, zodat ze geen honger kreeg. Issy's oude bovenwoning, die Helena en Askok van haar huurden, bevatte elk stuk speelgoed uit de catalogus. De voorheen kleine en knusse woning was nu klein, knus en compleet bedolven onder enorme hoeveelheden plastic, drogende kruippakjes en een groot bord aan de muur met daarop PRINSES.

Toen ze dat zag, had Issy haar ogen tot spleetjes geknepen.

'Ze zal een hoge eigendunk hebben,' had Helena verkondigd. 'Ik wil niet dat iemand met haar solt.'

'Met jou solt toch ook niemand,' zei Issy. 'Ik weet zeker dat ze dat met de paplepel ingegoten krijgt.'

'Daar kun je niet zo zeker van zijn,' vond Helena. Ze liet het aan Issy over om een plekje vrij te maken op haar oude roodfluwelen bank die nu vol lag met heel kleine designbreisels.

'Helena, hier staat "alleen stomen",' zei Issy streng. 'Ik mag dan geen moeder zijn, maar...'

Helena keek enigszins schuldbewust. 'Ik weet het, ik weet het. Maar ze staan haar zo prachtig. Het verbaast me echt dat nog niemand haar heeft gestolen.'

Issy knikte maar, zoals ze vaak deed als het om Chadani Imelda ging. Het was niet zozeer dat ze geen schat van een baby was – natuurlijk was de dochter van haar liefste vriendin een schatje. Maar ze was wel erg luidruchtig, onstuimig en veeleisend, en Issy dacht soms echt dat ze zich zonder al die kleren aan prettiger zou voelen, en dat ze zich misschien iets beter zou gedragen als niet Helena, Ashok en minstens vier familieleden bij elke krijs opsprongen.

'Dus,' zei Helena op gewichtige toon. 'Wat vind je ervan? Dit zijn de pakjes die ik voor eerste kerstdag in gedachten had. Moet je dat rendierenmutsje eens zien, is dat nou niet snoezig? Echt superlief.'

Chadani pakte het uiteinde van het rendiergewei vast en begon er bozig in te bijten.

'En ik dacht zomaar aan dat rode fluweel voor in de kerk.'

'Sinds wanneer ga jij naar de kerk?'

'Volgens mij zou iedereen in de kerk het leuk vinden om met Kerstmis een mooie baby te zien. Daar gaat het toch juist om?' zei Helena.

'Nou, ja, het kindeke Jezus, symbool van licht en hoop voor de wereld. Niet zomaar een baby...'

Helena's gezicht verstrakte.

'Ook al is ze duidelijk echt een heel bijzondere baby. En trouwens, ze is nu één jaar. Geldt ze dan nog wel als baby?'

Chadani was ondertussen bij de televisie aangekomen,

waar ze Baby Einstein-dvd's uit het rek trok en op de grond gooide. Helena besteedde er geen enkele aandacht aan.

'Natuurlijk wel!'

'En Ashok is een sikh,' zei Issy er ten overvloede achteraan.

'We gaan ook naar de tempel voor Diwali,' zei Helena. 'En daar moet je je pas écht op kleden.'

Issy glimlachte. Ze zou het liefst een fles wijn opentrekken, maar herinnerde zich dat ze dat niet kon maken. Helena dronk niet omdat ze nog steeds borstvoeding gaf als Chadani daarom vroeg, en in dit tempo leek het erop alsof ze dat tot 2034 zou blijven doen.

'Hoe dan ook,' zei Helena, 'Chadani kan nu al...' en ze noemde een hele waslijst aan Chadani Imelda's nieuwste wapenfeiten op, waar misschien 'alle Baby Einstein-dvd's door de kamer gooien' ook tussen stond, en misschien ook niet.

Opeens vond Issy het niet meer zo nodig om haar vriendin in vertrouwen te nemen. Ze hadden altijd over alles en nog wat gepraat, maar sinds Chadani was geboren, had Issy het onbestemde gevoel dat ze uit elkaar groeiden. Helena had via North Londen Mummy Connexshins, waar ze voorzitter van was, omdat ze de meest natuurlijke bevalling had gehad en het langst borstvoeding gaf, een heel nest jonge, opdringerige moeders leren kennen, en hun oeverloze, verbijsterende discussies over babygestuurd stoppen met borstvoeding en 's nachts doorslapen lieten Issy volkomen koud. Zelfs toen ze probeerde mee te doen door te beginnen over Darny's nieuwste streken (het leek alsof alle kinderen volmaakt of afschuwelijk moesten zijn, er was geen tussenvorm, net zoals je óf amper iets van je bevalling mocht hebben gemerkt, óf bijna moest zijn overleden en via een noodtransfusie achtenhalve liter bloed toegediend had moeten krijgen), had Helena haar neerbuigend aangekeken en gezegd dat het anders zou zijn als ze haar eigen kind had.

Een gesprek beginnen over haar vriend leek een beetje...

'Ik mis Austin,' zei Issy opeens. Ze kon het toch op z'n minst proberen. 'Nu hij in New York zit. Ik zou willen dat hij het er afschuwelijk vond.'

Helena keek haar aan. 'Ashok heeft dienst,' zei ze. 'Ik ben elke afgelopen nacht vier keer uit bed geblèrd. Als hij thuiskomt, wil hij dat ik Chadani Imelda de hele dag stilhoud. En dat in zo'n klein kutappartement! Nou vraag ik je.'

Issy hield van de twee verdiepingen en voelde zich er nog steeds erg bezitterig over.

'O jee,' zei ze voorzichtig. Omdat ze het gevoel had dat haar eigen zwakke geweeklaag haar was ontnomen, waagde ze het te vragen: 'Hoort Chadani 's nachts nog steeds wakker te worden?'

'Ja,' snauwde Helena. 'Ze is erg gevoelig.'

Alsof ze hierop wilde reageren, waggelde Chadani naar de grote stapel frisgewassen kleren op de bank en keerde ze haar beker met extra melk erboven om.

'Nee!' jammerde Helena. 'Néé! Niet doen! Ik heb net... Chadani! Dat is gedrag waar ik kritisch op ben! Niet dat ik kritiek heb op jou als persoon en als godin, maar op dit moment is dit gedrag...'

Chadani keek Helena aan en bleef ondertussen haar beker omgekeerd vasthouden alsof ze een experiment uitvoerde.

Issy besloot inzake de kwestie-Austin niet verder aan te dringen.

'Ik moest maar weer eens gaan...' zei ze.

Terwijl ze het appartement uit liep, hoorde ze Helena zeggen: 'Je zou me heel gelukkig maken als je me nu die beker geeft, Chadani Imelda. Heel gelukkig. Maak mammie nu gelukkig en geef me die beker. Geef me nu die beker, Chadani. Geef de beker aan mammie.'

3

Pearl kon nog zoveel vinden, besloot Issy toen ze thuis-kwam, maar het was tijd om met de kerstcakes te beginnen. Ze zocht de enorme zakken met sultana's, rozijnen en krenten bij elkaar – terwijl ze zich, zoals elk jaar, en alleen dan, afvroeg wat ook weer het verschil ertussen was –, samen met de gekonfijte kersen en de sukade. Als ze nu niet begon, zou ze niet genoeg tijd overhouden om alle drank te laten intrekken en zouden de vruchten niet op tijd goed, sterk en op hun lekkerst zijn.

Zodra Darny vanuit zijn huiswerkclub thuiskwam, liep hij met dreunende stappen de keuken in. Issy schrok op toen hij door de deur kwam; ook al was hij nog maar elf, hij klonk als een volwassen vent. En natuurlijk had hij al vanaf zijn zesde zijn eigen sleutels.

'Hoi,' riep hij. Meestal liep hij rechtstreeks de trap op om in zijn kamer op zijn Xbox te spelen – tenzij ze iets lekkers stond klaar te maken, uiteraard.

Het huis dat Austin en Darny van hun ouders hadden geërfd was een aantrekkelijk roodbakstenen rijtjeshuis met beneden een grote woonkamer en een keuken aan de achterkant. Boven waren er drie kleine slaapkamers. Het tuintje achter het huis was lang niet groot genoeg om er te voetballen, rugbyen, volleyballen of Robin Hood te spelen – niet dat dat de jongens ervan had weerhouden het te proberen. Nadat het huis vijf jaar lang alleen door twee knullen was bewoond, van wie de ene een klein kind was en de ander te hard werkte, was het er, ondanks een moedeloze schoonmaakster, niet bepaald aangenaam. Issy probeerde het stukje bij beetje op te lappen: een lik verf hier, een nieuwe plavuizenvloer daar. Het begon er weer als een huis uit te zien, al had Issy een klein deel van de plint intact gelaten waar Darny op zijn vijfde met watervaste inkt een lange rij raceautootjes had getekend.

'Waarom heb je hem niet tegengehouden?' had ze aan Austin gevraagd.

'Tja, ik vond het eigenlijk wel mooi,' had hij op milde toon gezegd. 'Hij kan goed tekenen. Kijk maar, alle wielen staan de goede kant uit en zo.'

Issy keek en vond het lief. Ze maakte de rest van de plint schoon en liet de autootjes staan. De rest probeerde ze op te knappen.

Ze kon er niets aan doen. Ze had nooit het gevoel gehad dat ze in therapie hoefde om bevestigd te krijgen dat het met haar onzekere jeugd te maken had – haar moeder was een rusteloze geest en haar vader een zigeuner die ze nooit had gekend. De enige constante factor in haar leven was haar geliefde opa Joe geweest, wiens bakkerij voor haar een warme en knusse haven was. Sindsdien had ze altijd en overal geprobeerd dat knusse, veilige gevoel te herscheppen.

Voordat ze iets met Austin kreeg, had Helena een keer gezegd dat ze mensen probeerde te behagen. Issy had toen gevraagd wat daar precies mis mee was, en Helena had haar erop gewezen dat al haar vriendjes altijd gruwelijk misbruik van haar hadden gemaakt. Maar Issy kon nooit zo door het leven stappen als Helena dat deed; ze kon niet doen waar ze zin in had en de gevolgen voor lief nemen. En toen had ze Austin leren kennen, die het fijn vond dat ze hem wilde behagen... nou ja, de jongens hadden eerst wel lopen klagen over het huis – wie zat er nu echt te wachten op gordijnen, had Darny gevraagd; ze waren gewoon bourgeois (een woord waar hij duidelijk de betekenis niet van kende), over schaamte en een valse privacy die de staat je niet eens toestond – maar Issy had volgehouden en langzaam maar zeker, toen de ramen waren gelapt en er een nieuwe keukentafel werd bezorgd (ze gaven Darny de oude, vol inktvlekken, oude lijmresten, en het stuk waarop ze die keer dat messenwerpspel hadden gespeeld, als bureau op zijn kamer) en een makkelijke met kussens beklede bank tegen de muur; toen al Issy's keukenapparatuur, die ze kocht zoals andere vrouwen schoenen kopen, een plek kreeg; toen lampen in de hoek van de kamer de naakte peertjes vervingen (Austin had geklaagd dat hij niets zag, totdat Issy hem vertelde dat het romantisch was en tot romantische dingen zou leiden, wat zijn perspectief wel deed kantelen) en er zelfs kussens hun intrede deden (waar Darny voortdurend mee naar boven sloop om als doelwit te gebruiken), begon het huis er echt knus uit te zien. Meer als een thuis, had Issy naar voren gebracht, zoals gewone mensen dat hadden, in plaats van een kooi voor zebra's met misdadige neigingen.

Austin had opgewekt kunnen mopperen – omdat dit in het algemeen van hem werd verwacht en ook omdat het precies was wat zijn bemoeizuchtige tantes al jaren zeiden, dat het huis een stel vrouwenhanden nodig had. In het verleden waren er best veel vrouwen geweest die een dergelijke inbreng beloofden en op slinkse wijze probeerden een plek te verwerven. Austin en Darny hadden er zelfs een soortnaam voor: de 'Ah-gossies', vanwege de bezorgde blik op hun gezicht en de manier waarop ze 'ah gossie' zeiden als ze naar Darny keken alsof hij een verstoten puppy was. Austin vond het vreselijk als iemand 'ah gossie' zei. Dat betekende dat Darny op het punt stond iets onbeschrijflijks te doen of te zeggen.

Maar op de een of andere manier ging het met Issy anders. Issy zei geen 'ah gossie', ze luisterde. En ze gaf hun allebei het gevoel dat 's avonds thuiskomen op een knusse en warme plek best prettig kon zijn, ook al betekende het dat ze voortaan hun bed moesten opmaken en eraan moesten denken om de vuilnis weg te brengen, dat ze met bestek moesten eten en dat ze fruit en meer van die ongein binnenkregen. Ja, er lagen meer kleedjes en kussentjes, maar dat was gewoon de prijs die je betaalde, bedacht Austin, voor alle fijne dingen, voor iets wat je het gevoel gaf dat geluk niet buiten je bereik lag.

Darny deed zijn rugzak af en zijn winterjas uit en strooide schoolboeken, mutsen, sjaals, Moshi Monster-kaartjes en onbestemde stukjes plastic in het rond.

'Hallo Darny,' zei Issy.

Hij banjerde de keuken in. 'Wat ben je aan het doen?' vroeg hij. 'Ik verga van de honger.'

'Jij vergaat altijd van de honger,' zei Issy. 'Maar je mag hier niet van eten.'

Hij keek in de enorme pannen. 'Wat ben je aan het doen?'

'O, dit is nog makkelijk. Ik sta de vruchten te marineren.'

Darny rook aan de fles die ze kwistig boven het mengsel leeggoot. 'Zo, hé. Wat is dat?'

'Dat is cognac.'

'Mag ik...'

'Nee,' zei Issy zonder enige aarzeling.

'Toe nou, alleen om te proeven. In Frankrijk laten ze kinderen wijn bij hun eten drinken.'

'En daar eten ze paarden en hebben ze maîtresses. Als wij besluiten dat we Frans zijn, Darny, laat ik je dat zeker weten.'

Darny keek chagrijnig. 'Wat is er dan wel te eten?'

'Neem maar een paar bananen, en ik heb wat plakken krentenbrood voor je geroosterd,' zei Issy. 'De lasagne voor vanavond staat in de oven.'

'Geroosterd krentenbrood? Het is niet te geloven. Jij runt een taartjeswinkel en ik krijg geroosterd krentenbrood.'

'Leer dan zelf bakken.'

'Echt niet,' zei Darny. 'Dat is iets voor meisjes.'

'Bang?' vroeg Issy.

'Nee!'

'Mijn opa bakte tot zijn zeventigste honderden roomhoorntjes per dag.'

Darny snoof.

'Wat valt er te lachen?'

'Roomhoorntjes. Dat klinkt vet goor.'

Issy dacht er even over na. 'Misschien wel,' gaf ze toe. 'Mannen zijn wel heel goede bakkers. Althans, dat kunnen ze zijn.'

Darny had de sneetjes geroosterd krentenbrood al op en pelde een banaan. Hij keek naar de telefoon.

'Ik verwacht zijn telefoontje,' zei Issy. 'Zo ongeveer nu.'

'Wat kan mij dat schelen?' zei Darny meteen. 'Hij zit waarschijnlijk toch in een of andere stomme vergadering.'

Hij keek door de terrasdeuren naar het donkere terras achter het huis en zag hun weerspiegeling in het glas. Het huis zag er gezellig en warm uit. Hij wilde het niet toegeven, maar hij was blij dat Issy er was. Dat was fijn. Niet dat ze... Ze was niet zijn moeder of zo. Dat ging dus écht never nooit gebeuren. Maar vergeleken met al die tuttebellen die Austin door de jaren heen thuis had gebracht, was zij best aardig. En nu ze hier woonde, ja, leek het bijna alsof ze een fijn huis hadden, net als bij zijn vriendjes, en ging alles best lekker, nadat het behoorlijk lang niet zo geweldig was gegaan. Maar waarom zat die domme broer van hem dan in dat stomme Amerika?

'Jij kent de scholen in Amerika wel, toch?' vroeg hij quasinonchalant terwijl hij probeerde een paar rozijnen uit de beslagkom te jatten. Issy gaf hem met de houten lepel zacht een pets op zijn hand.

'Ja,' zei ze. Dat Issy nog nooit naar Amerika was geweest maakte het vrij lastig om Darny's angsten te temperen.

'Hebben ze... hebben ze echt zoveel vuurwapens op school en zo?' vroeg hij uiteindelijk.

'Nee,' zei Issy, en ze wilde maar dat ze er zekerder van durfde te zijn. 'Vast niet. Absoluut niet.'

Darny's mond krulde minachtend. 'En zingen ze echt de hele tijd?'

'Dat weet ik niet,' zei Issy. 'Echt, geen flauw idee.'

Toen ging de telefoon.

'Sorry,' zei Austin. 'Die vergadering ging maar door. Ze wilden me nog aan een paar mensen voorstellen en vroegen me om bij hun bestuursvergadering te komen zitten...'

'Wauw,' zei Issy. 'Ze zijn duidelijk van je onder de indruk.'

'Dat weet ik nog zo net niet,' zei Austin. 'Volgens mij vinden ze het gewoon leuk om me te horen praten.'

'Niet zo bescheiden, hoor,' zei Issy vrolijk, maar met een kleine hapering in haar stem. 'Natuurlijk zijn ze dol op je. Waarom zouden ze niet gek op je zijn? Je bent geweldig.'

Austin hoorde de emotie in haar stem en vloekte inwendig. Hij had er niet over na willen denken, had er geen moment bij stil willen staan, wat het betekende als hij hier een baan aangeboden kreeg – en nu leek het erop dat het nog wel meer werd, ook: niet zomaar een baan, maar een heuse carrière, een geweldige kans. Als je keek naar hoe banken er nu voor stonden, mocht hij al van geluk spreken als hij werk had, laat staan een carrière met toekomstperspectief. En het idee om eindelijk echt goed te verdienen, in plaats van net genoeg... Issy had natuurlijk het café, maar daar werd ze ook niet rijk van, en het zou fijn zijn als ze met z'n tweetjes wat leuke dingen konden doen... een mooie vakantie... misschien zelfs... hm, ja. Hij wilde nog niet over de volgende stap nadenken. Dat lag nog iets te ver in de toekomst. Maar toch. Het zou verstandig zijn, zei hij op ferme toon tegen zichzelf. Wat er verder ook in het verschiet lag. Het zou verstandig zijn om een spaarpotje te hebben, een buffer. Om zekerheid te hebben, samen.

'Nou ja, ze zijn erg aardig geweest...' gaf hij toe. 'Hoe doet Darny het op school?'

Issy wilde niet zeggen dat ze had gezien hoe hij op het schoolplein door een leerkracht snel naar het hek werd gemarcheerd. Ze probeerde niet al te betrokken te raken bij de school, ook al maakte ze zich zorgen om Darny, die de kleinste was van zijn klas en de enige zonder ook maar één ouder. Ze maakte zich bijna net zoveel zorgen als Austin.

'Hm,' zei ze.

'Wat ben je aan het doen?'

'Ik ben kerstcake aan het maken. Het ruikt geweldig!'

'Het ruikt vet goor,' zei Darny in de telefoon die op de luidspreker stond. 'En ik mag het niet eens proeven.'

'Omdat je zei dat het goor ruikt,' zei Issy onweerlegbaar. 'Bovendien zit er veel te veel alcohol in, dus mag je het sowieso niet hebben.'

'Austin zou het me laten proeven.'

'Nee, echt niet,' klonk Austins stem uit de telefoon.

'Als we eenmaal evenredige vertegenwoordiging hebben,' zei Darny, 'heb ik hier meer in te brengen.'

'Als je begint over stemrecht voor tieners, hang ik meteen op,' waarschuwde Austin.

'Nee, niet doen...' zei Issy.

Er viel een stilte terwijl Darny een grof gebaar maakte naar de telefoon. Vervolgens pakte hij, onheilspellend mompelend over hoe de boel hier zou veranderen zodra tieners stemrecht kregen, een tros bananen en verdween naar boven.

'Is hij weg?' vroeg Austin na verloop van tijd.

'Klopt,' zei Issy. 'Hij is vanavond trouwens best in een goed humeur. Misschien ging het nog helemaal niet zo slecht op school.'

'O, mooi,' zei Austin. 'Dank je wel, Issy. Ik had echt niet verwacht dat de puberteit nu al zou toeslaan.'

'O, het gaat nog best goed,' zei Issy. 'Hij praat nog met ons. Ik denk dat dat binnenkort helemaal ophoudt. Alleen beginnen zijn sportschoenen...'

'Ik weet het,' zei Austin met opgetrokken neus. 'Ik was al min of meer geurenblind geworden toen jij in mijn leven verscheen.'

'Hm,' zei Issy.

Het bleef weer stil. Dit was helemaal niets voor hen. Meestal kwam er geen einde aan hun gesprek. Hij vertelde haar wat er op de bank gebeurde; zij begon over rare klanten of waar Pearl en Caroline nu weer ruzie over hadden gemaakt.

Maar zij deed hetzelfde als altijd, terwijl zijn leven nu heel sterk aan het veranderen was.

Issy pijnigde haar hersenen om te proberen iets te bedenken waar ze met hem over kon praten, maar er schoot haar niets te binnen – vergeleken bij New York was haar dag verlopen als altijd: met suikerleveranciers praten en proberen Pearl zover te krijgen dat ze wat slingers op mocht hangen. En de rest van de tijd... tja, dat kon ze niet zeggen, omdat ze het gevoel had dat het niet eerlijk tegenover hem was, dat ze het hem kwalijk nam dat hij weg was, of dat ze tegen haar zin een van die griezelig afhankelijke vrouwen werd die altijd maar over hun wederhelft klaagden. Dus kon ze niet tegen hem zeggen dat vrijwel het enige waar ze aan had lopen denken, het enige wat in haar hoofd opkwam, was hoezeer ze hem miste en wilde dat hij thuiskwam, en hoe bang ze was dat hij hun leven overhoopgooide, net nu ze, voor het eerst in jaren, het gevoel had dat ze in een veilige haven aankwam.

Dus zei ze helemaal niets.

'En, hoe gaat het daar allemaal?' vroeg Austin verbijsterd. Het was zelden een probleem om Issy aan het praten te krijgen. Het was meestal stukken lastiger om haar tijdens cricket haar mond te laten houden.

'O, prima eigenlijk. Alles gaat z'n gangetje.'

Toen de stilte tussen hen voortduurde, voelde Issy het bloed naar haar hoofd stromen. Omdat Austin ondertussen stond te wachten tot hij een vierbaansweg kon oversteken zonder precies te weten waar het verkeer vandaan kwam, ontgingen de subtielere emotionele nuances hem volkomen. Hij dacht dat ze boos op hem was, omdat hij Darny bij haar had achtergelaten.

'Luister, tante Jessica zei dat ze Darny met alle plezier in...'

'Wat?' vroeg Issy geërgerd. 'Darny en ik hebben geen enkel probleem. Het gaat prima met hem. Maak je over ons geen zorgen.'

'Ik maak me geen zorgen,' zei Austin, terwijl een taxi luid naar hem toeterde, omdat hij het waagde te aarzelen voordat hij overstak. 'Ik zeg het maar. Je weet wel. Het is een alternatief.'

'Ik kom elke avond thuis na een dag hard werken, controleer of hij zijn huiswerk maakt en kook voor hem. Volgens mij gaat dat prima. Ik heb volgens mij geen alternatieven nodig, of denk jij van wel?'

'Nee, nee, je doet het geweldig.'

Austin vroeg zich af waar het gesprek zo akelig was begonnen te ontsporen.

'Sorry,' zei hij. 'Ik wilde je niet...'

Zijn telefoon piepte. Er kwam nog een gesprek binnen.

'Hoor eens, ik moet ophangen,' zei hij. 'Ik bel je later nog.'

'Dan lig ik in bed.' Het kwam er humeuriger uit dan Issy het had bedoeld. 'We spreken elkaar morgen wel.'

'Oké... prima.'

Toen Issy ophing, voelde ze zich verontrustend gefrustreerd. Ze hadden helemaal niet kunnen praten, niet over wat ertoe deed, en ze had geen idee wat hij aan het doen was en of het goed ging, los van de duidelijke indruk die ze tijdens het gesprek kreeg dat hij het vreselijk naar zijn zin had.

Ze zei tegen zichzelf dat ze dom bezig was, dat dit een hoop gedoe om niets was. Ze liep zich nodeloos op te winden. Haar vorige vriendje was emotioneel onbenaderbaar geweest en had haar afgrijselijk behandeld, en daardoor kon ze haar nieuwe relatie soms helemaal niet goed aan. Tegen Graeme had ze helemaal niets kunnen zeggen, omdat hij dan kil in zijn schulp kroop. Ze wist dat Austin heel anders was, maar ze wist nog niet precies hoever ze kon gaan. Mannen – nee, niet alleen mannen, iederéén deinsde terug als je om aandacht vroeg. Ze wilde niet onzeker overkomen. Ze wilde warm zijn, nonchalant, joviaal, en hem eraan herinneren dat ze samen een liefhebbend huishouden opzetten, niet defensief en berekenend zijn.

Issy zuchtte en keek naar het fruit dat ze door elkaar stond te roeren.

'Nee,' zei ze, terwijl ze zich een beetje verlegen en idioot voelde. 'Je kunt geen negatieve gedachten koesteren terwijl je de kerstcake staat te maken. Dat brengt ongeluk. Darny!' brulde ze naar boven. 'Heb je zin om twintig-pencemuntjes in het beslag te gooien?'

'Mogen het ook twee-pondmuntjes zijn?'

'Néé!'

Austin zuchtte. Hij wilde Issy niet bezorgd maken, maar soms ging dat heel makkelijk. Vlak voor zijn vertrek was hij nog op school geweest. Kirsty Dubose, het hoofd van de basisschool, had altijd een zwak voor Darny gehad, omdat ze zijn achtergrond kende. Bovendien had Austin helemaal niet doorgehad dat ze smoorverliefd op hem was geweest. Mevrouw Baedeker, het hoofd van Darny's middelbare school, had absoluut geen last van dat soort gevoelens. En Darny's gedrag was inderdaad stuitend.

'U mag wel stellen dat dit Darny's allerlaatste kans is,' had mevrouw Baedeker op barse toon tegen Austin gezegd, die het in schoolsituaties soms lastig vond om zich te herinneren dat hij werd geacht volwassen te zijn.

'Omdat hij antwoord geeft?' protesteerde Austin.

'Omdat hij met zijn ongehoorzaamheid voortdurend de klas stoort,' zei mevrouw Baedeker.

Austins lippen hadden getrild.

'Het is niet grappig,' zei ze erachteraan. 'Het gaat ten koste van de leerprestaties van andere leerlingen. En ik zal u dit zeggen. Darny Tyler mag dan slim, scherp, belezen en weet-ik-wat-nog-meer zijn, en hij zal, luidruchtig en wel, best goed terechtkomen.' Ze sloeg met haar hand op het bureau om haar woorden kracht bij te zetten. 'Maar er zitten een hoop kinderen op deze school die niet hebben wat Darny in huis heeft en die wél goed onderwijs, ordelijke lessen en discipline nodig hebben, en hij houdt dat proces tegen, en dat is niet goed en niet welkom op mijn school.'

Daar had Austin niet van terug. Diezelfde avond had hij Darny op krachtige toon op de hoogte gebracht van mevrouw Baedekers standpunt, en Darny had, op al even krachtige toon, teruggezegd dat examens complete tijdsverspilling waren en dat het dus weinig uitmaakte, dat die kinderen tijdens de pauze probeerden hem in de fik te steken en dat hij dus terecht wraak nam, en dat kritisch denken toch echt een belangrijk aspect van onderwijs was. Issy had zich in de keuken verschanst en een quiche met gerookte schelvis klaargemaakt. Maar Austin vond het moeilijk om zich zorgen te maken over Issy en Darny tegelijk, en op dat moment was hij met zijn gedachten bij zijn broertje, ook al dacht Issy zonder ophouden aan hem.

4

De ultieme kerstcake

Ik hoef me hier niet voor te verontschuldigen, schreef Issy in haar receptenboek voor de extra medewerkers die ze hoopte ooit te kunnen aannemen. Het was een traditie waar haar opa mee was begonnen, en zij was vastbesloten ermee door te gaan. Ze had al zijn handgeschreven recepten, en haar vrienden hadden er voor haar een boekje van gemaakt. Ze stond zichzelf nooit toe om te denken dat ze misschien ooit een dochter zou hebben om het aan door te geven. Dat was onverstandig. En hoe dan ook, dacht ze, als ze een dochter kreeg, zou die waarschijnlijk op Marian lijken en alleen maar taugé eten, weglopen om te gaan reizen, geheimzinnige ansichtkaarten sturen en krakerige Skypegesprekken onderbreken met lange, ingewikkelde verhalen over mensen die Issy niet kende. Maar toch.

Zelf breng ik in de meeste recepten kleine verbeteringen aan en pas ik ze aan mijn eigen voorkeuren aan, in de hoop dat ze dan ook naar de smaak van mijn klanten zijn. Ik ben niet zo dol op al te bewerkelijke of gekunstelde recepten, en als ik naar Amerikaanse recepten kijk, weet ik dat ze voor Britten waarschijnlijk te zoet zijn, terwijl Franse recepten weer niet zoet genoeg zijn. Dat mag allemaal zo zijn, maar dit recept is anders. Dit is een van de weinige recepten waar niets meer aan verbeterd kan worden. Sommige mensen zullen misschien losgaan met hele sinaasappelen, of verrassingen, of allerlei geneuzel, maar in deze vorm is dit een van de beste, meest betrouwbare recepten die er bestaan.

Het maakt niet uit of je nog nooit van je leven iets hebt gebakken. Je kunt een prachtige, prachtige kerstcake maken, en het recept is van sint Delia Smith.

Hoewel Delia officieel nog niet heilig is verklaard en gelukkig voor iedereen nog steeds leeft, zal het op een dag voor het Vaticaan slechts een formaliteit zijn. Niemand heeft koken en bakken zo duidelijk beschreven en niemand heeft zoveel succes. We kennen allemaal beroemde chef-koks – we noemen geen namen – die zeggen dat hun gerecht een halfuur in beslag neemt terwijl het je de hele middag en een flinke huilbui kost, of die ingrediënten helemaal weglaten, omdat ze het te druk hebben met het achteroverwerpen van hun haar. Op Delia kun je altijd vertrouwen, en vrijwel nergens zo onvoorwaardelijk als hier. Doe wat ze zegt – letterlijk, niet meer en niet minder – en je haalt straks een heerlijke kerstcake uit de oven. En dan hebben we het nog niet over de geur in je keuken als je hem maakt. Maak hem idealiter eind november, om hem een paar weken te geven om te rijpen. En als ik iets zou veranderen, zou het zijn dat ik iets meer cognac gebruik, maar dat laat ik helemaal aan jou over.

Klassieke kerstcake
Door Delia Smith

Deze kerstcake is sinds zijn eerste druk in 1978 al door duizenden liefhebbers gemaakt en is, samen met de traditionele Christmas Pudding, een van de populairste recepten die ik heb gemaakt. Hij is voedzaam, donker en erg vochtig, en zal dus niet in de smaak vallen bij mensen die van kruimeliger gebak houden.

450 gram krenten
175 gram sultanarozijnen
175 gram rozijnen
50 gram gekonfijte kersen, gespoeld, gedroogd en fijngehakt
50 gram sukade, fijngehakt

3 eetlepels cognac, en extra om de taart 'dronken te voeren'
225 gram bloem
½ theelepel zout
¼ theelepel vers nootmuskaatpoeder
½ theelepel koekkruiden
225 gram ongezouten boter
225 gram zachte bruine suiker
4 grote eieren
50 gram amandelen, fijngehakt (de velletjes mogen blijven zitten)
1 afgestreken dessertlepel zwarte stroop
geraspte schil van 1 citroen
geraspte schil van 1 sinaasappel
110 gram hele gebleekte amandelen (alleen als je niet van plan
    bent om de cake te glazuren)

Verder heb je nodig: een ronde bakvorm van 20 cm, of een vierkante taartvorm van 18 cm, ingevet en bekleed met silico-nenpapier (bakpapier). Bind voor extra bescherming een strook bruin papier om de bovenrand van de bakvorm, zodat het boven de bovenrand uitsteekt.

Begin met deze taart de avond voordat je hem wilt bakken. Weeg dan alleen het gedroogde fruit en de sukade af, doe ze in een beslagkom en meng er zo gelijkmatig en zorgvuldig mogelijk de cognac doorheen. Dek de kom af met een schone theedoek en laat twaalf uur marineren.

Verwarm de volgende dag de oven voor op 140 °C/ gasoven stand 1. Weeg alle overige ingrediënten af en vink ze af om zeker te weten dat je alles hebt. De stroop is makkelijker af te meten als je het blikje zonder deksel in een pannetje zet met water dat tegen de kook aan zit. Begin nu aan de taart door de bloem, het zout en de specerijen boven een grote beslagkom te zeven. Houd de zeef hoog, zodat er veel lucht bij de bloem komt. Mix dan in een aparte grote kom de boter en suiker door elkaar tot het mengsel er bleek, licht en luchtig uitziet. Klop daarna de eieren in weer een andere kom door elkaar en meng ze lepel voor lepel door het suiker-botermengsel. Blijf mixen tot al het ei is opgenomen. Als je de eieren langzaam lepelsgewijs toevoegt, zal het mengsel niet schiften. Mocht dat toch gebeuren, is dat nog geen ramp: een taart waar zoveel lekkere dingen in zitten, kan alleen maar lekker worden.

Nadat je al het geklopte ei hebt toegevoegd, spatel je de bloem en specerijen met langzame schepbewegingen door het mengsel, zonder te gaan kloppen (zo hou je al die kostbare lucht erin). Schep nu het fruit, de sukade, de gehakte noten en stroop, en tot slot de geraspte citroen- en sinaasappelschil erdoor. Schep daarna het beslag met een grote lepel in de beklede bakvorm en strijk het met de bolle kant van de lepel gelijkmatig uit. Als je niet van plan bent om de taart te glazuren, maak je op het hele oppervlak rondjes of vierkantjes met de gebleekte amandelen. Dek tot slot de bovenkant van de taart af met een dubbele laag siliconenpapier, met een gat ter grootte van een 50-cent-stuk in het midden (dit biedt extra bescherming tijdens de lange baktijd op lage temperatuur).

Zet de taart onder in de oven en bak hem 4½ à 4¾ uur. Het kan soms wel een halfuur à drie kwartier langer duren voordat de taart gaar is, maar houd in elk geval de eerste vier uur de oven dicht.

Laat de taart dertig minuten in de bakvorm staan, haal hem er dan uit en laat hem op een rooster verder afkoelen. Nadat de taart helemaal is afgekoeld, kun je hem 'dronken voeren' – maak met een cocktailprikker of satéstokje kleine gaatjes in de bovenkant en bodem van de taart en besprenkel die dan met een paar theelepels cognac. Pak de taart in een dubbele laag siliconenpapier en zet vast met een elastiekje. Verpak hem daarna in aluminiumfolie of bewaar in een luchtdichte doos. Je kunt de taart nu af en toe besprenkelen tot het tijd is om hem te glazuren of op te eten.

Pearl keek Issy aan. 'Je doet dit expres,' zei ze.

'Nee, echt niet,' zei Issy. 'Ze moeten rusten als ze uit de oven komen.'

Iedereen die binnen was gekomen had met opgeheven neus waarderend gesnoven en geglimlacht.

'Weet je, je kunt deze geur in een geurkaars kopen,' zei Caroline. 'Kost maar vijftig pond.'

De anderen keken haar aan.

'Vijftig pond voor een kaars?' vroeg Pearl. 'Mijn kerk verkoopt ze voor dertig pence.'

'Nou ja, ze zijn om cadeau te geven.'

'Geven mensen kaarsen cadeau?'

'Slimme mensen wel,' zei Caroline.

'Slimme mensen geven dus cadeaus waarmee ze zeggen: alsjeblieft, neem dit maar. Ik vind dat je huis vreselijk ruikt en dat je deze stinkkaars nodig hebt om het beter te maken?'

'Hou op, jullie,' zei Issy, en ze zette de lawaaiige koffiemachine aan om hen te laten ophouden met kibbelen. Ze keek naar de haard waar ze een kleine rode kous voor Louis had opgehangen. Pearl volgde haar blik.

'Smokkel jij hier kerstversieringen naar binnen?'

'Nee,' zei Issy snel. 'Het is gewoon achtergebleven wasgoed.'

'Dit is wel de kerstigste geur die ik ooit heb geroken,' zei de jonge klant die Caroline stond te bedienen. Het kind naast haar keek haar met grote ogen aan.

'De Kerstman is in aantocht!' zei ze.

'Sst,' zei Issy. 'Dat weet ik, maar je mag het nog tegen niemand zeggen.'

Het kind deed haar mond dicht en glimlachte, alsof ze een geheim deelden.

Pearl slaakte een diepe zucht. 'Goed. Best. Gooi hier de tent maar vol met slingers die stof hangen te vergaren en het me compleet onmogelijk maken om schoon te maken, en begin maar met die stomme kersthits totdat ik iets kapot wil meppen als ik nog één keer naar "Stop the Cavalry" moet luisteren. Wil je dat ik vijf weken lang met een kerstmuts rondloop? Misschien bind ik wel belletjes om mijn middel. Dan kan ik anderhalve maand lekker tingelen. Is dat wat?'

'Pearl!' zei Issy. 'Het is gewoon voor de lol.'

'Ik neem dit jaar maar eens alleen witte versieringen,' peinsde Caroline. 'Handgemaakt door de Inuit. Ze glinsteren niet en geven geen licht, maar ze zijn duurzaam. De kinderen klagen steen en been, maar ik heb hun uitgelegd dat een stijlvolle kerst een betere kerst is.'

Issy keek Pearl aandachtig aan. Normaal gesproken kreeg je haar niet zo makkelijk op de kast.

'Maar echt, gaat het wel?' vroeg Issy. Ze maakte zich ongerust dat ze te veel in haar zorgen om Austin opging om door te hebben dat Pearl zelf onder druk stond.

'Ja, het gaat wel weer,' zei Pearl met een beschaamd lachje. 'Sorry. Het punt is gewoon dat het allemaal zo snel gaat, en er zoveel te doen is...'

Issy knikte. 'Maar het wordt wel leuk, toch? Louis heeft er nu precies de goede leeftijd voor.'

'Maar het is zo duur,' zei Pearl, 'om al dat speelgoed voor hem te kopen.'

'Louis is het minst hebberige kind dat ik ken,' zei Issy. 'Hij gaat niet om speelgoed vragen.'

'Benjamin zegt aldoor dat hij een nieuwe garage voor hem gaat kopen, plus alles wat hij op tv ziet, en dan nog voetbalspullen en zo,' zei Pearl. 'Maar ik kan niet eens...'

Issy keek haar aan. 'Pearl McGregor, jij bent de verstandigste vrouw die ik ooit in mijn leven heb leren kennen. Ik kan niet geloven dat jij dit zegt. Craig de bouwvakker vroeg Louis vorige week wat zijn favoriete voetbalteam was en hij zei "het Wegenboog-team".'

Pearl glimlachte.

'Hij bedoelt Brazilië.'

'Hij weet niet wat hij bedoelt! Hij is vier! Maak je er niet druk over! Bovendien,' zei Issy als aansporing die haar op dat moment te binnen schoot, 'hoe kerstiger en leuker we de winkel maken, hoe meer we verkopen en hoe hoger je kerstbonus. Wat zeg je daarvan?'

Pearl haalde haar schouders op.

'Ik vind nog steeds dat mensen voorbijgaan aan de reden waarom we deze tijd van het jaar vieren.'

'Wil je dat ik een kerststalletje van peperkoek maak?' vroeg Issy, die aannam dat Pearl het aanbod zou weglachen. Het was een heel gedoe en zou ontzettend veel tijd kosten.

In plaats daarvan zei Pearl: 'Dat lijkt me heel leuk. Mag het voor het raam staan?'

Caroline keek evenmin reikhalzend uit naar de kerst. Het was de beurt van Richard, haar ex, om dit jaar de kinderen te nemen. Nou, had ze tegen iedereen gezegd, dat was wat haar betrof prima. Ze zou zich die dag lekker verwennen in haar wellnessbadkamer en al vroeg detoxen, zodat ze niet zo opgeblazen het nieuwe jaar in ging als iedereen.

Ze wist dat ze zich waardeloos gedroeg – zo snauwerig en sarcastisch – en ze was zich ervan bewust dat Pearl en Issy de enige twee mensen op aarde waren die haar momenteel verdroegen, maar het leek wel alsof ze er niets aan kon doen. Richard was oorspronkelijk bij haar weggegaan voor een vrouw op het werk, maar nu had hij blijkbaar een ander, en wat ze ook verzon, ze kwam er maar niet achter waar hij uithing, of bij wie. Hij nam alleen via advocaten contact met haar op. Had hij iemand anders leren kennen? Verwekte hij een paar duizend baby's bij een nieuwe vlam en gaf hij Hermia en Achilles' erfenis aan haar uit? Het huis was ook duur, en iedereen wist dat City-bonussen inmiddels een flink stuk minder royaal waren. Het werd zo zoetjesaan onmogelijk om in Londen te wonen.

Diep in haar hart was ze doodsbang, en ze reageerde haar angst op bijna iedereen af. Pearl en Issy begrepen dat en deden hun uiterste best om er goed mee om te gaan. Pearl had al verschillende keren luidkeels verkondigd dat werken met Caroline haar gegarandeerd een plek in de hemel zou bezorgen. In haar meer dromerige momenten bedacht Issy dat als Austin en zij samen dochters zouden krijgen, de tienerjaren ongeveer zo zouden verlopen.

'Hoe vergaat het dat lekkere vriendje van je in New York?' vroeg Caroline haar terwijl ze de lunchdrukte het hoofd boden – Pearl had toegestaan dat Issy de sandwich-bestelling veranderde in kalkoen, vulling en cranberrysaus, en ze vlogen net zo snel van de plank als ze ze konden bijvullen.

'Het gaat geweldig,' zei Issy op zo'n toon dat Pearl en Caroline onmiddellijk doorhadden dat het helemaal niet goed ging.

'Ach, je kent dat toch, New York,' zei Caroline een beetje uit de hoogte.

'Nee, ik niet,' zei Issy. 'Ik ken dat helemaal niet. Ik ben er nog nooit geweest.'

'Ben je er nog nooit gewéést?'

'Ik ook niet,' zei Pearl. 'En ik heb ook nog nooit gif in mijn gezicht laten injecteren. Is het niet verbijsterend wat mensen nog nooit hebben gedaan?'

Caroline negeerde haar. 'Nou ja, het zit er tjokvol onge-looflijk mooie vrouwen, echt beeldschoon, en wanhopig op zoek naar een man. Wat ze allemaal niet doen voor een lange, knappe bankier met een Engels accent... hij zal ze als vliegen van zich af moeten slaan.'

Issy keek haar geschokt aan.

'Is dit feitelijk bewezen?' vroeg Pearl zwaarwichtig. 'Of heb je het gewoon verzonnen op basis van tv-programma's?'

'O nee, lieverds, ik ben er geweest. Vergeleken bij de vrouwen daar voel ik me lelijk.' Caroline lachte een tinkelend lachje dat blijkbaar zelfkritisch en charmant was bedoeld, maar absoluut niet zo klonk.

'Hij komt snel weer thuis,' zei Issy.

'Reken daar maar niet op,' zei Caroline. 'Ze pikken hem binnen de kortste keren in.'

Dit deed Issy's stemming bepaald geen goed, zelfs niet toen de hele straat begon te ruiken van de laatste lading kerstcakes in de industriële oven en een menigte steigerwerkers van de overkant naar de winkel kwam. Ze kwamen uit Oekraïne en konden zich onder normale omstandigheden hooguit samen met een collega een cupcake veroorloven, ware het niet dat elk personeelslid hun iets extra's toestopte zonder dat tegen de anderen te zeggen.

Austin kon niet ontkennen dat dit best een eyeopener bleek te zijn.

Merv Ferani, vicedirecteur van Kingall Lowestein, een van de grootste banken op Wall Street die de recessie hadden overleefd, leidde hem kruip-door-sluip-door langs de tafeltjes in de met eikenhout gelambriseerde eetzaal, achter de welvende gestalte aan van de mooiste serveerster die Austin ooit had gezien. Nou ja, misschien was ze geen serveerster. Ze had bij de balie bij de ingang namen op een lijst staan afvinken en was erg onbeleefd geweest tegen de mensen voor haar, maar toen Merv vastberaden naar binnen was gestapt – hij was heel klein, heel dik en droeg een zeer flamboyante strik – was ze een en al glimlach geweest, heel dweperig, en had ze een onbeschaamde blik op Austin geworpen die hem volkomen van zijn stuk bracht. Hij was er niet aan gewend dat echt mooie mensen aardig tegen hem waren. Hij was eraan gewend dat heel normaal uitziende mensen hem vroegen of hij alsjeblieft met zijn zoontje uit de bus wilde stappen.

Ze baanden zich een weg tussen de tafeltjes door waar allemaal welvarend uitziende mensen aan zaten: mannen in dure pakken met puntschoenen; mooie vrouwen, soms met veel oudere, veel minder mooie mannen. Merv bleef vaak staan om iemand een hand te geven, grapjes uit te wisselen die Austin niet snapte en mensen bij de schouder te pakken. Hij stelde Austin aan een of twee mensen voor – 'hij komt net uit Londen' – en dan knikten ze en vroegen ze of hij die-en-die kende bij Goldman Sachs of iemand bij Barclays en dan moest hij zijn hoofd schudden en proberen er niet uit te flappen dat hij verantwoordelijk was voor kleine zakelijke kredieten in een klein filiaal in de winkelstraat van Stoke Newington.

Eindelijk bereikten ze hun tafeltje. Er kwamen nog twee kelners aansnellen om hun stoel naar achteren te trekken en water voor hen in te schenken. Merv wierp een snelle blik op het zware menu met de naam van het restaurant in reliëf en smeet het toen aan de kant.

'Ach, wat dondert 't. Het is alweer bijna die tijd van het jaar. Ik ben dol op kerstgerechten. Laten we kijken of we iets kerstigs kunnen bestellen. En een fles bordeaux, de 2007 als ze die hebben. Jij hetzelfde?'

Hij trok een wenkbrauw op naar Austin, wiens maag nog steeds dacht dat het nacht was en daarom maar al te graag instemde. Hij vroeg zich wel af wat er zou zijn gebeurd als hij om een groene salade had gevraagd. Dan zou hij vast op een of andere manier voor een test zijn gezakt.

De borden waren zo groot als karrenwielen. Austin vroeg zich af hoeveel hij zou moeten eten.

'Zo, dus, Austin...' zei Merv, die het broodmandje te lijf

ging. Austin nam aan dat je, als je een bepaalde mate van rijkdom en succes had vergaard, mocht eten zoals je wilde. Manieren waren voor onbelangrijke mensen.

De middag ervoor was het heel plotseling gegaan. Austin was op bezoek geweest in het kantoor van KL en had zich helemaal niet op zijn gemak gevoeld. Er werkten allemaal pienter ogende jonge mannen die waarschijnlijk van zijn leeftijd waren, maar er stukken verzorgder, getrainder en op de een of andere manier minzaam uitzagen; gladder dan glad geschoren met een belachelijk glimmende huid en gepolijste vingernagels, in dure pakken en glimmende schoenen. (De enige keren dat Austin ooit naar een sportschool was geweest, was om Darny op te halen van de padvinders, en dat had alleen geduurd totdat Darny met klem had gezegd dat het tegen zijn mensenrechten was om naar een paramilitaire organisatie te worden gestuurd.) En dan had hij het nog niet eens over de vrouwen. De vrouwen in New York waren de meest angstwekkende exemplaren die Austin ooit had gezien. Ze leken in de verste verten niet op dezelfde planeet te leven als de rest van de mensheid. Ze hadden ongelooflijk gespierde benen die uitliepen in vreselijk scherpe stilettohakken, en knokige ellebogen en spitse gezichten, en ze bewogen heel snel, als reusachtige insecten. Ze waren natuurlijk erg mooi, dat kon Austin niet ontkennen. Maar op de een of andere manier leken ze niet van deze wereld. Toch hadden ze allemaal zijn kant op gekeken toen hij binnenkwam en waren ze erg aardig geweest. Austin was er niet aan gewend om kritisch te worden bekeken door vrouwen die eruitzagen alsof ze als model konden gaan werken als ze genoeg hadden van hun carrière bij de bank. Het maakte hem zenuwachtig.

Een andere Brit, Kelvin, had hem rondgeleid. Austin kende Kelvin vaag van verschillende cursussen die ze samen hadden gevolgd toen de bank nog hardnekkig probeerde om Austin promotie te laten maken en Austin al even koppig probeerde zich daartegen te verzetten. Destijds zag hij zijn werk bij de bank nog als iets tijdelijks.

Austin was onder de indruk toen hij zag dat Kelvin was afgevallen, zich beter kleedde en sowieso anders overkwam. Hij had zich zelfs een vreemd soort trans-Atlantisch accent eigen gemaakt. Austin vond dat hij daardoor een beetje als Lulu klonk, maar wilde er niet over beginnen.

'Je hebt het hier dus wel naar je zin?'

Kelvin glimlachte breed. 'Nou, de werktijden zijn best slopend. Maar het leven hier... geweldig. De vrouwen, de bars, de feestjes... het is het hele jaar door kerst, man.'

Austin wilde echt zijn zinnen niet met 'man' afsluiten.

'Oké. Eh, Kelvin.'

Kelvin liet zijn stem zakken. 'Ze hebben hier een tekort aan mannen, weet je. Als ze je accent horen en je het er een beetje dik op legt en laat doorschemeren dat je prins William kent, zijn ze niet van je af te slaan.'

Austin fronste. 'Kelvin, jij bent geboren in Hackney Marshes.'

'Dat ligt in Londen, toch?'

Ze sloegen de hoek om naar de belangrijkste beursvloer. Austin keek aandachtig om zich heen.

'Hier wordt getoverd, bro.'

Austin had maar één bro, die bijna net zo irritant was als Kelvin.

'Hm,' zei hij.

Kelvin knipoogde overdreven naar een van de meisjes op de beursvloer die driftig op haar computer zat te typen terwijl ze aan de telefoon was en desondanks tijd vond om haar prachtige donkere haar, dat eruitzag als iets uit een shampooreclame, naar achteren te schudden. De enorme open ruimte was een heksenketel: mannen gingen staan

68

en schreeuwden in telefoons, boven hun hoofd hield een tickertape op een lcd-beeldscherm de koersen bij en mensen renden gehaast rond met dossiers.

'Ja, hier wordt echt getoverd.'

'Hm,' herhaalde Austin.

'Wat is er nou? Ben je dan niet onder de indruk?'

'Niet echt,' zei Austin een tikje terneergeslagen. Dit was maar een oriënterend bezoek, en voor hem was nu al duidelijk dat hij hier nooit tussen zou passen, dus kon hij net zo goed zeggen wat hij vond. 'Ik snap niet dat jullie hier nog steeds met al die ongein bezig zijn alsof het 2007 is.'

Hij wees naar een opzichtig geklede beurshandelaar die in een telefoon zat te brullen. 'Kom op, zeg! We hebben al die brulaperij al eerder geprobeerd, en toen werkte het ook niet. Dit is complete tijdsverspilling. Ik durf te wedden dat niemand hier ook maar enig benul heeft van wat een derivaat is, of waarom het zo'n slecht idee is, behalve drie analisten in een backoffice, als ze even vijf minuten ophouden met hun spelletje *World of Warcraft*. Banken strooien zichzelf al jaren zand in de ogen. Het is niet duurzaam en dat weten we nu ook. Waarom stroomt het geld niet goed? Om echte bedrijven, echte mensen te helpen om te groeien en dingen te bouwen en te maken? Want al die luchtkastelen zijn allang ter aarde gestort. Maar eh, mooi pak, Kelvin.'

Austin draaide zich om en maakte aanstalten om te gaan. Op dat moment zag hij een klein mannetje met een grote strik die midden op de beursvloer met een niet-brandende sigaar aandachtig naar hen had staan kijken.

'Jij,' zei hij, terwijl hij met een kort, dik vingertje naar Austin wees. 'Jij gaat met mij lunchen.'

En nu zat hij hier, met voor zijn neus zes verschillende soorten brood, die door een belachelijk knappe jonge man werden toegelicht. Austin vroeg zich afwezig af waar al die dikke Amerikanen over wie je altijd hoorde waren gebleven. Misschien werkten de smalle gebouwen en kleine woonruimten van Manhattan ontmoedigend.

'Twee olijf, één rogge, maar niet als die warm is,' bestelde Merv, en hij liet zich achteroverzakken om naar Austin te kijken. Hij had een nieuwsgierige blik in zijn kleine oogjes.

'Volgens Londen ben jij nogal een verrassing. Jong, op weg naar de top, onkreukbaar... misschien in voor iets anders, nu het nog kan.'

'Goh,' zei Austin. 'Dat was erg aardig van ze.'

'Ze zeiden ook dat jij de enige bent in het hele bedrijf die nog nooit verlies heeft geleden op zijn leningen.'

Austin glimlachte toen hij dat hoorde. Het was een fijn compliment om te krijgen. Hij verstrekte zijn leningen heel intuïtief, op basis van hoe hij mensen zag, hoe hard ze volgens hem konden werken, hoe graag ze het wilden. Toen Issy twee jaar geleden zijn kantoor was binnengelopen, had Austin door haar zenuwen en angst, en door het complete gebrek aan voorbereiding, heen gekeken en had hij de persoon zelf gezien. Zij was sterker dan je zou denken als je haar zag. Nou ja, een onconventionele opvoeding kon dat effect hebben, zoals hij zelf maar al te goed wist.

'Weet je hoeveel mijn handelaren vorig jaar hebben verloren? Die sukkels op de beursvloer?'

Austin schudde beleefd zijn hoofd.

'Ongeveer zeventien miljard dollar.'

Austin kon niet met zekerheid zeggen of dat, in deze context, nu veel geld was, of niet.

'We moeten terug naar de basis, Austin.' Merv vulde hun glazen bij. 'We hebben fatsoenlijke, eerlijke handelaren nodig zonder smet op hun blazoen. We hebben transparantie nodig. We moeten iets doen voordat het publiek besluit dat we allemaal de bak in moeten, *capisce*?'

Austin knikte.

'Kerels als jij, die kleinere leningen verstrekken, voorzichtiger investeren. Die zich niet gedragen als straalbezopen apen achter de stuurknuppel van een 747, snap je wat ik wil zeggen? Die zich niet gedragen als wezels die stijf van de cocaïne geld in de broekjes van serveersters proppen en verdomme trampolines voor in hun huis kopen.'

Austin was de weg in Mervs betoog een beetje kwijt, maar glimlachte desondanks dapper.

'Duurzaam bankieren?' probeerde hij. Dat was een uitdrukking die het op het hoofdkantoor goed had gedaan.

'Juist,' zei Merv. 'Precies. Ben je getrouwd?'

'Nee...' Austin was verbaasd over de onverwachte vraag.

'Kinderen?'

'Eh, ik zorg voor mijn broertje.'

'Hoezo, wat is er met hem?'

'Hij is pas elf.'

Merv knikte. 'O ja, een van mijn kinderen is ook elf. Van mevrouw Ferani nummer twee. Weet absoluut niet waar hij mee bezig is. De ene helft van hem wil *Star Wars* spelen, de andere helft wil in de Indy 500 racen...'

'Is dat zoiets als de Formule 1?'

'... dus zei ik tegen hem: "Oké, prima, je krijgt die auto, maar je mag er alleen mee op de ranch rijden."'

De kelner kwam naar hen toe en begon op zo'n vriendelijke manier de enorm ingewikkelde lijst met dagschotels uit te leggen dat Austin zich even afvroeg of ze misschien samen op school hadden gezeten, maar Merv wuifde hem weg.

'Het is toch kerst? Breng ons iets met kalkoen. En cranberrysaus en meer van die ongein. En doe nog maar wat bordeaux.'

Om vier uur die middag liep Austin, wiens bioritme was verstoord en die tijdens de lunch uitstekende, maar zware bordeaux had gedronken, slingerend het restaurant uit. Schijnbaar uit het niets kwam er een zwarte auto geruisloos aanrijden om Merv op te halen, die absoluut geen last van de drank leek te hebben en Austin een lift aanbood. Hij bedankte. De ijskoude stadslucht van New York greep hem bij de keel, maar hij wilde zijn hoofd leegmaken en alles laten bezinken.

'Tuurlijk,' zei Merv. 'Maar je hoort nu wel bij mij, oké?'

Ze gaven elkaar een hand en Merv omhelsde hem. Dat was uiterst ongemakkelijk.

Austin liep vlak bij het Plaza Hotel aan de zuidoostelijke kant van Central Park. Aan de overkant van de weg stonden lange rijen paarden voor koetsen met tinkelende belletjes en ademwolken. De paarden droegen dekens, en Austin wilde er al een foto van maken met zijn telefoon toen hij zich herinnerde dat Darny het waarschijnlijk een schending van paardenrechten zou noemen, of zoiets, en ervan afzag. Tegenover het park zat de gigantische speelgoedwinkel FAO Schwarz. Zelfs Darny, vermoedde Austin, zou daar graag even binnenkijken. Hij liep door over Fifth Avenue tussen het drukke winkelende publiek dat snel Barney, Saks en de andere grote warenhuizen daar in en uit liep. De lichtjes en etalages waren bijna overweldigend, en toen begon het nog te sneeuwen ook. Hij ging op in de warmte en de opwinding van nieuwe mensen en plekken... het was enerverend.

Een compleet nieuwe wereld. Heus?

Omdat hij niet wilde dat ze zich zorgen zou maken, had hij Issy er nog niets over verteld, maar de kans was reëel dat het bankfiliaal in Stoke Newington de nieuwe bezuinigingsronde niet zou overleven. En een overstap van plaatselijk naar internationaal bankieren... dat was vrijwel ongehoord. De bank was uitsluitend bedoeld geweest als tijdelijke oplossing. Hij wist best dat hij meer in zijn mars had, maar het leven was zo ingewikkeld geworden en een angstige en verwarde vierjarige zekerheid bieden was op dat moment het allerbelangrijkste geweest.

Maar nu... misschien was het nu tijd om zichzelf wat meer ambitie te gunnen?

Hij dacht aan Issy. Ze had vaak gezegd dat ze het heerlijk zou vinden om naar New York te gaan. Ze zou kunnen komen... Ze zou het geweldig vinden. Toch? Hij werd moedeloos toen hij bedacht hoe gelukkig ze was in het Cupcake Café; hoe hard ze had gewerkt om er een prachtige, knusse tent van te maken waar mensen een uurtje of wat konden neerstrijken. Hoe ze de buurtbewoners en de vaste klanten had leren kennen, en hoe het café zijn plek had gevonden in Stoke Newington, alsof het er altijd al was geweest. Dat beloofde weinig goeds.

Maar dat kon ze nog een keer doen. Ze zou misschien haar greencard binnenslepen en hier iets geweldigs beginnen. De Amerikanen hadden de cupcake toch uitgevonden?

Twee heel lange vrouwen drongen langs hem om de Chanel-winkel in te gaan en praatten luidkeels over hun vriendje. Austin verdrong de gedachte dat Issy zich hier helemaal niet thuis zou voelen. Dat ze misschien niet hard en sluw genoeg was voor New York. Hij besloot een cadeautje voor haar te kopen. Iets leuks om haar te laten zien hoe betoverend deze stad kon zijn.

In zijn licht bedwelmde toestand kon hij het niet geloven. Die geur. Hij had net aan Issy lopen denken en nu rook hij haar hier opeens, uit het niets. Hij liep zijn neus achterna en sloeg af naar een zijstraat. En ja, hoor, precies op de hoek stond het liefste, meest charmante kleine cupcakecafé dat hij ooit in zijn leven had gezien.

De buitengevel van het café was roze geschilderd en van boven tot beneden bedekt met kerstboomlichtjes. Door de ramen zag hij dat er binnen nog meer lichtjes hingen. Op de her en der geplaatste, niet bij elkaar passende donkere banken – met groene en donkerrode stoffen bekleed – lagen geruite dekens. De muren en vloer waren van donker mahoniehout. Toen Austin de geur van koffie en versgebakken taart opsnoof, sprongen de tranen van heimwee hem bijna in de ogen. Hij duwde de deur open en hoorde een bel klingelen, net als bij Issy.

'Hé, hallo daar,' klonk een vriendelijke stem achter de toonbank. De hele achterwand was bedekt met rood-groene zuurstokken. 'Wat kan ik vandaag voor u betekenen?'

5

IJsbeercupcakes

Deze cakejes zijn onweerstaanbaar. Snijd de drop klein om er oogjes en een neusje van te maken en gebruik witte chocolate buttons voor de oren. Als je, net als ik, niet van drop houdt, kun je ook chocolate chips gebruiken. Probeer je niet al te verdrietig te voelen als je erin hapt. Zeg nu zelf: iedereen die Haribo-beertjes snoept, kan best een ijsbeer met kokos opeten.

125 gram ongezouten boter, op kamertemperatuur
125 gram fijne kristalsuiker
2 grote eieren, op kamertemperatuur
125 gram gezeefd zelfrijzend bakmeel
2 theelepels vanille-extract
2 theelepels melk

Voor dit recept heb je twee verschillende maten cupcakevormpjes nodig, het een kleiner dan het ander. Verwarm de oven voor op 190°C/gasoven stand 5, en steek papieren cakevormpjes in de vormpjes.

Roer boter en suiker door elkaar, voeg daarna achtereenvolgens eieren, bakmeel, vanille en melk toe en klop door elkaar totdat het beslag langzaam van de lepel valt (voeg anders iets meer melk toe).

Schep in de papieren cakevormpjes, zet in de oven. Controleer na 12 minuten met een tandenstoker of ze gaar zijn – als die er schoon uit komt, zijn ze klaar.

Voor het glazuur

125 gram ongezouten boter
250 gram poedersuiker, gezeefd
1 theelepel kokosextract (je kunt ook Malibu gebruiken als je avontuurlijk bent aangelegd!)
klein scheutje melk
gedroogde kokos
grote en kleine chocolate chips
witte chocolate buttons

Roer de boter romig en doe de poedersuiker erbij. Voeg dan het kokosextract en de melk toe tot je een licht glazuur hebt.

Bestrijk één kleine en één grote cupcake met het glazuur en plak ze dan op elkaar, waarbij de kleine cupcake de kop van de ijsbeer voorstelt. Rol de beer voorzichtig in de gedroogde kokos.

Maak de oogjes en het neusje van stukjes chocola en oortjes van de chocolate buttons – en voilà! IJsbeercupcakes!

Gelukkig kerstfeest!

'Dus we gaan helemaal in kerstsfeer,' zei Pearl gelaten.

'Het zijn ijsbeertjes,' zei Issy. 'IJsbeertjes heb je voor het leven, niet alleen met Kerstmis. Trouwens,' zei ze erachteraan, 'het is vandaag 1 december! De adventstijd is begonnen. Het is nu helemaal officieel! Ta-daaa.'

Ze haalde haar pièce de résistance uit haar schoudertas: een reusachtige adventskalender. Hij zag eruit als een traditioneel besneeuwd dorpje, waarbij de felgekleurde ramen van de huizen genummerde luikjes bevatten.

'Het eerste kind dat hier 's morgens binnenkomt, mag een luikje openmaken. Behalve Louis.'

Louis, die helemaal opging in een boek over kikkers, keek op.

'Heb jij je eigen kalender?' vroeg ze.

Louis knikte ernstig. 'Heb ik van oma gekwegen. Daar zitten snoepjes in. Ik kwijg elke dag sukkela! En ik heb er ook een van papa.'

Issy keek naar Pearl.

'Moet je niet naar mij kijken,' zei Pearl, die veel moeite deed om Louis' gewicht op peil te houden. 'Ik heb het hun allebei verteld,' zei ze. 'En ik heb één kalender weggehaald.'

'Voor de arme kindertjes,' zei Louis ernstig. 'Arme, arme kindertjes. Ik heb oma's huis zelf gehouden, omdat ik daar al uit had gesnoept.'

'Oké, mooi,' zei Issy. 'Laat deze maar dicht, als je het niet erg vindt. Op kerstavond mag je de grote deuren openmaken.'

Louis bestudeerde de kalender aandachtig. 'Issy!' zei hij op dringende toon, 'er zit geen sukkela meer in, Issy!'

'Niet in alle adventskalenders zit chocola, Louis.'

'Jawel, echt wel!' zei Louis. 'Ik denk dat er een dief langs is gekomen.'

'Nou, ik ben wel blij dat ik niet al te veel moeite hoef te doen om jou op afstand te houden,' zei Issy.

Ze vouwde de kalender open en zette hem op de schoorsteenmantel. Hij zag er prachtig uit, maar bleef niet staan.

'Hm, ik vraag me af hoe hij overeind kan blijven?' zei ze. 'O, ik weet het al. Misschien deze lange hulstketting die ik heel toevallig in mijn tas heb zitten.'

Pearl snoof. 'Ja, oké,' zei ze. 'Je hebt je punt gemaakt.'

'Weet je wie er is begonnen met de hulst en de klimop?' vroeg Issy vrolijk.

'Het kindeke Jezus,' brulde Louis.

'Ja, dat is zo,' zei Issy. 'Maar de Romeinen ook. En mistletoe, oftewel maretak, is van nog langer geleden, van de druïden, hun midwinterfeest.'

Pearl verkocht nog zes ijsbeercakejes en zei niets. Caroline kwam binnen, zodat Issy beneden verder kon gaan met bakken. Carolines gezicht betrok toen ze de hulst op de schoorsteenmantel zag.

'O,' zei ze. 'Dus je hebt voor rood met groen gekozen?'

'Als kerstkleuren?' zei Issy. 'Eh, ja, bizar genoeg wel.'

'Maar er zijn zoveel chiquere manieren om het te doen!' zei Caroline. 'Ik liep te denken aan een zilverthema, of van die doorzichtige plastic boompjes die ze bij Terence Conran verkopen? Zo stijlvol.'

'Als ik een stijlicoon wilde zijn, zou ik mijn kleren niet uit een catalogus kopen,' zei Issy. 'Ik wil dat het leuk, knus en makkelijk is, niet eng, zoals in die chique gelegenheden waar je op puntige stoelen moet zitten en waar iedereen blond en mager is en leren broeken draagt...'

Toen ze besefte dat ze Caroline stond te beschrijven viel Issy stil. Gelukkig had Caroline een erg dikke huid als het haar zo uitkwam, zelfs al had ze geen grammetje vet op haar botten.

'Zo komen we nooit in de *Super Secret London Guide*,' zei ze. 'Ze kiezen de meest exclusieve verborgen winkeltjes van het jaar en wijden er een speciale editie aan. Er is een prijs voor de winkel met de meest stijlvolle kerstversiering.'

'Nee, daar komen wij geheid niet in,' zei Issy. 'Ik zal daar zo stoïcijns onder blijven als ik maar kan.'

Caroline pruilde. 'Wil je niet eens moeite doen? Ze geven in januari een speciale bijlage uit.'

'Het probleem is,' zei Pearl, 'dat we allemaal mensen die er net zo uitzien als jij in de winkel zouden krijgen. En mensen die er net zo uitzien als jij zijn slecht voor de omzet. Ze eten niet genoeg taart.'

'Ja, maar we nemen minder ruimte in,' pleitte Caroline. 'Dat betekent dat je er meer van ons kwijt kunt. En laten we eerlijk zijn, we zijn bereid bijna een vermogen neer te tellen voor een smoothie, vooral als die groen is.'

Issy glimlachte. 'Maar dan nog. We zouden toch niet winnen, en ik heb geen zin om veel tijd aan stomme dingen te besteden.'

'Misschien ook wel,' zei Caroline. 'En het zou je een stukje hoger op de ladder kunnen brengen. Het wordt sowieso tijd dat je uitbreidt. Zo heeft die schijtvent zijn bedrijf ook opgebouwd. Althans, dat denk ik. Hij vertelde er altijd over, maar ik luisterde natuurlijk niet – zo saai.'

'Ik zal toch nooit begrijpen waarom jullie tweeën uit elkaar zijn gegaan,' mompelde Pearl.

'Ik was tenminste een getrouwde moeder,' snoof Caroline.

Gelukkig klingelde de bel en kwam Helena binnen met Chadani in haar armen. Ze had een buitenmaats buggy die evenveel had gekost als een kleine auto, met een speciaal voor haar gemaakte mof, kap, voetenzak en autozitje in roze met paarse strepen, zodat hij er op een afstandje uitzag, zoals Austin (op zachte toon) had opgemerkt, als een klein monster dat net een baby had opgevreten en toen was ontploft. Je kon met de buggy niet de trap op naar hun bovenwoning, hij kon bij de meeste winkels niet door de deur en hij paste alleen met grote moeite in de achterbak van hun Fiat. Daarom liet Helena hem regelmatig midden op de stoep staan, zodat hij er nog meer uitzag als een monster, en wat betekende dat hij iedereen vreselijk in de weg stond. Dit weerhield haar er niet van om de buggy bij iedereen die ze tegenkwam aan te bevelen als de allerbeste in zijn soort. Issy was stiekem blij dat de buggy niet door de deur paste. Nadat Helena hem op een ochtend voor de deur had geparkeerd en er vier mensen waren gestruikeld over een extra wiel dat heel geniepig aan de voorkant uitstak en vooral werd gebruikt om op oversteekplaatsen mensen tegen de hielen te rijden, had Issy er wel op moeten aandringen dat ze hem vastzette aan de boom op hun binnenplaatsje.

'Hallo!' zei Issy opgewekt, blij dat ze Pearl en Caroline nu niet uit elkaar hoefde te halen. 'Hallo, Chadani!'

Chadani brulde en vertrok haar gezichtje.

Issy keek Helena aan.

'Zeg me alsjeblieft dat dat imitatiebont is.' Chadani werd zo ongeveer verzwolgen door een reusachtige bontjas met bijpassend mutsje en haar lichtroze Uggs.

'Nee!' zei Helena. 'Maar ziet ze er niet snoezig uit? Ashoks oudtante wil gaatjes in haar oren laten prikken.'

Issy zei hier niets over, maar gaf Chadani een kus op haar wipneusje. Als je door alle dons en dwaasheid heen keek, was ze een erg vertederende baby.

Chadani glimlachte vrolijk en wees naar het grootste taartplateau, waar cupcakes op stonden met winterframboos en roze glazuur dat Issy in een opwelling had bestrooid met glinsterende sterretjes. Ze glommen erg mooi, gaf ze toe.

'Waaa!' gilde Chadani.

'Willen jullie een cupcake delen?' vroeg Issy, terwijl ze de koffiemachine een cappuccino voor Helena aftroggelde.

'O, Chadani wil echt niet delen,' zei Helena. 'Ze is nog wat te jong om daartoe te worden gedwongen, vind je niet?'

'Het is erg veel,' zei Issy.

'Tja,' zei Helena. 'Had je ze maar niet zo groot moeten maken. Je moet ook aan kinderen denken.'

Issy zag af van een demonstratieve zucht en zette nog maar een lading ijsbeercakejes in de oven. Toen besloot ze een korte pauze te houden – Pearl en Caroline praatten demonstratief niet met elkaar, zodat ze allebei bijzonder snel en efficiënt werkten – en ging ze naast Helena zitten, die in de Argos-catalogus naar speelgoed zat te kijken terwijl Chadani kortere metten maakte met een enorm grote cupcake dan Issy van een eenjarige zou durven verwachten.

'Hoi,' zei Issy.

'Weet je,' zei Helena, terwijl ze snel door de catalogus

bladerde, 'Chadani heeft alles wat hierin staat, of zo goed als. Ze moeten echt nieuw speelgoed uitvinden.'

'Je vindt het echt heerlijk om een dochter te hebben, hè?' vroeg Issy opeens.

Helena straalde. 'Nou,' zei ze, 'ja. Ja, dat klopt. Ik bedoel, we hebben duidelijk een heel bijzonder kind, dat krijgt niet iedereen. Maar, ja. Meestal wel, althans. Het kan natuurlijk wel...' Ze onderbrak zichzelf. 'Ja, het is geweldig. Enne, wanneer beginnen Austin en jij ermee?'

Issy beet op haar lip. Sinds ze bij elkaar waren... nou ja, iedereen had gewoon aangenomen dat het een sprookjes-achtig happy end was, nog lang en gelukkig; daar had je Austin en Issy, en was het niet grappig dat ze verliefd was geworden op haar bankmanager, haha, nou, die komt niets tekort, ha, nou, je kunt wel raden waar hij zijn deposito's onderbrengt... o, ze had alle grapjes nu wel gehoord. En nu waren ze ruim een jaar bij elkaar en verwachtte iedereen een of andere aankondiging, of in elk geval een ontwik-keling. Maar Austins werk was gewoon doorgegaan en zij werd in beslag genomen door haar café en de verhuizing, en nou ja...

Iets in haar blik drong door tot Helena's babyroze bril.

'Het gaat toch wel goed met jullie? Er is toch niets aan de hand? Ik weiger te geloven dat het niet goed zit. Na alle klootzakken met wie je verkering hebt gehad, sta ik niet toe dat jou ooit nog iets rots overkomt. Waag het niet. Ik meen het, hoor. Ik houd hem onder schot en leid hem weg. Ik neem hem in de houdgreep. Ik trek zijn bril met schildpadmotief van zijn neus en duw hem in zijn...'

'Ik weet zeker dat er niets aan de hand is,' zei Issy snel. 'Ik weet zeker dat hij gewoon... eh, opgaat in New York en daar een beetje opgewonden over is. Dat is alles. Niks geks.'

De deurbel klingelde. Issy keek op. Het was een bezorg-dienst. Ze verwachtte niets.

'Issy Randall?' vroeg de man in uniform.

Issy tekende voor ontvangst en zag opgewonden dat het pakje van Austin kwam.

'Aha!' zei ze. 'Kijk eens! Ik had niets moeten zeggen! Kijk nou! Hij heeft me vanuit New York een cadeautje gestuurd!'

Helena straalde terwijl Issy de doos opensneed. 'Hoera! Denk maar nooit meer iets slechts over hem! Jij hebt een relatie nodig zoals die van Ashok en mij.'

'O ja, jij vertelt hem wat hij moet doen, en hij gaat liggen en kust de vloer waar jij op loopt? Hm,' zei Issy, maar ze stond te glunderen.

In de doos zat een andere, groene doos, waar een lichtere, pistachekleurige strik omheen zat.

Het meisje in de New Yorkse cupcakewinkel heette Kelly-Lee. Ze was erg knap, met een wipneus, een hoge kastanjebruine paardenstaart en grote grijze ogen. En ze had een paar sproeten die als poedersuiker op haar huid leken te zijn aangebracht. De manier waarop ze het roze poloshirt met het logo van de winkel droeg, was brutaal maar niet al te sexy.

Ze had het zo spannend gevonden om naar New York te verhuizen – naar Queens, om precies te zijn – om haar masterstudie af te ronden, maar ze kon amper rondkomen. Alles was zo duur, en ze had gehoopt – net als Ugly Betty – een goede baan te vinden bij een hip tijdschrift, in een kunstgalerie of bij een fotograaf. Tot haar schrik was ze erachter gekomen dat die baantjes niets opleverden; je werd geacht voor nop te werken – niemand leek zich af te vragen waar je dan van moest leven. Het kwam er dus op neer dat al die leuke baantjes alleen bereikbaar waren voor echt rijke mensen, wat ongelooflijk gemeen leek en wat het leven, waarin haar tot nu toe alles had meegezeten, omdat ze jong en knap was en was opgegroeid in een gelukkig gezin in Wisconsin, een onmiskenbaar onrechtvaardige bijsmaak gaf.

Dus had ze een tijdelijk baantje genomen om de eindjes aan elkaar te knopen, maar dat sleepte zich nu al drie jaar voort en er leek niets leuks te gebeuren. Eerlijk gezegd begon ze het zat te worden. En dan had ze het nog niet eens over New Yorkse mannen. Ze was, uiteraard, mee uit gevraagd en mee uit eten genomen door knappe mannen, sexy mannen, gestoorde mannen en lieve mannen. Maar allemaal hadden ze haar aan het eind van de avond gevraagd of ze het goed zou vinden als de relatie vrijblijvend zou zijn, en keer op keer had Kelly-Lee nee gezegd. Ze was meer waard, dat wist ze zeker, maar het werd een beetje vermoeiend om te blijven zitten wachten. Haar huisgenoot Alesha vond haar een preutse idioot, maar Kelly-Lee had Alesha verschillende keren 's ochtends vroeg zien thuiskomen in dezelfde zilverkleurige jurk die ze de avond ervoor had gedragen, dus probeerde ze niet te veel aandacht te besteden aan wat Alesha vond. Maar na twee jaar was ze daarover ook van gedachten veranderd. En oké, de mannen die zeiden dat ze haar gingen bellen, belden haar nog even vaak als altijd – dat wil zeggen, helemaal niet. Maar nu werd ze tenminste af en toe naast een vent wakker. Alesha had onaangenaam geglimlacht en opmerkingen gemaakt over hoe mevrouw hoog-in-de-bol nu een paar toontjes lager zong, en hoe je eerst een hoop kikkers moest kussen. Toen was Alesha bij een geliefde ingetrokken en voelde Kelly-Lee zich eenzamer dan ooit.

In een cupcakewinkel kwam je niet veel mannen tegen. Nou ja, ze kwamen wel, maar niet de mannen naar wie zij op zoek was. Sommigen waren dik, sommigen gay, sommigen kochten iets voor hun vrouw of vriendin. (Dat was nog het ergste, als ze leuk waren. Stel je voor dat je een man had die taartjes voor je kocht. Kelly-Lee vond het soms al moeilijk om een man te vinden die haar op een drankje trakteerde, ook al kenden ze elkaar nog maar net.) En sommigen hadden duidelijk ergens spijt van en hoopten dat ze het met cupcakes weer goed konden maken, wat bij een vrouw maar helemaal afhing van de vraag of ze op dieet was of niet. Kelly-Lee was altijd op dieet. Aan het begin van de maand moest ze altijd de nieuwe cupcake-recepten uitproberen, maar ze nam van elke smaak altijd maar één hapje en beulde zich daarna tien minuten extra af bij Aquabike Extreme.

Haar moeder wilde dat ze voor de kerstdagen naar huis kwam. In Wisconsin zou het zo'n beetje twintig graden onder nul zijn, de sneeuw zou tot de ramen liggen en haar familie zou voortdurend zitten zeuren over haar geweldige leven in de Big Apple en willen weten of het echt zo was als op tv, en daarna zouden ze ruzie met elkaar krijgen over het homohuwelijk, en haar moeder zou de boel proberen te sussen, bijvoorbeeld dat ze wist dat Kelly-Lee nog niet echt was getrouwd, maar als ze een jongen mee wilde brengen, mocht die bij haar slapen, en Kelly-Lee zou naar de foto van haarzelf als prom queen kijken (destijds had ze zich echt trotser dan ooit gevoeld) en zin krijgen om te schreeuwen. Ze zuchtte. Toen had de deurbel geklingeld en had ze haar meest opgewekte gezicht opgezet.

'Wat kan ik vandaag voor u betekenen?'

Buitenlander, dacht ze. Leuk, maar wel een beetje ver-kreukeld.

'Eh, hallo,' zei Austin, die met zijn ogen knipperde en zijn bril afzette.

Aha, dacht Kelly-Lee. Engels. Dus waarschijnlijk dronken. Maar evengoed wel leuk. Ze keek automatisch naar zijn vinger. Geen ring.

'Bent u op zoek naar iets lekkers?' vroeg ze schalks. Ze mocht Engelsen altijd wel. Je kon met ze lachen. Ze waren anders dan Amerikanen die alles wat je zei serieus namen en daarna toch weer over zichzelf begonnen.

Austin glimlachte. 'Ik vond gewoon dat het zo lekker rook.'

'Ben u al lang in New York?'

'Twee dagen,' zei Austin. 'Maar het zijn wel twee lange dagen geweest.'

'In het begin is het best verwarrend, hè?' vroeg Kelly-Lee. 'Toen ik hier net was, liep ik de hele tijd alleen maar omhoog te kijken. Ik viel bijna in een put.'

'O, nee,' zei Austin. 'Nou ja, het had erger kunnen zijn. Er had een enorm aambeeld uit de lucht kunnen vallen.'

'Bent u op zoek naar cupcakes?'

'Ja,' zei hij. 'Mijn vriendin heeft een gebakswinkel.'

Kelly-Lee had geen enkele moeite met het woord 'vriendin'. Het kon van alles betekenen: een meisje dat hij pas kende, een meisje dat hij vaag kende, een bijna-ex. Het betekende niet 'verloofde' of 'vrouw'.

'Welke winkel is dat?' vroeg ze blij.

'O nee, die ken je niet. Het is in Londen. Londen in Engeland,' verduidelijkte hij overbodig. Ze glimlachte.

Het wordt steeds beter, dacht Kelly-Lee.

'O, nee,' zei ze. 'Dus u bent helemaal hier en zij is helemaal daar? Duurt het lang voordat jullie elkaar weer zien?'

'Hm,' zei Austin. 'Dat weet ik niet. Ik hoop het niet. Je weet hoe het kan lopen.'

Dat wist Kelly-Lee zeker.

'Koffie?'

Austin wilde dolgraag een kop koffie, om weer wat helderder te kunnen denken. 'Ja, graag,' zei hij. 'En, vind je het leuk om hier een cupcakecafé te runnen?'

Kelly-Lee had lang geleden al geleerd dat je als vrouw niet aantrekkelijk werd gevonden als je klaagde. Mannen hielden van opgewekte en blije meisjes.

'Ik vind het ge-wel-dig!' zei ze. 'Het is superleuk! De geur van kaneel op de vroege ochtend! De eerste kop koffie! Al die nieuwe, geweldige smaken proeven.'

'Bak je ze zelf?' vroeg Austin.

Kelly-Lee fronste. Ze had het altijd het toppunt van New Yorks raffinement gevonden om niet je eigen oven te kunnen aansteken.

'Nou, bijna,' zei ze. 'Ze worden als halfproduct geleverd, snap je? En daarna warm ik ze gewoon op. Net als macaroni met kaas.'

'Maar hou je wel van bakken?'

'Ik ben er dol op,' zei Kelly-Lee glimlachend. 'Hé, wist u dat we bezorgen?'

'In Londen?'

'Tuurlijk! We hebben daar ook een filiaal. Ik kan ze nu meteen bellen en dan worden ze over een halfuurtje bezorgd.'

'Echt?' Austin vond het een fantastisch idee. En het zag ernaar uit dat er absoluut geen reden was waarom Issy niet in New York kon komen bakken als hij hier een baan aannam. Er waren winkels genoeg. Dat zou geweldig zijn!

Hij beet in een chocola-vanillecupcake die Kelly-Lee voor hem had neergezet. Hij had geen bezwaar gemaakt, ook al had hij durven wedden dat hij na die zware lunch een week niet zou willen eten. Hij smaakte niet verkeerd – een tikje zoet naar zijn smaak, en hij miste die net-uit-de-ovensmaak die Issy's cakejes hadden. Maar dat was niet erg, prima zelfs. Misschien kon ze hiernaartoe komen en ze nog beter maken. Dat zou ze te gek vinden.

'Doe er maar twaalf,' zei hij doortastend en hij bedacht dat hij zich al als een echte New Yorker begon te gedragen. Kelly-Lee schreef het adres op en beloofde de bestelling door te geven.

'Nou, ik ben echt blij dat je het hier zo naar je zin hebt!'

zei ze, maar haar aantrekkelijke glimlach was aan Austin niet besteed. Achteroverleunend na zijn tweede hap van de cupcake, was hij in de warme winkel, die voor hem knus en vertrouwd aanvoelde, meteen in een diepe slaap gevallen.

6

Recept voor een misbaksel

260 gram gebleekte bloem
480 ml maissiroop
240 ml gedeeltelijk gehydrogeneerde soja- en katoenzaadolie
200 g suiker
1 theelepel dextrose
water
120 ml fructoserijke maissiroop
60 gram weipoeder
1 ei
1 eetlepel sojalecithine (emulgator)
1 eetlepel maïzena
snufje zout
1 theelepel wijnsteenbakpoeder
3 druppels witte kleurstof
1 theelepel citroenzuur
1/2 theelepel ascorbinezuur

Haal door de keukenmachine. Doe in cupcakevormpjes. Bak twintig minuten tot ze gedeeltelijk gaar zijn. Vries in tot je ze nodig hebt en verhit ze dan tien minuten op het hoogste vermogen in de magnetron.

In Londen pakte Issy ondertussen ongelovig de doos verder uit.

'Krijg nou wat!'

Onder de strik om de doos stond groot het met bloemen

versierde logo van een heel grote, internationaal doorgebroken cupcakeketen. En in de doos zat, jawel hoor, een selectie van twaalf cupcakes in verschillende smaken. Ze zagen er – dat moest gezegd worden – absoluut prachtig uit, stuk voor stuk volmaakt geglazuurd en versierd met glitter, piepkleine sterretjes en iriserend frambozenpoeder.

'Wauw,' zei Caroline. 'Wat zien ze er chic uit. Moet je die fijne details eens zien.'

'Dat komt doordat ze in een fabriek zijn gemaakt,' zei Issy fronsend. 'Er moeten ook wat minder goed gelukte exemplaren tussen zitten om te weten dat ze zelfgemaakt zijn.'

'Waarom stuurt hij je dit?' vroeg Helena. 'Ik snap het niet. Weet je zeker dat ze van hem afkomstig zijn?'

'Ja, kijk maar,' zei Issy.

Op het kaartje stond: *Voor Issy van Austin*. Geen kusjes, niks. Dat was echt raar. Het was al minder raar als je wist dat Kelly-Lee slechts over heel weinig details beschikte toen ze de bestelling doorbelde, terwijl Austin in diepe slaap was verzonken. Én als je bedacht dat ze misschien zo haar eigen redenen had om geen kusjes op het kaartje te laten zetten.

Issy schudde haar hoofd. 'Maar waarom zou hij dat doen? Ik snap er niets van.'

'Misschien wil hij je laten zien dat ze daar betere cupcakes hebben,' zei Caroline hulpvaardig.

'Misschien heeft hij totaal geen fantasie als het om cadeautjes gaat, en hij weet dat je van cakejes houdt,' zei Helena. 'Ik bedoel maar, kom op nou, hij werkt bij een bank. Hij zal bepaald niet de meest romantische ziel zijn, toch?'

'Hij is volmaakt romantisch,' zei Issy, die lichtroze kleurde. 'Als hij dat wil zijn en als hij niet te weinig tijd heeft, of het te druk heeft, of is afgeleid omdat Darny stennis schopt.'

Ze keken allemaal naar de open doos.

'O, is dat je nieuwe lijn?' vroeg een klant. 'Ze zien er geweldig mooi uit.'

Chadani kwam aanlopen vanaf de bank, stak een mollig handje in de doos en begon de cupcakes tegen elkaar aan te drukken. Voor deze ene keer vond Issy niet dat Helena iets tegen haar hoefde te zeggen, wat wel zo goed was, omdat Helena bewonderend naar haar dochtertje stond te kijken, alsof het haar speet voor iedereen met een baby die minder goed deuken in taartjes kon slaan dan de hare.

Pearl kwam langs met een stapel vuile vaat. Ze snoof.

'Wat staan jullie drieën hier te niksen?' vroeg ze.

'Austin is compleet gek geworden,' zei Caroline. 'Hij probeert Issy blijkbaar om de een of andere reden tegen zich in het harnas te jagen. Maak je geen zorgen,' zei ze, en ze raakte Issy's arm even aan. 'Ik weet wat een ellende relatiebreuken kunnen zijn. Mijn scheiding was gewoon afschuwelijk. Afgrijselijk. Dus kan ik je hierdoorheen slepen.'

Normaal gesproken zou Issy om Carolines opmerking moeten lachen, maar dit was echt een beetje raar. Ze beet op haar onderlip. Pearl zag het meteen.

'O, loop in hemelsnaam niet zo het miskende vrouwtje uit te hangen,' zei ze. 'Hij denkt aan je. Dat moge toch duidelijk zijn.'

'Maar waarom stuurt hij dan zoiets beledigends?' vroeg Issy.

'Omdat hij een kerel is,' zei Pearl. 'Ik zei alleen dat hij attent was. Ik ontkende niet dat hij een volslagen, rasechte idioot is.'

'Hm,' zei Issy. 'Ik denk dat ik maar eens wat panettone ga kneden.'

Pearl en Caroline wisselden een blik.

'Ja, doe maar,' zei Pearl.

Issy maakte aanstalten om naar beneden te gaan. Toen draaide ze zich om en zuchtte boos.

'Nou ja, ik zal ze toch tenminste even moeten proeven.'

Ze brak een stukje van een van de grote cupcakes met

glitters in het midden. Ze zagen er absoluut onberispelijk uit, allemaal volmaakt hetzelfde en precies even hoog. Ze nam een hap en haar neus rimpelde.

'Ah, jakkie bah!' zei ze.

'Ik geloof dat ze in Amerika "gross" zeggen,' verbeterde Caroline.

'Te veel suiker,' oordeelde Issy. 'En ze gebruiken niet alleen maar boter. Dat proef je. Hij heeft een afschuwelijke olieachtige nasmaak. Dat wijst op fabrieksmatige hoeveelheden, niet met de hand geklopt. Dit is frambozenextract, geen echte framboos. En het beslag is veel te compact. Echt heel vies.'

'Dat is het dan,' zei Pearl. 'Hij heeft ze duidelijk naar je opgestuurd om je te laten weten dat jouw cupcakes echt stukken beter zijn dan deze.'

'Of hij proeft het verschil niet,' zei Issy bezorgd.

'Of misschien vindt hij deze lekkerder,' zei Caroline, die alles altijd nog erger wist voor te stellen dan wie ook.

'Bedankt, Caroline,' zei Pearl bits.

Issy kloste de trap af naar de kelder.

Doti de postbode beëindigde zijn kerstpostronde graag bij het Cupcake Café, vooral op koude dagen. Dat kwam gedeeltelijk doordat hij van zoetigheid hield en gedeeltelijk doordat hij een zwak had voor Pearl en het leuk vond om met haar te flirten. Pearl voelde tegen heug en meug een band met Benjamin, maar was erg op Doti gesteld.

Vandaag had Doti bij binnenkomst gezelschap, wat absoluut de allereerste keer was. Ze was, zag Pearl, een vrij aantrekkelijke dertiger met lang haar in een staart, grote gouden oorringen en spierwitte tanden. Door het onappetijtelijke postbode-uniform en lichtgevende mouwloze vest kon je moeilijk zeggen of ze slank was, maar Pearl durfde te wedden dat ze fraaie rondingen had. Ze snoof.

Doti en zijn vriendin kwamen lachend het café binnen.

'Hallo,' zei Pearl stijfjes.

Doti glimlachte. 'Ah, onze mooie Pearl. Dit is de mooie Pearl,' zei hij tegen de vrouw.

'Hallo, mooie Pearl,' zei de vrouw op vriendelijke toon. Dat ergerde Pearl nog meer. Ze voelde zich altijd ongemakkelijk als knappe mensen aardig deden.

'Dit is Maya,' zei Doti. 'Ze biedt mij tijdelijk ondersteuning.'

'O, hallo,' zei Pearl, die probeerde haar ergernis niet te laten blijken. Ze moest niet geïrriteerd overkomen. Het punt was alleen dat Doti de eerste was die sinds de geboorte van Louis ook maar de geringste belangstelling voor haar had getoond. Maar ja, ze konden geen relatie beginnen, dus kon ze moeilijk verbaasd zijn als hij iemand anders leuk vond. Waarschijnlijk was hij sowieso te oud voor Maya en waren ze gewoon collega's.

'Doti heeft me zó geweldig geholpen,' zei Maya, en ze keek naar hem op een manier die Pearl meteen duidelijk maakte dat ze meer dan een werkrelatie hadden. Doti was best knap, vond Pearl. Doordat zijn hoofd was geschoren, kon je zien dat hij een mooi gevormde schedel had met kleine oren, een lange nek en...

'Wat kan ik voor jullie doen?' vroeg ze.

'Ik heb Maya beloofd dat ik haar kennis zou laten maken met het beste koffie- en gebaksetablissement aan deze kant van de N16,' zei Doti. 'En hier zijn we dan.'

'O, het is geweldig,' zei Maya. Maar toen ze naar het prijzenbord keek, betrok haar gezicht. 'Het ziet er wel prijzig uit.' Ze liet haar stem zakken en sprak Pearl rechtstreeks aan. 'Ik had deze baan echt nodig,' fluisterde ze. Pearl begreep het volkomen.

'Nou, we zijn blij dat je 'm hebt gekregen,' zei Doti hartelijk. 'Heel blij. En ik trakteer op koffie.'

Louis kwam binnenrennen met zijn vriend Grote Louis en voordat de bel weer stil was, strooiden ze samen rugzakken, mutsen, sjaals en handschoenen in het rond.

'Mam!' brulde hij, en Pearl zette het kannetje met melk dat ze aan het opstomen was neer en liep naar hem toe voor een knuffel en een dikke zoen.

'Mijn allerliefste ventje,' zei ze. 'Mijn nummer één.'

Louis straalde. 'Ik ben vandaag zóóó bwaaf geweest,' zei hij. 'Weet je wie er niet bwaaf wa'en? Evan. Gianni. Carlo. Mohammed A en Felix...'

'Oké, oké,' zei Pearl. 'Zo is het wel genoeg.'

Louis keek ernstig. 'Ze moeten op een kleed zitten. Je wilt echt niet op een kleed zitten.'

'Waarom niet?' vroeg Pearl. 'Wat gebeurt er dan?'

'Je moet op een kleed zitten! En dan weet ie-de-ween dat je stout bent geweest.'

'Hai, Louis,' zei Doti.

Louis begon te stralen. 'Doti!' brulde hij. Ze waren dikke vrienden.

Doti ging op zijn hurken zitten. 'Hallo, jongeman,' zei hij.

Louis keek achterdochtig naar Maya. 'Wie is dát?' fluisterde hij keihard.

'Dat is mijn vriendin, die ook post rondbrengt.'

'Een vwouwtjespostbode?' vroeg Louis ongelovig.

'Natuurlijk! Er zijn massa's vrouwelijke postbodes.'

'Wij zijn postbodinnen,' zei Maya. 'Hallo. Hoe heet jij?'

Louis keek haar nog steeds achterdochtig aan en begon niet meteen te praten, wat voor hem heel ongebruikelijk was.

'Doti heeft al vwienden en vwiendinnen,' kondigde hij hooghartig aan. 'Hij heeft mij en hij heeft mamma. Dank u beleefd.' Toen wendde hij zich af.

'Louis!' zei Pearl stomverbaasd en stiekem blij. 'Waar zijn je manieren gebleven! Zeg eens hallo!'

Louis keek naar de grond. 'H'lo,' mompelde hij.

'Leuk om kennis te maken,' zei Maya. 'O, Doti, je hebt echt geen woord te veel gezegd over deze mince pies.'

Pearl wierp haar een blik toe.

'Het is december,' zei Doti. 'We kunnen nu kerst vieren.'

'O ja,' zei Maya. 'Nou en of. Lekker.'

Louis trok aan Doti's broekspijp. 'Heb je ook post voor mij?'

Hij vroeg het elke dag. Issy bedacht vaak dat het minder erg was om eindeloze en steeds hogere energierekeningen te krijgen als ze werden bezorgd door een vrolijke vierjarige met een pet in de vorm van een dinosaurus.

'Nou, toevallig wel,' zei Doti. 'Je weet toch hoe je meestal een poststuk per expresse bij tante Issy moet bezorgen?'

Louis knikte.

'Nou, vandaag is het niet voor Issy. Vandaag is het alleen voor jou.'

Louis' ogen werden groot en rond.

'En je zult niet willen geloven van wie het afkomstig is.'

Pearl was al even verbaasd als Louis toen Doti hem een envelop met sneeuwvlokken erop overhandigde, die geadresseerd was aan Louis Kmbota McGregor, p/a het Cupcake Café.

Doti knipoogde naar haar. 'Het postkantoor doet dit elk jaar,' fluisterde hij. 'Ik dacht dat hij het wel leuk zou vinden om er een te krijgen.'

Louis, die zijn goudkleurig afgedrukte naam herkende, draaide de envelop verschillende keren om alsof hij nog nooit zoiets kostbaars had gezien.

'Mammie!' zei hij zachtjes.

'Ga je hem openmaken?' vroeg Pearl.

Louis schudde zijn hoofd. 'Néé!'

'Wie denk je dat het heeft gestuurd?' vroeg Doti.

Louis hield de envelop een stukje van zich af. Hij had

nog steeds een verwonderde blik in zijn ogen.

'Het is... is het van de Kesman?'

Doti pakte de envelop. 'Zie je dit?' zei hij en hij wees. 'Dit is een poststempel. Weet je nog dat ik je die eerder heb laten zien? Een stempel vertelt je waar de brief is gepost, en wanneer.'

Louis knikte.

'Nou, op deze poststempel staat... de Noordpool.'

'Wat?! De Nóó'dpool?'

'Jazeker!'

'Mammie! Ik heb een brief van de Kesman! Op de Nóó'dpool!'

'Dat is geweldig,' zei Pearl, die geluidloos dank je wel zei tegen Doti. 'Kom maar, lieverd, laten we hem openmaken.'

Louis schudde zijn hoofd opnieuw en verborg de brief achter zijn rug.

'Kan ik niet,' zei hij. 'Te zonde.'

'Waarom is het te bijzonder?' vroeg Maya.

Louis haalde zijn schouders op en schopte tegen de toonbank, al zei Pearl altijd dat hij dat niet mocht doen.

'Monste'gawage,' fluisterde hij. 'Misschien zegt de Kesman wel dat ik geen monste'gawage mag. Ook al ben ik niet ondeugend geweest en hoefde ik niet op het kleed te zitten. Evan en Gianni en Felix en Mohammed A wel, en ikke niet.'

Pearl beet op haar lip. Die verrekte monstergarage. Sinds hij de advertentie ervoor had gezien, praatte hij erover. Het was een garage waar monstertrucks werden gerepareerd; grote trucks, met grote monsters erin. Maar elk monster was per stuk al hartstikke duur, en elke truck werd per stuk verkocht en was ook weer een rib uit je lijf, en dan kostte de garage je zelf meer dan honderd pond, nog voordat je één monster of truck had gekocht. Trouwens, ze hadden er thuis helemaal geen ruimte voor, zelfs al kocht ze dat stomme ding – wat ze zich in geen miljoen jaar kon veroorloven, omdat ze nieuwe sportschoenen voor Louis moest kopen, want hij was uit zijn oude schoenen gegroeid en ze zagen er vreselijk afgedragen uit, en omdat hij een goede winterjas en een nieuwe pyjama en allerlei andere basics nodig had, die andere kinderen gewoon kregen als ze eraan toe waren in plaats van met feestdagen, maar ja, dat was nu eenmaal zo.

En wat evenmin had geholpen, was dat Benjamin hem verlangend naar de advertentie had zien kijken en zo stom was geweest om te zeggen: natuurlijk krijg je een monstergarage; geen zoon van mij hoeft het zonder te stellen. Ze hadden er nog flink ruzie over gemaakt toen hij naar buiten ging om te roken – wat trouwens ook een smak geld kostte dat ze niet konden missen – vooral toen hij koppig had gezegd dat hij die verrekte garage voor zijn zoon zou kopen en dat ze aan de schittering in zijn ogen had gezien dat ze er beter niet tegenin kon gaan, wat voor nog meer zorgen en paniek had gezorgd, omdat ze er niet aan wilde denken wat hij allemaal zou doen om eraan te komen.

En elke keer dat Louis hoopvol over de monstergarage was begonnen en suggestieve vragen had gesteld, bijvoorbeeld of de monstergarage wel op de slee paste of dat de Kerstman misschien een paar echte monsters zou sturen om hem te dragen, of misschien een speciale dinosaurus, had ze vrijblijvend gehumd en gebeden dat hij zijn vierjarige hartje aan iets anders zou verpanden.

Tot nu toe was dat niet gebeurd. Ze had een pesthekel aan de kerst.

'Nou,' zei Doti, 'toen ik de brievenbus van de Kerstman ging legen, zei hij wel dat hij had gehoord dat er een bijzonder braaf jongetje in N17 te vinden was, dus denk ik wel dat hij zijn uiterste best gaat doen. En nu moeten wij maar eens terug naar het sorteercentrum.'

Doti en Maya vertrokken samen, kwebbelend als een stelletje tieners.

Pearl gaf Louis een mince pie. Toen at ze er van nijd zelf ook twee.

Kelly-Lee had Austin tot sluitingstijd laten slapen – hij was leuk, geen zwerver of zoiets, ook al pasten zijn sokken zo te zien niet bij elkaar, maar misschien maakte dat deel uit van die beroemde Engels excentriciteit waar ze zoveel over had gehoord. Maar uiteindelijk werd het zeven uur en was het pikdonker buiten. Hussein en Flavia waren al weg en het werd tijd om de winkel te sluiten.

'Kom op, Hugh Grant,' zei ze vriendelijk. Hij zag er leuk uit als hij sliep; hij snurkte of kwijlde niet en liet geen scheten, zoals die kleine, dikke tv-producer met wie ze een paar maanden iets had gehad, die altijd langskwam om al haar eten op te eten en daarna probeerde haar het bed in te krijgen – maar zo dom was ze niet. Bovendien had ze zijn kleine pikkie tegen haar dij voelen drukken als ze zaten te zoenen, en eerlijk gezegd had ze sindsdien geen enkele belangstelling meer. Het weerhield hem er niet van om haar vrijwel voortdurend door te zagen over hoeveel mooie actrices hem wilden zodra hij zijn chique appartement uit stapte, en te hinten dat ze op een dag misschien wel in de studio kon komen werken. Ze zuchtte. Ze durfde te wedden dat deze man dat niet zou doen. Kelly-Lee zette haar meest opgewekte glimlach op.

'Hallo, hallo?'

Austin knipperde met zijn ogen. Hij voelde zich vreselijk. Het enige wat hij wilde doen was onder zijn dekbed kruipen en anderhalve dag slapen. Even wist hij niet waar hij was. Hij trok zijn telefoon uit zijn zak. Het lampje knipperde driftig. Hij had negen nieuwe e-mails en zes nieuwe voicemailberichten. Het eerste was van het hoofdkantoor in Londen.

'Ik weet niet wat jij met die yanks hebt gedaan,' klonk het. 'Misschien houden ze van medewerkers met een kapsel als een onopgemaakt bed. Hoe dan ook, ze willen je een aanbod doen. Bel terug.'

De volgende twee waren van zijn secretaresse, Janet, die erop aandrong dat hij haar zo snel mogelijk zou bellen. En eentje was van Merv, die zei hoezeer ze zich erop verheugden om hem in te lijven...

Austin greep de rand van de bank. Dit ging wel heel snel. Veel te snel. Ergens was hij opgewonden dat hij zo in trek was, maar los daarvan vond hij het doodeng.

'Goed nieuws?' vroeg Kelly-Lee, die hem ontdaan naar het scherm van zijn telefoon zag kijken terwijl hij met zijn vingers door dat prachtige dikke haar kamde dat net als bij een klein jongetje in plukjes omhoogstond. Austin knipperde verschillende keren met zijn ogen.

'Ik... ik heb zojuist een baan aangeboden gekregen, geloof ik.'

Kelly-Lee's wenkbrauwen gingen nog verder omhoog. 'Jeetje, dat is geweldig! Gefeliciteerd! Dat wil zeggen dat we u nog wel eens terug zullen zien!'

'Ja, nou ja... wauw. Denk ik.'

'Echt geweldig.'

Kelly-Lee koos de grootste van de overgebleven cupcakes – een reusachtig roodfluwelen exemplaar – en stopte het snel in een doosje waar ze behendig felgekleurde strikken omheen bond.

'Alstublieft,' zei ze. 'Gefeliciteerd. En welkom in New York.'

'Ik dacht dat New Yorkers altijd zo onvriendelijk waren,' zei Austin.

'Nou, dan weet u nu dat dat een fabeltje is,' zei Kelly-Lee.

Austin schokschouderde zijn zware overjas aan en deed zijn lange sjaal om.

'Nou, tot kijk dan,' zei hij.

'Ik hoop u snel weer te zien,' zei Kelly-Lee, en ze schonk hem haar breedste glimlach.

Buiten blies de wind de sneeuw in zijn gezicht. Hij liep snel door, op zoek naar een taxi. New York in de sneeuw zag er op de foto's een stuk beter uit. In werkelijkheid was het verrekte koud, veel kouder dan hij het ooit in Londen had gehad.

Hij vond een gele taxi en gaf het adres van zijn hotel op. Toen grabbelde hij in zijn zak om zijn telefoon te pakken en nam hij zich voor om handschoenen te kopen. Dat was gek, geen bericht van Darny en Issy. Hij keek op zijn horloge. Wat was het tijdsverschil ook weer? Dat deed er ook helemaal niet toe. Hij had nieuws! Groot nieuws. Een belangrijke baan. O, wauw, een belangrijke baan.

Austin was nooit van plan geweest om bankier te worden. Hij had eigenlijk helemaal geen plannen gehad. Toen zijn ouders bij een auto-ongeluk omkwamen, was hij op zijn dooie gemak bezig met promoveren in mariene biologie. Hij was verschillende keren met zijn ouders op duikvakantie geweest, totdat hun zilveren bruiloftsfeest uit de hand liep en een verrassend nakomertje opleverde.

In de oorverdovende stilte die op het ongeluk volgde, werd zijn broertje van alle kanten bestookt door goedbedoelende tantes, sociaal werkers, vage neven en nichten en vrienden van zijn ouders die hij nog nooit had gezien. Austin had in zeer rap tempo volwassen moeten worden, zijn surferskapsel moeten kortwieken (wel zo verstandig, dacht hij nu, als hij oude foto's terugzag), met zijn promotieonderzoek moeten stoppen en een baan moeten zoeken die hem in staat stelde om de hypotheek van zijn ouders op hun rijtjeshuisje in Stoke Newington over te nemen.

Het was niet makkelijk geweest om iedereen ervan te

overtuigen dat ze het samen prima zouden redden, met of zonder de vijftien ovengerechten die elke ochtend ongevraagd op hun stoep belandden. Zolang Austin de voorkamer en gang redelijk schoonhield, had hij gemerkt, en boven de ramen openzette om alle jongensgeuren te laten verwaaien, ging alles ook goed. Maar het was wel een strijd geweest. Een lange weg.

Tegen de tijd dat hij had ontdekt dat hij goed was in zijn werk, ging hij al volledig op in Darny naar school brengen, het huishouden doen (slordig) en op tijd op zijn werk verschijnen, en voordat hij het wist, was hij op school een van die werkende moeders geworden die altijd te laat met de verkeerde gymkleren kwamen aanrennen en niets aan het kerstfeest bijdroegen. Alleen waren de werkende moeders niet bijster aardig tegen hem, omdat alle thuisblijfmoeders altijd van alles voor Austin opvingen, kerstcake voor hem bakten en Darny te logeren vroegen, om Austin wat tijd voor zichzelf te gunnen, terwijl ze de werkende moeders afkatten of beklaagden, wat de werkende moeders stiknijdig maakte.

Maar nu was Darny ouder, volwassen genoeg om er op zijn minst aan te denken af en toe zelf zijn haar te kammen, ook al deed hij dat liever niet, en af en toe de wasmachine aan te zetten (aanzetten was zelden het probleem; het grootste struikelblok was momenteel de kleren er na de wasbeurt weer uit halen in plaats van ze in de trommel te laten verkommeren), en nu was Issy er ook, en misschien werd het zo zoetjesaan tijd dat Austin iets met zijn leven deed, of liever gezegd, iets waar hij zelf voor had gekozen.

Er was niets, maar dan ook niets wat hij aan zijn leven met Darny had willen veranderen, zei hij op felle toon tegen zichzelf. Dat waren de kaarten die hem waren toebedeeld en daar had hij het spel mee gespeeld. Hij hield zielsveel van zijn broertje. Maar dit overtrof zijn stoutste dromen... een belangrijke functie in New York... een cool appartement, misschien? Darny kon hier naar school. En Issy...

Hij moest nodig met Issy praten.

'Hallo?'

De stem probeerde vriendelijk te klinken, maar slaagde daar niet helemaal in. Nadat Issy om zes uur was opgestaan om te bakken, de hele dag in de winkel had gewerkt, de kas had opgemaakt, de administratie had bijgewerkt, Darny met zijn huiswerk had geholpen en avondeten had gekookt, had ze geen energie meer. Ze ging erg vroeg naar bed.

'Iss?' vroeg Austin. 'Iss, je zult dit niet geloven. Het is geweldig. Die grote bank, hè? Die wil mij! Ze willen dat ik voor ze kom werken! Ze bieden me... nou ja, ik weet nog niet wat ze me bieden, maar het lijkt erop dat ze me echt willen hebben, en, ik bedoel, nou ja, natuurlijk heb ik nog niks gezegd, maar, ik bedoel, ze hebben het erover dat ze me een tijdje hier willen houden, en nou ja. Zo dus.'

Hij was zich ervan bewust dat Issy niets zei.

'Maar goed. Ik bedacht net dat ik je beter kon laten weten wat er aan de hand is. Als het ware.'

Issy had half geslapen toen ze de telefoon opnam. Nu was ze klaarwakker. En ze besefte dat ze ergens altijd had verwacht dat er zoiets zou gebeuren. Wie zou Austin nu niet willen? Zij wel. Alles was altijd te mooi om waar te zijn.

Opeens wilde ze maar dat Helena hier was. Helena zou haar, op felle toon, inprenten om niet haar hoofd te laten hangen, zeggen dat ze meer dan goed genoeg was voor Austin, vriendelijk bedankt, en dat ze zich met haar stomme kop altijd maar alles liet aanleunen. Zo was ze toch ook bij een loser als Graeme terechtgekomen, en dat wilde ze toch echt niet meer?

Nee, dat wilde ze inderdaad niet meer.

Maar Helena was er niet. Ze liep vast met Chadani in het appartement heen en weer (Chadani was te gevoelig om goed te slapen; dat was een teken van hyperintelligentie). De enige die er was, was Darny, die luid lag te snurken in de kamer naast de hare, in een donker huis waar nog nieuwe gordijnen moesten worden opgehangen, terwijl de enige man van wie ze ooit had gehouden aan de andere kant van de lijn, een kleine zesenhalf duizend kilometer verderop, haar op blije, zorgeloze en luchtige toon vertelde dat hij niet meer thuiskwam.

'Gefeliciteerd,' had Issy eindelijk weten uit te brengen. Ze had geprobeerd haar ontzetting te verbergen door demonstratief zo lang als ze kon te gapen. Maar toen was het een echte gaap geworden waarmee ze niet meer kon ophouden, totdat ze zijn ongeduld aan de andere kant van de lijn voelde. 'Ik bedoel, goed zo. Het gebeurt nu echt. New York, New York! bedoel ik. Wauw. Ik ben echt superblij voor je...'

Austin kromp in elkaar. Ze klonk in de verste verten niet blij. Met die onechte gaap had ze hem geen seconde voor de gek gehouden.

'Het is zo'n grote stap vooruit,' zei hij, terwijl hij hoorde dat zijn stem iets smekends kreeg. 'Ik bedoel, het maakt echt alles anders. Ik weet niet eens hoe ik het aanbod zou kunnen afslaan en teruggaan naar Londen.'

'Nee,' zei Issy. 'Natuurlijk kun je dat niet. Je hebt er zo hard voor gewerkt. En je bent zo goed in wat je doet.'

'Dank je,' zei Austin.

Er strekte zich een stormachtige, wankele stilte over de volle breedte van de oceaan uit. Toen herinnerde Issy zich met een schok de cupcakes die hij had gestuurd.

'Ik heb je cadeautje ontvangen.'

Austin wist niet meteen wat ze bedoelde. Hij was zo

slaperig en teut geweest toen hij ze bestelde. Toen wist hij het weer.

'O, die cakejes! Ha, ja, ik dacht dat je het leuk zou vinden om ze te krijgen. Nu weet je dat ze hier ook cupcakes maken.'

'Ja, natuurlijk,' zei Issy. 'Ze hebben ze uitgevonden. Voor die tijd heetten ze gewoon "fairy cakes".'

'O,' zei Austin. 'Ik dacht gewoon dat je dat wel geinig zou vinden.'

'Ze waren niet erg lekker.' Issy vond het vreselijk om nukkig over te komen. Ze moest erover ophouden.

'Wil je misschien hiernaartoe komen om betere te bakken?' vroeg Austin.

Ze vielen weer stil.

'Austin,' zei Issy. 'Ik mis je zo vreselijk.'

'Ik mis jou ook,' zei Austin. 'Echt waar. Ik heb die cakejes alleen maar laten bezorgen omdat ik aan je dacht. Was het stom om je dat te sturen?'

'Nee,' zei Issy.

'Ja,' zei Austin.

'Ja,' gaf Issy toe.

'O, verdomme,' zei Austin. 'Het is moeilijk, hè, zo op afstand, vind je niet?'

Issy voelde een sneeuwbal van angst in haar maag. Wat bedoelde hij daarmee? Betekende dat dat ze er maar aan moesten wennen? Bedoelde hij dat het zo moeilijk was dat ze maar geen moeite moesten doen om door te gaan? Bedoelde hij dat het voortaan een hoop problemen zou geven?

'Hm,' zei ze.

'Ik wilde maar dat je hierheen kon komen,' zei Austin. 'Waarom kom je niet gewoon? Je vindt het vast ge-wél-dig.'

'Tuurlijk,' zei Issy, 'ik vermoord Darny gewoon en leg zijn lichaam in de tuin voor de vossen, steek daarna de winkel in de fik en dan ben ik er voordat je er erg in hebt.'

Austin glimlachte. 'Hoor eens,' zei hij, 'ik denk dat ik hier nog wat langer moet blijven. Terwijl alles wordt uitgezocht, je weet wel. Contracten en zo. En ik moet een paar mensen leren kennen.'

'Je komt wel terug, hè?' vroeg Issy, die paniek voelde opkomen. 'Je vraagt me toch niet om je spullen in te pakken en naar je door te sturen, hè? Of om Darny op een vliegtuig te zetten met een kaartje om zijn nek, net als het beertje Paddington?'

'Natuurlijk,' zei Austin. 'Natuurlijk kom ik terug.'

'Maar je weet niet voor hoelang,' zei Issy. 'Of wanneer.'

Austin gaf geen antwoord. Dat kon hij niet.

7

Mince pies

Als je niet je eigen 'mincemeat'-vulling maakt, kun je de mince pies net zo goed online of in de winkel kopen. Kant-en-klare mincemeat gebruiken komt neer op iets in een envelop proppen. Het is niet moeilijk en minder duur, en als je een paar van die mooie potten koopt, kun je ze als kerstcadeautje geven. Denk er wel aan dat je ze aan mensen geeft die van gestoofd fruit houden en weten wat ze ermee moeten doen; anders kijken ze je aan alsof je ze zojuist een pot verse konijnenkeutels hebt gegeven, een cadeau dat maar zelden met gejuich wordt ontvangen, tenzij je vrienden hebt die een zakdoekformaat tuintje moeten bemesten.

Het fijne aan mince pies is dat de slechtste bakker ter wereld er nog iets verrukkelijks van kan bakken. Ze zijn al net zo moeilijk te versjteren als pindarotjes. Dit is niet zo'n recept waarbij je het hele beslag kan wegkiepen als je niet precies weet hoeveel boter erin moet. Ze worden echt heerlijk. Geloof me nou maar. Maak ze op een zondag, als je kunt rondhangen en de krant kunt lezen terwijl het in de keuken echt verrukkelijk begint te ruiken. Het enige vreemde ingrediënt is niervet. Ja, dat ís ook raar. Vraag maar niet wat het eigenlijk is.

Mincemeat
200 gram appel in kleine blokjes
200 gram rozijnen
200 gram sultana's
1 eetlepel nootmuskaat
1 eetlepel koekkruiden

sap en schil van 1 citroen
sap en schil van 1 sinaasappel
250 gram niervet in kleine stukjes gesneden

De avond voordat je de mincemeat nodig hebt, doe je alle ingredienten in een ruime ovenvaste schaal en roer je ze goed door elkaar. Laat rusten onder een schone theedoek. Verwarm de volgende ochtend de oven voor op 120°C/gasoven stand ½. Voeg cognac aan het mengsel toe (de hoeveelheid laat ik aan jou over) en zet de schaal dan in de oven. Laat drie uur staan.

Laat de mincemeat afkoelen en schep hem dan in gesteriliseerde potten. (Je kunt de potten gedurende 1 minuut in de magnetron op het hoogste vermogen steriliseren.) Dek af met bakpapier en verzegel. Het blijft een jaar goed. Als het een jaar goed blijft, heb je het waarschijnlijk toch aan de verkeerde vrienden gegeven.

Wrijf 200 gram bloem en 200 gram koude boter in blokjes tot een kruimelig deeg. Voeg 100 gram lichte basterdsuiker, een snufje zout en een klein scheutje water toe, totdat het deeg uitgerold kan worden. Druk in bakvormpjes, schep er mincemeat in en dek af met een rondje deeg. Bestrijk de bovenkant met geklopt ei en strooi er nog wat lichte basterdsuiker overheen. Bak dan 20 minuten op 180°C/gasoven stand 4, en... triomfeer!

De volgende ochtend stampte Caroline woedend de winkel binnen. Issy keek haar met rode oogjes aan. Na haar telefoongesprek met Austin had ze amper geslapen en nu zat ze al aan haar derde kop koffie. Ze voelde zich zo'n idioot, maar wat haar opbrak, was hoe onrechtvaardig het allemaal was. Nu had ze eindelijk haar leven op de rails, had ze het gevoel dat ze deed wat ze altijd had willen doen, had ze een man leren kennen van wie ze hield, en nu liep alles gruwelijk in het honderd.

Diep in haar hart wist ze ook waarom ze zo van streek was, waarom ze er niet goed in was om hierover met Austin te praten. Het hielp al niet dat het deze tijd van het jaar was... en nu... Nee, ze was aan het doemdenken, bekeek de situatie van haar zwartgalligste kant. Londen zou hem vast een andere baan geven en dan kwam alles weer goed. Hij kon onmogelijk alles wat ze hadden aan de kant zetten, toch? Toen herinnerde ze zich opeens iets waar ze al lang niet meer aan had gedacht: ze zat op kerstochtend in de kerk in een te strakke rode jurk en met Startrite-schoenen aan waar ze blaren op haar hielen van kreeg, hand in hand met opa die natuurlijk iedereen kende en ook zonder een zakje gembercake in zijn jaszak geliefd zou zijn. Er was een vrouw die ze herkende uit de winkel, chic en luid. Ze vond haar niet aardig, al wist ze niet waarom. De vrouw droeg een blauwe hoed met een enorme pauwenveer erop en ze boog voorover naar opa en zei: 'Ze kon toch onmógelijk in deze tijd van het jaar willen weggaan,' en opa Joe had haar kwaad tot zwijgen gemaand, kwader dan ze hem ooit eerder had gezien.

'Nou, Richard blijkt dus een nog grotere schijt-schijt-schíjtvent dan ik al dacht,' stelde Caroline vast. Ze knalde de deur dicht en zwaaide haar miezerige kontje – in witte spijkerbroek, in december – de winkel in. Ze droeg een enorme sjaal van bontachtig materiaal waaronder haar benen er nog stakeriger uitzagen dan ze al waren en waarvan Issy vurig hoopte dat het imitatiebont was. Issy dook met knipperende ogen op uit haar dagdroom en probeerde wakker te worden terwijl Caroline de kou afschudde. Het was buiten ijskoud, alles was bevroren en de wolken hingen zwaar en compact van de sneeuw in de lucht.

'Wat heeft hij nu weer gedaan?' vroeg ze. Carolines scheiding leek aanzienlijk langer te duren dan het huwelijk zelf had standgehouden.

'Geen kerstpakketten, zegt hij. Geen kerstpakketten!

Snap jij dat nou? Hij heeft onze kerstpakkettenrekening opgedoekt.'

Issy keek verwonderd. 'Wat bedoel je? Die dozen met blikjes erin?'

'Het zijn niet zomaar dozen met blikjes erin!' zei Caroline geschokt. 'Het zijn traditionele luxeartikelen die je in deze tijd van het jaar stuurt als blijk van achting, en daarom deel uitmaken van mijn volkomen normale gezinsuitgaven.'

'Maar kosten die niet een godsvermogen voor een potje jam en wat luxe nootjes?' vroeg Issy zich hardop af. 'En ze zitten waarschijnlijk vol met dingen die je niet eens lekker vindt, zoals olijven gevuld met bietjes. Ik heb me altijd afgevraagd wie die dingen stuurt.'

Caroline snoof. 'Iedereen,' zei ze.

'En hebben de kinderen al zin in het kerstfeest?' Issy probeerde van onderwerp te veranderen.

Caroline zuchtte overdreven. 'Ach ja, je weet hoe ze zijn.'

'Schattig,' antwoordde Issy meteen.

'Hermia kijkt gewoon uit naar de kans om zich met de feestdagen vol te proppen. Ik zal haar goed in de gaten moeten houden. Wil je wel geloven dat ze liever een boterham eet dan dat ze op haar blokfluit oefent? Een boterham! Ik heb niet eens brood in huis.'

Issy zette de gebruikelijke zwarte espresso voor Caroline neer. Caroline sloeg hem in één teug achterover.

'Doe me er nog maar een,' zei ze. 'Dit keer mét cafeïne, graag.'

Issy trok haar wenkbrauwen op. 'Zó erg?'

Caroline haalde haar schouders op. 'Ach,' zei ze. 'Ach...' Ze knipperde een paar keer driftig met haar ogen. 'Het is alleen... Richard zei... Richard zei...' En toen barstte ze in huilen uit.

'Wat is er aan de hand?' vroeg Issy, die snel om de toonbank heen liep.

'Hij zei...'

Issy was opeens doodsbang. Hij zou toch hopelijk niet de voogdij van de kinderen willen opeisen? Natuurlijk, Caroline liet hen over aan de nanny's, negeerde ze en kleineerde ze, maar... nee, vast niet.

'Hij zei dat hij voor hen wil blijven betalen, maar dan moeten ze wel naar kostschoo-oo-oo-hooool!'

Caroline huilde met lange uithalen. Issy sloeg haar arm om haar heen.

'O nee,' zei ze. 'Maar ik dacht dat je altijd zei dat kostschool het antwoord op alle problemen was en dat het al die relschoppers zo enorm goed zou doen?'

Caroline snoof luid en haalde een stoffen zakdoek tevoorschijn. Issy was stomverbaasd dat ze een stoffen zakdoek bij zich had, maar zei er niets van.

'Ja, maar niet voor m-m-mijn...' Ze kon de zin niet afmaken.

Het was raar, dacht Issy. Als je Caroline over hen hoorde praten – al leek ze soms te vergeten dat ze überhaupt kinderen had – zou je denken dat ze niet erg veel belangstelling voor haar kinderen had; dat ze kinderen had gekregen omdat dat nu eenmaal van haar werd verwacht. Ze leek hen eerder lastig te vinden dan wat dan ook.

'Ze zouden me missen,' zei Caroline. 'Ik denk dat ze hun moeder zouden missen, denk jij niet? Achilles is pas vijf.'

'Nou en of,' zei Issy uit bittere ervaring. 'Natuurlijk zouden ze je missen. Het is belachelijk. Hij is volkomen onredelijk.'

'Ik weet het!' tierde Caroline. 'Wat moet ik doen?'

'Wacht eens.' Issy ging rechtop zitten. 'Ik heb een idee.'

Caroline keek op. Haar betraande gezicht was bijna onherkenbaar. 'Wat dan?'

'Waarom vertel je Richard niet gewoon dat hij de pot op kan? Zeg maar: flikker op, Richard, ze gaan niet naar kostschool. Je kunt ze hier naar school laten gaan! Louis zit er ook op; het is er geweldig.'

Caroline bleef even stil. Toen begon ze nog harder te huilen.

Pearl en Louis kwamen binnen en de bel klingelde.

'Wat is er met Prinsesje Tingeling aan de hand?' vroeg Pearl.

'Dat wil je niet weten,' zei Issy. 'Ik meen het. Echt. Laat het rusten.'

'Wees maar niet verdrietig, Caroline,' zei Louis, die omhoogreikte om haar stola te aaien. 'Ik vind je wolf erg mooi.'

'Blijf er alsjeblieft af, Louis,' wist Caroline tussen twee snikken door uit te brengen. 'Hij heeft erg veel geld gekost.'

Louis draaide zich om naar Issy. 'Issy!' brulde hij. 'Ik wou nog effe zeggen dat het sneeuwt!'

Issy keek door het raam naar de lucht. En ja hoor, in het halfduister van de ochtend scheen het licht van de lantaarnpaal naast de boom op de sneeuwvlokken die het steegje in dreven.

'O ja!' zei Issy, die van verrukking bijna vergat hoe moe ze was. 'Wat is dat mooi!'

'Kom je met me buiten spelen?' vroeg Louis en hij pakte haar hand.

'Dat gaat niet, liefje,' zei Issy. 'Maar ik kan wel een beker warme chocolademelk voor je maken.'

Louis glimlachte. 'Joepie!' Hij draaide zich om naar Pearl. 'Kesmis! Het sneeuwt! Het sneeuwt! Het is Kesmis! Het is Kesmis! Joepie!'

Pearl glimlachte flauwtjes. 'Ja, oké, oké,' zei ze. 'Ik kan alleen maar zeggen dat we er vanavond waarschijnlijk vier uur over doen om thuis te komen. Laten we die chocolademelk maar gaan opwarmen.'

Terwijl ze druk bezig waren met schoonmaken, boenen en bakken en daarmee langzaam maar zeker de winkel in gereedheid brachten voor de eerste kleumende klanten met zoete trek, bleef Louis met zijn neus tegen het raam naar buiten kijken. Door de sneeuwbuien en de laaghangende bewolking werd het nauwelijks licht. Mensen die langsliepen door de winkelstraat hadden hun sjaal om hun mond geslagen en hun muts over hun ogen getrokken. Ze liepen met moeite tegen de wind in, vastberaden op weg naar hun bestemming. Er woedde een buitengewoon ijzige storm.

'Misschien moet ik maar wat gaan uitdelen bij de bushalte,' zei Issy, die de trap op kwam met een groot blad met plakkerige gembercake. 'Meer uit genade dan om andere redenen.'

'Mama!' schreeuwde Louis opeens, zijn dikke vingertje drukte tegen het glas en zijn adem condenseerde in een wolk tegen het raam. 'Mamaaaa!'

Pearl rende naar hem toe en keek in de richting die zijn vinger wees.

'Jezus, almachtige heer,' zei ze, en ze rende zonder jas de winkel uit, met Issy en Caroline op haar hielen.

'In hemelsnaam, wat...'

Pas als je de deur opendeed, merkte je hoe ijskoud en afschuwelijk het buiten was; een heuse draaikolk, met sneeuwvlokken die alle kanten op vlogen en je verblindden. De kou nam je in de houdgreep en de wind klauwde naar je keel.

Pearls zware gestalte denderde naar de andere kant van de steeg. Issy liep vlak achter haar en hapte naar adem toen ze besefte wat Louis nu eigenlijk had gezien.

Net achter de kale boom stond een klein jongetje. Hij was jonger dan Louis. Hij was blootsvoets en droeg alleen een vrij smoezelige roomwitte pyjama met brandweerwagens erop. Zijn blonde haar stond rechtop en hij huilde tranen met tuiten.

Pearl tilde het ventje op alsof hij niets woog en ze renden alle drie terug naar de winkel. Louis was opgewonden over zijn ontdekking.

'Ik heb het jongetje gevonden, Issy,' zei hij op gewichtige toon.

Issy was ontzet. Ze was de hoofdstraat op gerend en had verwacht een met schrik vervulde moeder heen en weer te zien rennen, uitzinnig op zoek naar haar zoontje, maar zag alleen de gebruikelijke rij kouwelijke forenzen. Ze zei haar vriendin Linda gedag en vroeg of zij iemand had zien zoeken naar een kind. Iedereen had beduusd het hoofd geschud. Issy vertelde hun dat het kind veilig in de winkel was, voor het geval er alsnog iemand kwam zoeken, en rende toen weer naar binnen.

De oude mevrouw Hanowitz, een van hun vaste klanten, stond al bij de deur. Ze hapte naar adem toen ze het jongetje in zijn roomwitte pyjamaatje in Pearls armen zag.

'Het christenkind,' zei ze hoofdschuddend. 'Kijk hem toch.'

Ze kwam dichterbij en haalde haar vingers door zijn goudblonde krullen.

'Een kind met Kerstmis,' fluisterde ze.

'Doe niet zo mal,' zei Pearl. 'Dit kind is verdwaald. Hoe heet je, lieverd?'

Tegen de tijd dat Issy weer binnenkwam, was het kind warm ingepakt in een van de geruite wollen dekens die altijd op de rugleuning van een van de oude leren banken lagen. Het kind, dat zo te zien amper achttien maanden oud was, leek zelfs te zeer te zijn geschrokken om te huilen. Hij greep naar het etiket op de deken en begon het tussen zijn duim en wijsvinger te wrijven. Toen stak hij zijn andere duim in zijn mond. Hij leek zich best op zijn gemak te voelen.

'Hij moet een cupcake eten,' zei Louis. 'En een sukkelaatje

uit de adventskalender. O nee, die zijn er niet, tante Issy!'

'Louis, houd toch op over die stomme adventskalender,' zei Issy. 'Er komen geen chocolaatjes in.'

'Het is een erg zielige adventskalender,' merkte Louis op.

Pearl ging met het nog steeds in de deken gewikkelde jongetje op de bank zitten. Issy probeerde hem te verleiden met een plak gembercake, maar hij toonde weinig belangstelling en keek liever met grote ogen om zich heen in de winkel. Zijn voetjes waren blauw. Hij had geen sokken of sloffen aan.

'Ik ga de politie bellen,' zei Issy. 'Er moet iemand buiten zinnen zijn.' Ze keek weer door het raam naar de sneeuwstorm. 'Maar waar dan?' vroeg ze. 'Tenzij hij kilometers heeft gelopen.'

'Hoe heet je?' vroeg Pearl weer, maar ze kreeg geen antwoord.

Louis kwam naar hen toe. 'Hoe heet je, klein jongetje?' vroeg hij op vriendelijke toon. 'Kun je al praten, kindje?'

Het jongetje haalde zijn duim uit zijn mond. 'Dada,' zei hij.

'Nou ja, het is een begin,' zei Pearl. 'Hoe heet je, liefje? We zorgen dat je snel weer thuiskomt.'

'Dada!' zei het jongetje op luidere toon.

'Hij is het christenkind,' zei mevrouw Hanowitz, die achter hen aan de winkel in was gelopen, ook al waren ze officieel nog niet open, en nu openlijk naar de onaangeroerde plak gembercake keek die Issy voor het jongetje had neergezet.

'Ik denk echt niet dat hij het christenkind is,' zei Issy. Ze haalde de telefoonhoorn van de haak. 'Denk je dat dit een gevalletje-alarmnummer is? Niet echt, hè? Of toch? Wat is het nummer voor dingen die niet zo urgent zijn? 111??'

'Eén nul één,' somde Pearl onmiddellijk op. 'Wat nou?' vroeg ze toen ze Issy's verbaasde gezicht zag. 'O, gefelici-

teerd. Jij woont ergens waar je niet zo snel geweldsslacht-
offer zult worden.'

Net toen Issy de nummers begon te toetsen, zag ze iemand aarzelend de steeg in lopen en om zich heen kijken.
Het was een jonge, verward uitziende vrouw die niet warm
genoeg gekleed was voor het weer. Issy legde de hoorn
weer op de haak, liep naar de deur en stak haar hoofd naar
buiten.

'Neem me niet kwalijk,' zei ze. 'Ben je op zoek naar
een kind?'

Het meisje draaide zich om en leek tamelijk onbekommerd. 'O, hebt u hem?'

Issy bleef haar even staan aankijken. Ze kon haar oren
niet geloven.

'Ben. Je. Op. Zoek. Naar. Een. Kind?' vroeg ze nog een
keer, voor het geval het meisje haar niet hoorde.

Het meisje liep op haar dooie gemak naar haar toe. 'Hebt
u hem?' Ze kauwde kauwgum en ze zag er moe en een
beetje wezenloos uit.

'Eh, ja,' zei Issy. Ze vroeg zich een halve seconde af
of ze zich misschien gedroeg als een oude nieuwsgierige
bemoeial – was het dan doodnormaal dat kleine kinderen
tijdens een sneeuwstorm in hun pyjama aan de wandel
gingen? Ging dat hun niets aan? Toen draaide ze zich om
naar het jochie dat bij Pearl op schoot zat en besefte ze dat
het hun inderdaad niets aanging.

Het meisje liep de winkel in. 'O, daar ben je,' zei ze gelaten. 'Kom op, dan.'

Het jongetje maakte geen aanstalten om te gaan.

Pearl keek het meisje aan. 'Waar heb je het over?' vroeg
ze. 'Heb je dit jongetje in zijn eentje naar buiten laten lopen
terwijl het sneeuwde?'

'Welnee,' zei het meisje. 'Hij is weggelopen. Kom op,
Donald.'

'Dada no,' zei het jongetje.

'Nou, dat verklaart veel,' zei Pearl. 'Heet jij Donald?'

'Dada,' bevestigde het jongetje en stak toen zijn duim weer in zijn mond.

Pearl keek weer naar het meisje. Ze zag er niet oud genoeg uit om zijn moeder te zijn. Bovendien zou je denken dat zijn moeder wel iets blijer zou zijn om hem te zien, zeker een moeder die brandweerpyjama's kocht.

'Nou, ik neem hem weer mee,' zei het meisje. Ze zag er verveeld uit.

'Heb je sokken voor hem? Een jas?'

Het meisje haalde haar schouders op. 'Het is niet ver.'

'Wacht eens,' zei Caroline opeens. 'Is dit Donald? Donald Gough-Williams?'

De ogen van het jongetje begonnen te stralen toen hij zijn naam hoorde.

'Ja,' zei het meisje met tegenzin.

'Jij ként dit kind?' vroeg Pearl. 'Waarom zei je dan niks?'

'O, ze lijken allemaal op elkaar,' zei Caroline. 'Dit is Kates baby. Ben jij de nieuwe nanny van de familie Gough-Williams?'

Het meisje haalde onwillig haar schouders op.

'Ze heeft ook een tweeling,' zei Caroline. 'Waar zijn Seraphina en Jane?'

Het meisje draaide zich met een uitgeputte blik naar haar om. 'Ja,' zei ze. 'De tweeling.'

'Wie past er nu op de tweeling?' vroeg Issy opeens.

'De televisie,' zei het meisje. 'Kom op, Donald, we gaan.'

Pearl stond op en overhandigde Donald met deken en al.

'Breng de deken later maar terug,' zei ze. 'Laat hem niet doodziek worden.'

'Ja, ik zeg toch, oké,' zei het meisje. Ze slingerde Donald als een zak aardappelen over haar schouder, draaide zich om en liep het Cupcake Café uit.

Caroline keek hen sprakeloos na. 'Ik vraag me echt af waar Kate toch mee bezig is,' zei ze.

'Ze is hier al in geen tijden meer geweest,' zei Issy. 'Ik denk dat de laatste keer vlak na de geboorte van de baby was.'

'Nee, ze is compleet van de radar verdwenen,' zei Caroline. 'Ik nam gewoon aan dat ze in een ontwenningskliniek zat.'

Caroline, Pearl en Issy keken elkaar aan.

'Zou je het heel erg vinden...' vroeg mevrouw Hanowitz.

'Neem maar,' zei Issy zonder te kijken. Mevrouw Hanowitz begon Donalds onaangeraakte gembercake op te eten. Issy wist dat de oude vrouw moeite had om van haar AOW'tje de verwarming én eten te betalen.

'Eh, ik mag dan geen kinderen hebben, maar...' begon Issy.

'Ik zal een hartig woordje met haar moeten wisselen,' zei Caroline hoofdschuddend. 'Die nanny is echt vreselijk. Er zijn ongetwijfeld zeer smakelijke roddels in omloop.'

'Dat kind leek me amper ouder dan zestien,' merkte Pearl op. 'Ze kan nooit op drie kinderen passen. Hoe oud is de tweeling?'

'Zes,' zei Caroline. 'Allebei meisjes. Eentje denkt dat ze een jongen is. Ze zijn meestal schattig.'

'Inderdaad,' zei Issy, die zich hen weer herinnerde. Kate probeerde hen altijd uit elkaar te halen, maar ze stonden erop om alles samen te doen. 'Wat zou er zijn gebeurd?'

Caroline had haar telefoon al tevoorschijn gehaald.

'O jee, ik hoop maar dat ze bereik heeft in die kliniek. Hallo? Hallo, Kate, schat... Waar? O, Zwitserland?' Carolines stem haperde merkbaar, maar ze herpakte zich.

'Wat héérlijk! Heb je veel sneeuw? O, verrukkelijk, schat. Doe Tonks de groeten van me, en Roofs ook... O, zijn Bert en Glan er ook? O, eeeecht? De hele bubs... Klinkt supergezellig... Nee, nee, je kent me, ik ben tegenwoordig een werkende vrouw, geen tijd meer voor dat soort dingen, druk, druk, druk... O ja... komt Richard ook?'

Haar stem kreeg iets ijzigs.

'Nou, dat is geweldig nieuws. Jij en Richard en al onze vrienden. Ik ben heel blij het te horen. Ik hoop dat jullie het allemaal vreselijk naar jullie zin hebben. O, ze zijn allebei... Nee, nee, natuurlijk vind ik dat niet erg. Waarom zou ik? Hij betekent niets voor me. Zolang hij maar niet het schoolgeld van de kinderen over de balk smijt...'

Het bleef even stil.

'Maar eh, hoor eens. We hadden jouw Donald hier net in de winkel. Hij was het huis uit gelopen. Ik denk dat je op zoek moet naar een nieuwe nanny... Ja, alweer. Nou ja, weet je, ze weten gewoon niet meer wat werken is, die meiden. Helemaal eens, aartslui. Nieuw links. Issy stond al op het punt om de politie te bellen.'

Issy was nu erg blij dat het niet zover was gekomen.

'Ja, nou, nee hoor, het ging prima met hem. Ja, hij zat nog wel te duimen... lijkt mij een tikje achterlijk...'

Ze wisselden nog een paar woorden, voordat Caroline het gesprek beëindigde. Haar gezicht betrok en Issy zag even de pijn en het verdriet in haar blik. Toen vermande ze zich.

'Wat een lui wicht. Ik denk dat Kate van bureau gaat wisselen. Ze zei dat ze haar al zes van die volslagen nietsnutten hadden gestuurd.'

'Misschien had ze ze alle zes tegelijk moeten inhuren,' zei Pearl.

'Nu je het zegt, dat is nog niet eens zo'n slecht idee,' peinsde Caroline.

Issy sloeg quasiwanhopig haar ogen op. 'Hoe langer ik in Stoke Newington woon, hoe minder ik ervan begrijp,' zei ze. 'Is nu echt iedereen rijk?'

'Hm,' zei mevrouw Hanowitz aan de andere kant van de toonbank. 'Al ben ik blij dat het christenkind me dit geluk heeft gebracht. Het was echt heerlijk.'

Carmen Espito liep met klikkende hakken voor Austin uit door de gang. Niets van dit alles, bedacht hij, voelde echt aan. Maar hier liep hij dan, op de achtenveertigste verdieping – achtenveertigste! Er was zelf een aparte expreslift – van het Palatine Building op Forty-fourth en Fifth, in hartje Manhattan. Het kantoorpand stond op een hoek en bestond grotendeels uit enorme glazen ramen, waarvan er één uitkeek op het noorden en op het hele stuk van Empire tot Central Park; terwijl hij richting het oosten onder de Brooklyn Bridge de Hudson zag stromen, die naar de pakhuizen en hijskranen van Brooklyn voerde.

Om de toren heen wervelde sneeuw die heel Manhattan in één groot winterpretpark veranderde. Het was adembenemend mooi, een van de lieflijkste dingen die Austin ooit had gezien.

'Wauw,' zei hij, terwijl hij zo dicht tegen de glazen wand stond dat hij het gevoel had alsof hij zo de lucht in kon lopen. 'Mijn broertje zou het hier héérlijk vinden. Hoe krijgt iemand hier eigenlijk zijn werk af?'

Carmen glimlachte. Ze was gewend dat bankmedewerkers zo geraffineerd waren dat ze absoluut weigerden het te laten merken als ze ergens van onder de indruk waren. Voordat ze dertig kilo was afgevallen, haar neus had laten doen en wenkbrauwen had laten tatoeëren, was ze maar een heel gewoon meisje uit Oregon geweest, en Manhattan had haar ook in het hart geraakt.

'Mooi is het, hè?' vroeg ze. Toen deed ze haar knalrode lippen weer dicht en ging ze achter het lege bureau zitten.

'Goed,' zei ze. 'Ik ben als advocaat gespecialiseerd in immigratie- en arbeidsrecht. Meneer Ferani wilde alle administratieve rompslomp zo snel mogelijk uit de weg hebben, en dat geldt vast ook voor u.'

Austin zei tegen zichzelf dat het alleen maar administratief was; niets onherroepelijks, gewoon dingen waar hij naar moest kijken en later nog over kon nadenken. Maar toen hij naar de onmiskenbaar sexy, maar ook bloedserieuze Carmen Espito keek, besefte hij dat ze juridische documenten voor zich had liggen. Dit was niet zomaar wat Amerikaans gebabbel. Het was duidelijk dat ze dingen gedaan wilden krijgen, en het liefst een beetje rap. En het leed geen twijfel dat ze verwachtten dat hij toehapte.

Iedereen met een greintje verstand zou dat natuurlijk ook doen. De kans om op zijn leeftijd een geweldige baan en een heel nieuw leven te beginnen met beide handen aangrijpen. Nou ja, het was als een droom die uitkwam. Ieder ander, dat wist hij zeker, zou staan te springen.

'Mag ik...' vroeg hij, 'mag ik de contracten en zo meenemen om door te lezen, voordat alles definitief wordt?'

Carmen trok één wenkbrauw op. 'Natuurlijk, ze zijn vrij standaard,' zei ze. 'Als u wilt dat uw advocaat mij belt...'

Austins advocaat was een vijfenzeventigjarige oma geweest die hem het advies had gegeven om de maatschappelijk werkers te negeren als ze wilden komen neuzen en Darny vroegen of hij wel de schijf van vijf binnenkreeg, waarop Austin altijd ja antwoordde, aangezien hij enige tijd geleden tot de conclusie was gekomen dat hij maar gewoon aardappels op het menu moest zetten.

'Eh, ja, misschien doe ik dat wel,' zei hij snel, en hij probeerde zakelijk over te komen. 'Mooi. Dit is geweldig.'

Carmen gaf hem verschillende dikke pakken documenten. 'Levert u ze maar samen met uw paspoort in.'

'Mijn paspoort?' vroeg Austin lichtelijk in paniek. Het voelde alsof ze hem tegen zijn zin vast probeerden te houden.

Achter hem ging de deur met een knal open en kwam Merv Ferani binnen. Vandaag sprongen er kleine rendieren over zijn strik en droeg hij een rood vest. Hij zag eruit als een kleine joodse Kerstman.

'Hoe gaat het hier, Carmen?' vroeg hij. 'Al bijna klaar?'

'Meneer Tyler wil graag dat zijn advocaat er nog even naar kijkt,' zei ze snel.

Merv keek verbaasd. 'Is er iets waar je niet tevreden over bent?' vroeg hij.

'O nee, het is vast... Het punt is alleen, snap je, dat ik... Ik bedoel, ik moet het nog met mijn broertje bespreken.'

'Is hij je bedrijfsanalist, of zo?'

'Nee... nee, hij woont bij mij in huis. En bij mijn vriendin,' zei hij snel. 'Ik moet alleen... Ik bedoel, het is zo'n grote verandering...'

'Naar de mooiste plek op aarde!' zei Merv. Hij leek oprecht in de war – en dat mocht hij ook zijn, gaf Austin toe, aangezien Austin in eerste instantie zelf naar New York had willen komen.

'Eh, ja,' zei Austin. 'Dat ben ik me bewust.'

Merv keek door de glazen wand naar buiten. 'Hé,' zei hij. 'Ik heb een geweldig idee. We vliegen ze gewoon in voor het weekend. Wat vind je daarvan? Laat hen maar komen kijken. Kunnen ze zien hoe geweldig je leven hier wordt. Je neemt het jochie mee naar een museum en zo, doet een voorstelling, eet een echt lekkere maaltijd. Ik zal mijn secretaresse zeggen dat ze het moet regelen.'

Austin keek hem verbijsterd aan. Toen herinnerde hij zich dat hij werd geacht die coole bankier te zijn uit Londen, wie dat soort dingen voortdurend in de schoot viel en die daar volkomen blasé over was. Hij dacht niet dat hij dat kon.

'Nou...' zei hij.

'Zo ken ik je weer,' zei Merv. 'Ik geef je door aan Stephanie. Je vindt haar vast geweldig.'

Waarom ging alles zo snel? dacht Austin, die zijn keel voelde samenknijpen van de zenuwen. Maar goed, Issy zou het heerlijk vinden. Ze zou het fantastisch vinden, toch?

8

Sussende koekjes met kerstkruiden

225 gram zachte boter
200 gram suiker
235 ml stroop
1 ei
2 eetlepels sour cream
750 gram patentbloem
2 eetlepels bakpoeder
5 gram baksoda
1 theelepel kaneelpoeder
1 theelepel gemberpoeder
snufje zout
14 gram walnoten, in stukjes
145 gram lichte rozijnen
145 gram dadels, in stukjes

Roer in een grote kom de boter en suiker door elkaar. Voeg de stroop, het ei en de sour cream toe en roer goed door elkaar. Roer bloem, bakpoeder, baksoda, kaneel, gember en zout door elkaar en schep geleidelijk door het botermengsel. Roer tot slot de stukjes walnoot, dadels en rozijnen erdoor. Zet twee uur in de koelkast, of totdat het makkelijk te verwerken is.

Rol het deeg dun uit op een met bloem bestoven oppervlak. Gebruik een ronde uitsteekvorm van ± 6 cm. Leg de deegrondjes op een of meer ingevette bakplaten. Bak 12–15 minuten op 160°C/gasoven stand 3. Laat de geur opsnuiven door nijdige mensen met trek.

Issy was op Darny's school en had het gevoel dat ze zich voordeed als iemand die ze niet was. Het was echt vreselijk. Iedereen om haar heen kende elkaar. Ze stonden druk te praten onder de tl-balken en barstten nu en dan in lachen uit. De geur van goedkope glühwein kon niet op tegen de onderliggende stank die Issy ook na al die jaren nog steeds zeer bekend voorkwam: zweet, afgrijselijk zware aftershave waar veel te veel van was gebruikt, sportschoenen, stiekeme sigaretten en een moeilijker te plaatsen hormonale mufheid die iedereen net iets luidruchtiger en licht ontvlambaarder maakte.

Ze had hier niet eens iets te zoeken, maar ze had het zo afschuwelijk gevonden toen Austin nonchalant had gezegd dat hij gewoonlijk niet meer naar de schoolvoorstellingen aan het eind van het semester ging, omdat Darny het afschuwelijk vond als hij er was en zich dan vreselijk aanstelde, zodat ze zich allebei rot geneerden.

'Ik dacht dat het leuke van kinderen hebben juist was om ze in het kerstspel te zien optreden,' had ze boos gezegd.

'Na die kapitalistische herbergier met politieke drijfveren die werd afgeschilderd als leider van UKIP en die hasj rokende schaapsherder? Nee. Daarna zijn we geen van allen nog geweest,' had Austin op vermoeide toon gezegd. 'En nu hij op de middelbare school zit, doen ze sowieso geen kerstspel meer. Ze voeren een eigentijds stuk op.'

'Kutverhaal,' zei Darny hulpvaardig. 'Hij bedoelt een eigentijds kutverhaal.'

'En jij hebt een rol?'

Darny had zijn schouders opgehaald, wat Issy als ja interpreteerde, en ze had erop gestaan dat ze ernaartoe zouden gaan, en beide jongens waren in elkaar gezakt op een manier die ze meer op een eeneiige tweeling deed lijken dan op jongere en oudere broer.

'Je moet jonge mensen aanmoedigen,' zei Issy, die hier

uitgesproken ideeën over had nadat ze het afgelopen jaar steeds moedelozere werkzoekende tieners voorbij had zien komen met amper leesbare cv's. Geen van die kinderen had werk, laat staan enige ervaring, en ze zou willen dat ze meer voor hen kon doen. Maar ondertussen stonden hun cv's vol met hoogdravende uitspraken over empowerment en een administratief ingesteld mensenmens zijn en met vreselijke *Apprentice*-achtige beweringen die, als ze naar de in elkaar gezakte, gegeneerde puber voor zich keek, niemand enig goed leken te doen. Austin noemde haar gekscherend Jamie Oliver, maar was het wel met haar eens, behalve waar het om Darny ging.

'Daar maak je de boel alleen maar erger mee,' zei hij. 'Darny heeft geen excuus nodig om zijn bek open te trekken.'

'Nee, hij moet weten wanneer hij dat kan doen,' zei Issy. 'Daarom moeten wij er voor hem zijn.'

Maar toen werd Austin natuurlijk weggeroepen naar het land van de vrouwen met flinterdunne naaldhakken, van de verbluffende luxe en voortdurend in de watten gelegd worden, en was zij degene die na een lange dag in het café zoveel lagen kleding moest aantrekken als ze maar kon en moest proberen Darny op een leugen te betrappen toen hij volhield dat ze allemaal in het zwart moesten komen, omdat juffrouw Fleur hen had overtuigd dat het dramaturgisch sterker zou zijn. Issy had gezucht en was uiteindelijk gezwicht.

Buiten was het verkwikkend koud geweest en ze hadden zich samen met andere gezinnen naar het hoofdgebouw van de school aan Carnforth Road gehaast. Er hadden vrolijk opgewonden woorden geklonken, en even had Issy onwillekeurig een steek gevoeld. Iedereen was blij om de kerst bij hun familie te vieren, en zij had verdomme nog niets van haar moeder gehoord, terwijl Austin ver weg was en Darny al voordat ze bij de school waren opging in een vloedgolf van pubers die niet van elkaar te onderscheiden waren. Issy nam aan dat het een teken was dat je ouder werd als je niet meer goed kon zeggen hoe jongeren eruitzagen; afzonderlijk oogden ze gewoon jong.

O, ze miste haar opa echt vreselijk. Hij ging zo leuk met jongeren om. Hij mocht ze, moedigde ze aan. Hij had in de bakkerij massa's leerlingen aangenomen, van wie sommigen een vreselijk moeilijke achtergrond hadden, en de overgrote meerderheid was opgebloeid, had goed gepresteerd en was doorgegroeid naar andere banen en levens elders. Ze hadden elk jaar honderden kerstkaarten gekregen van blije klanten en vrienden en... Nu maakte Issy e-cards al niet eens meer open. Ze zag er dezer dagen het nut niet van in.

Natuurlijk wist verder iedereen waar hij of zij moest zijn, dus speelde ze maar met haar telefoon om de indruk te wekken dat ze het erg druk had en liep ze met de stroom mee naar de grote gymzaal die dienstdeed als aula. Iemand had duidelijk veel moeite gedaan om er een feestelijk tintje aan te geven − er hingen papieren wimpels aan het plafond − maar dat kon niet verbloemen dat dit een school in de binnenstad was die gewoon heel erg zijn best deed, geen dure en chique privéschool met toneelgezelschappen en mengpanelen met alles erop en eraan.

Issy betaalde een pond voor een bekertje gloeiend hete, iets te bittere glühwein om maar iets omhanden te hebben, en herinnerde zich dat ze buiten het blikveld van Darny's docenten moest blijven; dat was echt Austins pakkie-an. Een van de redenen waarom Darny en zij redelijk goed met elkaar konden opschieten was waarschijnlijk dat zij zich helemaal nooit met zijn schoolwerk had bemoeid, of had gevraagd hoe het ermee ging, zelfs al moest ze zich inhouden om dat niet te vragen, en ze wist dat ze daar goed aan deed. Hij kreeg regelmatig brieven van school en had al meermaals moeten nablijven, en Austin smeekte hem dan zuchtend om zich voortaan beter te gedragen, waarop Darny uiterst rationele argumenten aanvoerde waarom dat niet nodig was, en dat ging maar door tot iedereen doodmoe en geïrriteerd was. Issy ging in zo'n geval naar de keuken om een lading sussende koekjes te bakken in de hoop dat een van beiden zich eroverheen zou zetten.

Ze kende echt niemand op deze school. Snel stuurde ze Austin een berichtje. Hij kwam net uit alweer een vergadering en sms'te terug: *Ik zei toch dat je niet moest gaan.* Daar had Issy natuurlijk niets aan en ze vroeg zich af wat de emoji voor lichte frustratie was. Ze nam nog een slokje van haar glühwein – dat smaakte al iets beter dan het eerste – en vroeg zich af wie ze nu eens zou lastigvallen. Bij Helena was het rond deze tijd spitsuur. Ze was nu vast druk bezig om Chadani het bed in te krijgen, een proces dat uren in beslag kon nemen. Haar andere vriendinnen dan? Ze had ze al zo lang niet gesproken en ze hadden nu allemaal (ze probeerde niet te tellen, maar het klopte redelijk) kinderen en waren de stad uit getrokken, of anders waren ze voortdurend op reis, of ze wisten niet goed waar ze het met haar verder over moesten hebben nadat ze naar haar cupcakes hadden gevraagd. Ze had nu echt iemand nodig tegen wie ze kon zeggen: 'Is dit niet afgrijselijk?'

'O mijn god, is dit niet afgrijselijk?' klonk een snerpende stem. Ze keek op. Tot haar stomme verbazing beende Caroline in een knalrode, nauwsluitende jurk die volkomen ongeschikt was voor een schoolvoorstelling, maar er toch best geweldig uitzag, door de opeengepakte gelederen van andere ouders die opzijgingen om haar door te laten.

'Lieverd, góddank, eindelijk zie ik iemand die ik ken. Die meute hier ziet er werkelijk compléét verwilderd uit.'

Issy kromp ineen en probeerde naar de rest van de wereld een 'ze-maakt-maar-een-grapje'-gezicht te trekken.

'Sst,' zei ze. 'Wat doe jij hier in hemelsnaam?'

'O god! Nou, als die ploert zijn dreigement uitvoert, zal ik Hermia ooit naar deze hellepoel moeten sturen, om nog voordat ze door de metaaldetectoren is gelopen van haar horloge en schoenen beroofd te worden.'

'Caroline, kun je iets zachter praten?'

Caroline keek rebels. 'Ik hoopte al dat ze me de deur uit zouden zetten, zodat de Schijtvent ze op hun privéschool zou moeten houden, zoals ieder verstandig mens zou doen. Ik snap niet hoe hij zo intens slecht kan zijn.'

'Ik vind dit best een goede school,' zei Issy. 'Hij is inclusief, progressief...'

'Ik wil geen progressieve school,' siste Caroline. 'Ik wil dat ze drie keer per dag een mep op hun vingers krijgen met een liniaal en dat ze in hun onderbroek door de kou rennen. Daar krijgen ze ruggengraat van. Dat kan dit land wel gebruiken.'

'Maar leveren ze daarmee geen ploerten af, zoals jouw ex?' vroeg Issy. Die glühwein was waarschijnlijk toch sterker dan ze dacht.

'Ja, dat is ook zo,' zei Caroline. 'Hij heeft mij genaaid voordat ik de kans kreeg om hem te naaien. Ik zou waarschijnlijk erg onder de indruk zijn als het mijzelf niet overkwam.'

Er was een vrij ouderwets ogende, oudere man op het podium gaan staan en hij sprak in een microfoon die van de weeromstuit schel begon te piepen. 'Wil iedereen alstublieft gaan zitten?' vroeg hij. Zijn toon drukte uit dat hij volkomen bereid was dat nog verschillende keren te herhalen voordat iedereen ook werkelijk naar hem luisterde. Toen hij vooroverboog om zijn aantekeningen te lezen, weerkaatste het licht van de enige schijnwerper tegen zijn kale hoofd.

'Jezus,' zei Caroline. 'Kunnen we nog ergens iets te drinken krijgen, of hoe zit dat?'

'Ik geloof dat hij vraagt om te gaan zitten,' zei Issy.

'Nou, ik kan wel zien hoe jij vroeger op school was,' zei Caroline.

'Ja, wederzijds,' zei Issy, terwijl ze Caroline met zachte hand het gangpad op stuurde en haar het bekertje glühwein aanreikte. Caroline proefde ervan en trok een vies gezicht. Iedereen schuifelde naar een zitplaats en Issy zag nergens nog lege stoelen. Alle ogen waren gericht op Caroline in haar felgekleurde, strakke jurk. Issy kon wel door de grond zakken.

Uiteindelijk kwamen ze helemaal vooraan te zitten.

'O god,' zei Caroline luid. 'Ik vind dat ik nu wel genoeg heb gezien.' Ze begon de docent op het podium veelzeggend aan te kijken.

'Ik loop wel met je naar buiten,' zei Issy op waarschuwende toon.

'Wat?' vroeg Caroline. 'We betalen toch voor deze school? Ik vind dat we dan mogen bekijken hoe hij voldoet.'

'Eerlijk gezegd is het een openbare school, wat wil zeggen dat iedereen eraan meebetaalt,' zei Issy. 'De school kan min of meer zijn eigen gang gaan.'

Caroline snoof opnieuw. 'Ha, alsof Richard belasting betaalt. Nou, als die man "Winterval" zegt, ben ik hier weg.'

'Volgens mij is Winterval iets plaatselijks, in Birmingham of zo,' zei Issy.

'Net als Kwanzaa?'

'Nee, ik geloof dat Kwanzaa een officieel feest is.'

'Welkom, dames en heren, op het kerstfeest van Carnforth Road School – prettige kerstdagen, Chanoeka, Winterval of Kwanzaa, wat u maar wilt.'

Issy kromp in elkaar toen Caroline haar doordringend aankeek.

'Dit jaar hebben we met de hulp van onze geweldige dramadocent juffrouw Fleur een alternatief evenement voor u samengesteld... Het verhaal van de kosmonaut.'

Terwijl de luidsprekers tegen het plafond losbarstten in elektronische akkoorden, werd er opgewonden geapplaudisseerd. Het gordijn ging omhoog en ze zagen een volmaakt zwart toneel waarop niets te zien was, op een hangende lantaarn na.

'Wacht eens,' zei Issy. 'Is dat "A Spaceman Came Travelling"?' Ze keek opzij naar Caroline. 'Ja hoor. Je krijgt je zin. Laten we gaan.'

'Ik ben gék op dit nummer,' zei Caroline, die opeens gefascineerd naar het toneel keek.

En toch, ondanks de onvermijdelijke meligheid – enkele zeer pijnlijk oprecht bezorgde preken over als buitenaards wezen naar de planeet aarde worden gestuurd om het gruwelijk lot te ontdekken waaraan deze was overgelaten; een lang stuk over dansende ijsberen dat duidelijk had moeten ontroeren, maar het overgrote deel van de zaal in onbeheersbare lachstuipen deed uitbarsten; een rij meisjes, verkleed als sexy pinguïns die grappig waren bedoeld, maar in de praktijk erg ongemakkelijk aanvoelden, omdat de ene na de andere rij vaders deed alsof ze zich niet stiekem afvroegen hoe oud de danseresjes waren; het spectaculair slechte muzikale intermezzo dat er niet beter op werd doordat ze vlak bij de tubaspeler zaten – was er al met al veel moeite voor gedaan, wat Issy trots stemde, en Caroline naar haar telefoon deed grijpen.

Toen was Darny aan de beurt. Hoewel hij een van de kleinste leerlingen was en in de brugklas zat, stapte hij onbevreesd naar voren. Voor Issy was Darny zeer aanwezig in hun leven, vanwege de vreselijk stinkende sportschoenen en de potten goedkope haargel die door hun enige badkamer zwierven, maar nu leek hij ieniemienie, een piepklein jochie tussen de kolossale tieners en jongvolwassenen.

Issy was echter eindelijk begonnen te ontspannen. Een dringende milieugerichte oproep was Darny wel toevertrouwd. Snel haalde ze haar telefoon tevoorschijn en maakte ze stiekem een foto. Iedereen werd geacht om na afloop het officiële, pedofielenbestendige fotoalbum te kopen, maar ze betwijfelde of ze zo lang kon wachten. En ondanks wat hij had gezegd, zou Austin maar wat trots zijn dat Darny zo'n grote rol had gekregen.

Darny liep zelfverzekerd met de microfoon naar het podium. Issy besefte dat ze plaatsvervangend nerveus was. Zelf had ze een grote hekel aan spreken in het openbaar; op sommige dagen was zelfs klanten verwelkomen in het café al moeilijk genoeg. Darny leek er echter geen enkel probleem mee te hebben. Kom op, hoorde ze zichzelf denken. Een mooie kleine toespraak over de aarde behouden voor de dag van morgen, en dan was het voorbij en konden ze nog een bekertje slechte glühwein nemen. Misschien zou Caroline haar zelfs voor een echt drankje uitnodigen.

Toen hij naar het podium kwam, hield Darny zijn toespraak omhoog.

'Geschreven op gerecycled papier,' zei hij spitsvondig, wat hem waarderend gelach uit de zaal opleverde. Hij bleef even stil en stak toen van wal.

'Ik heb in dit essay een hoop onzin opgeschreven – al vond mijn docent het erg goed, dus bedankt mevrouw Hamm – over hoe we het regenwoud kunnen redden en de biodiversiteit voor toekomstige generaties kunnen beschermen...'

Issy merkte dat ze opeens rechtop in haar stoel zat.

'Nou ja, jullie weten dat het onzin is, en ik ook. Alle Chinezen willen een koelkast en iedereen in India wil airco. En het is volkomen van de pot gerukt om mensen dat soort dingen te ontzeggen als ze zo verschrikkelijk hard werken onder omstandigheden die wij ons niet eens kunnen voorstellen. Maar waarom verdoen we dan nog onze tijd met het scheiden van onze melkverpakkingen en theezakjes? Jullie weten al dat het voor de ijsberen geen sneeuwbal uitmaakt. Zoals ik het zie, is de enige reden waarom we hier op school gewoon onze tijd uitzitten met praten over dit soort ongein dat de schoolinspectie daar belang bij heeft, maar we weten allemaal dat het gelul is.'

Issy kreunde zacht en liet haar kin op haar borst zakken.

'Dus in plaats van te lopen miepen over het hergebruik van waterflesjes – wat toch al bullshit is, want als ze het meenden, zou je niet eens water in flesjes kunnen kopen, aangezien het nergens op slaat – kunnen we net zo goed...'

Darny's geweldige oplossingen voor de wereldproblemen werden bruut onderbroken door een hoge, schelle pieptoon toen mevrouw Hamm het podium op rende en Darny de microfoon uit handen trok met een blik op haar gezicht alsof het haar zielsveel speet dat lijfstraffen op school waren afgeschaft.

'Darnell Tyler,' klonk het keihard door de luidsprekers, 'ga onmiddellijk van het podium af!'

Ze wendde zich tot de zaal. Darny stond er nog steeds en zag er volkomen ongebroken uit.

'Dames en heren, ik moet namens de school mijn excuses aanbieden voor deze ongevraagde snoeverij van een van onze jongere leerlingen. Is de voogd van Darnell Tyler hier vanavond aanwezig?'

Achteraf had Austin geen beter moment kunnen kiezen om op de foto die Issy hem had gestuurd te reageren met de woorden: *Wil je het land uit?*

'O god, het was afschuwelijk,' zei Issy de volgende dag. 'Afschuwelijk, afschuwelijk, afschuwelijk. Ik geneerde me rot.'

'Ik zou niet weten waarom,' zei Caroline. Ze stonden in de winkel advocaatkoffie te maken. Issy had verwacht dat het vreselijk vies zou zijn – zo klonk het in elk geval wel – maar was er onbedoeld verslaafd aan geraakt en sloeg die ochtend de ene na de andere achterover. Ze had gisteravond in een moeilijk parket gezeten; het was niet aan haar om Darny op zijn kop te geven, maar ze kon hem ook niet laten denken dat hij de grote held was die zijn klasgenoten blijkbaar wel in hem zagen (niet dat ze hadden geluisterd naar wat hij zei, maar ze hadden bewondering voor zijn bravoure en de manier waarop hij de avond had verstoord).

Maar elke keer dat ze het op weg naar huis ter sprake had gebracht (het hielp niet dat Caroline zuchtend had gezegd dat ze dit soort dingen had kunnen verwachten van een achterstandsschool, waarna Issy haar het liefst een trap had verkocht, aangezien ze net een uur naar zorgvuldig samengesteld vermaak hadden zitten kijken) haalde Darny zijn schouders op en zei dat hij ook niet de kans kreeg om het uit te leggen, waarop zij had moeten zeggen dat het daar niet om ging en Darny had gezegd dat dat amper een argument was. Ze moest toch weten dat hij gelijk had en alles cyclisch was?

Issy probeerde Carolines nihilistische standpunt over het geheel te negeren, maar was verbaasd toen Pearl Darny's kant koos.

'Ik sta niet aan zijn kant,' legde Pearl geduldig uit. 'Ik wil alleen zeggen dat het erg dapper van hem was.'

Issy klakte afkeurend met haar tong. 'Doe niet zo mal. Mijn moeder probeerde me altijd zover te krijgen dat ik dat soort dingen deed. Praten over nucleaire ontwapening, of weigeren een rok te dragen of zoiets. Ze wilde dat ik een of andere woordvoerster werd op school.'

'Wat is er dan mis mee als Darny dat doet?'

'Ik heb het zelf nooit gedaan!' zei Issy vol afschuw. 'Andere mensen zonder reden met een hoop problemen opzadelen!'

Pearl en Caroline wisselden een zeldzame glimlach.

'Hoe waren jullie dan op school?' vroeg Issy geprikkeld.

'Ik had een geweldige school en ik vond het heerlijk,' zei Caroline met een stalen gezicht. 'Ik heb er vrienden voor het leven gemaakt en genoot ervan om niet thuis te wonen.'

Nu was het Issy's beurt om Pearl schuin aan te kijken.

'Wat heb je er geleerd, Caroline?'

Caroline telde op haar vingers af. 'Hoe je zakdoekjes kunt eten als je erge honger hebt. Hoe je kunt doen alsof je in een restaurant frietjes bestelt en dan op het allerlaatste moment van gedachten verandert. Hoe je nooit tegen een meisje moet zeggen dat je haar vriendje leuk vindt, omdat ze je dan in het bijzijn van je hele jaargroep voor slet uitmaakt. Hoe je je moet verzetten tegen langdurige intensieve psychologische oorlogsvoering. O, en Latijn.'

'De gelukkigste tijd van je leven?' vroeg Issy.

Caroline huiverde. 'Alsjeblieft. Laat dat in hemelsnaam niet waar zijn.'

'En jij, Pearl?' vroeg Issy op licht spottende toon.

'Ik zag het nut van school nooit zo,' zei Pearl. 'En van mijn moeder hoefde ik ook niet, niet echt. Ik vond het leuk om achter in de klas te zitten, de docenten te stangen, en om rond te hangen met de meiden uit de buurt en gewoon lol te trappen. Wat kon het ons schelen? We hadden jullie tweeën toen makkelijk de baas gekund.'

Issy kon zich dat levendig voorstellen.

'Jouw schooltijd klinkt het leukst,' zei ze.

Pearl schudde haar hoofd. 'Niet te geloven dat ik zo mijn kansen heb verspeeld,' zei ze met hooguit een spoortje van verbittering in haar stem. 'Ze boden me goed onderwijs en ik kauwde kauwgum en rookte in de bus. Ik ben zó jaloers op Darny – hij wil leren, hij wil communiceren en dingen tegen mensen zeggen en ze betrekken. Ik kon het niet opbrengen om zoiets te doen.'

Ze schudde haar hoofd. 'Ik zal je vertellen, Issy, ik hoop dat Louis net zo wordt als hij.'

Issy zuchtte. En dan had ze hun nog niet eens over Austins baan verteld. Ze zag Louis een tikje geven tegen de adventskalender. 'Ik hoop dat je sukkelaatjes nog terugkomen,' fluisterde hij ertegen. Je hoorde niet met iemand anders van zorgen te willen ruilen, maar voor deze ene keer had ze zin om een uitzondering te maken.

9

Hoewel Issy had geprobeerd er luchtig over te doen, was ze tegen de tijd dat ze gisteravond thuiskwamen bijna in tranen. Ze wist dat het belachelijk was – Darny's tirade had niets met haar te maken, en het liet hem sowieso volkomen onverschillig – maar wat haar stak was dat hij het zich niet eens aantrok dat zij boos op hem was. Hoezeer ze zich ook had ingeprent om zich niet met Darny's leven te bemoeien en niet om hem te geven... kon ze het toch niet laten. Natuurlijk gaf ze om hem. Daarom was het zuur om te zien dat hij niet hetzelfde voor haar voelde – maar waarom zou hij ook, een of ander vriendinnetje van zijn stomme grote broer?

Diep in haar hart wist ze ook dat haar moeder het geweldig zou hebben gevonden als zij zoiets had uitgehaald, wat de nonnen op St Clement's er ook van zouden hebben gevonden. Haar moeder zou tevreden zijn geweest, en trots. Ze was niet zo vaak trots op haar dochter. Ze bedacht dat ze Marian aan Darny moest voorstellen.

'Dus je meent het?' had Austin opgewonden gezegd toen ze uitgeput zijn gesprek had aangenomen.

'Wat?' vroeg ze lusteloos. Ze had gedacht dat hij haar het bericht 'Wil je het land uit?' bij wijze van grap had gestuurd en had er 'Jaaa, graag!' op geantwoord.

'Hoor eens, Darny heeft een streek uitgehaald...'

'Heeft hij iemand gebeten?'

'Nee.'

'O god,' zei Austin, toen hij terugdacht aan wat mevrouw Baedeker had gezegd. Dat meende ze toch niet echt? Ze zou Darny toch niet echt van school sturen? Nee, nee. Hij overtuigde zichzelf ervan dat ze dat niet zou doen. Darny had niemand geslagen en niets gestolen. Het was vrijheid van meningsuiting. Er zou wel weer een hoop gezeik van komen, maar in dat geval was het des te beter om hem een paar dagen van school te houden. Ja. Dat zou de doorslag geven. En dan zou hij zorgen dat Darny zijn excuses aanbood en kwam alles weer goed.

'Hoor eens, ik heb leuk nieuws: de bank wil jullie voor een paar dagen laten invliegen!'

'Wat bedoel je met "laten invliegen"?'

'Naar New York!'

'Waarom wil de bank dat ik naar New York ga?'

'Om te zien hoe je het vindt, natuurlijk. En Darny ook.'

'Nou, na Darny's solo-act zal hij wel van school worden gestuurd,' zei Issy.

'Wat heeft hij nu weer gedaan?'

'Hij is afgeweken van het script van het toneelstuk. Nogal. Heel erg.'

'O ja,' zei Austin. 'Ja, ik weet inderdaad hoe hij daarover dacht.'

'En toen zei je niet dat hij ermee moest kappen?'

'Ik vond dat hij wel gelijk had.'

'Maar hoe is dat de juiste manier om ook gelijk te krijgen?'

'Ik stel me zomaar voor dat jij op school het braafste meisje van de klas was,' zei Austin.

'Alleen omdat ik me gedroeg!'

'Nou ja, zolang Darny niemand heeft gebeten, mag hij wel mee. Vind je het niet geweldig, Issy? Je hebt New York toch altijd al willen zien?'

Dat was gemeen. Natuurlijk had ze dat. Ze zei niets.

'Maar... ik bedoel, is dit het dan? Blijf je daar nu voorgoed?'

'Natuurlijk niet!' zei Austin. 'Ik kan weggaan wanneer ik maar wil,' zei hij erachteraan, wat ook een beetje waar was. 'Ik bedoel, dit is gewoon een voorproefje, en daarna kan ik kiezen of ik het wil of niet.'

'Als ze ons laten invliegen, klinkt dat niet alsof ze graag willen dat je weggaat,' zei Issy.

'Nou, dat is dan jammer voor ze.'

Austin had niet, bedacht Issy, diezelfde behoefte als zij om het iedereen naar de zin te maken. Daar had ze bewondering voor. Normaal gesproken, dan.

'Maar ben je ze dan niets verschuldigd?'

'Niks daarvan,' zei Austin. 'Zij willen mij, *baby*!'

Issy glimlachte. 'Hoe dan ook, ik kan niet. Het café is gewoon een gekkenhuis, een drukke periode voor ons.'

'Daarom heb je ook twee uitstekende medewerkers aangenomen,' zei Austin. 'Om voor je waar te nemen. Beperk de cupcakevarianten tot de soorten die Pearl kan bakken, of laat beslag achter, of hoe dat ook moge werken... Het zou moeten zijn als een hond die je in een kennel onderbrengt, toch? Hé, misschien kan je tijdelijk een kok aannemen en...'

'Een tijdelijke kok, drie weken voor de kerstdagen?' zei Issy. 'Tuurlijk.'

Het bleef even stil.

'Nou ja, ik dacht dat je het leuk zou vinden,' zei Austin toen. 'Het is maar voor een paar dagen.'

'Ik weet het, ik weet het. Het lukt gewoon niet,' zei Issy. 'Kom thuis.'

'Doe ik ook. Snel,' zei Austin ontmoedigd. 'Kun je me Darny even geven?'

'Ga je hem op zijn kop geven?'

'Eh... ik zal mijn best doen.'

Issy had zich moedeloos achterover laten zakken op bed. Waarom deed ze zo? Waarom zat ze te liegen? Natuurlijk wilde ze naar New York. Natuurlijk wilde ze in een vliegtuig stappen, alles achter zich laten, naar Austin vliegen, in zijn bed duiken... Natuurlijk wilde ze dat.

Maar als ze eerlijk was, was Austin niet haar enige grote liefde. Ze hield ook van het Cupcake Café. Nee, het was sterker dan houden van. Ze had het opgebouwd, gekoesterd, laten groeien. Het onderhield haar en haar vriendinnen. Het was het allerbeste wat ze ooit in haar leven had gedaan. En ze wist best dat Austin alleen maar deed alsof New York niets voorstelde, alsof het maar een uitstapje was, een beetje lol, waar hij nee tegen kon zeggen wanneer hij maar wilde, maar zo voelde het voor haar niet. Het voelde alsof hij haar binnenkort zou dwingen om te kiezen tussen de twee liefdes van haar leven. Die gedachte was onverdraaglijk.

Ze kon Darny horen schreeuwen in zijn kamer. Austin had dus toch besloten hem op zijn kop te geven. Issy wist ook niet wat hij met zijn broertje aan moest. Op dit moment leek het haar niet verstandig om hem te laten verhuizen. Tja, zij was het vriendinnetje maar. Wat wist zij ervan?

'Dus je gaat?' vroegen Caroline en Pearl in koor toen ze hun erover vertelde.

'Dat kan niet,' zei Issy. 'We hebben het zo druk. Moet je ons zien. We lopen onszelf nu al voorbij. En ik heb in deze tijd van het jaar de inkomsten echt nodig.'

'Een gratis reisje naar New York.' Pearl schudde haar hoofd. 'Een gratis reisje naar New York. In de kerstperiode. Kun je je ook maar enigszins voorstellen hoeveel mensen daarvan zouden dromen?'

'O, ik ging altijd met een lege koffer,' zei Caroline.

'Waar is dat dan goed voor?' vroeg Issy.

'Om hem daar met van alles te vullen, natuurlijk! We gingen gewoon het hele weekend winkelen en daarna haalde ik overal de prijskaartjes af om bij de douane geen btw te hoeven betalen. Geweldig leuke tijd.'

'Winkelen en belastingontduiking?' vroeg Issy. 'Nou, dat klinkt echt geweldig.'

'Jij slaat een gratis reisje naar New York af,' zei Caroline. 'Daarom kies ik ervoor om niet naar je te luisteren.'

Maar ze kon zich niet lang inhouden.

'Waar logeert hij?' vroeg ze. 'Want 72 E45th is tegenwoordig niet verkeerd, hoor, maar het Royale gaat echt bergaf en je wilt niet geloven wat ze met het Plaza hebben gedaan... al die afgrijselijke *condominiums*.'

'Wat is een condominium?' vroeg Issy.

Caroline snoof. 'Je weet wel. Een condo.'

'Dat weet ik niet,' zei Issy. 'Het is gewoon weer iets wat Amerikanen zeggen en wat ik nooit echt goed heb begrepen.'

'Nou ja,' zei Caroline, die wegliep om op te ruimen, 'ik heb momenteel geen tijd om het je uit te leggen. Waarom ga je niet gewoon naar New York om er zelf achter te komen?'

'Enne, "cilantro" dan?' riep Pearl naar Carolines rug toen ze wegliep. 'Waarom noemen ze koriander eigenlijk "cilantro", Caroline?'

Pearl en Issy keken elkaar glimlachend aan, maar het hielp Issy's probleem niet de wereld uit. De bel klingelde toen Doti binnenkwam, deze keer zonder Maya.

'Waar is je glamoureuze assistente?' vroeg Pearl, veel te snel, vond Issy, voor iemand die geacht werd om er met een ander iets van te maken en al helemaal geen belangstelling te hebben voor de postbode. Zelfs Doti keek verbaasd.

'O, ze doet het zo goed dat ik haar een deel van de ronde zelfstandig laat lopen,' zei hij, terwijl hij een pak kaarten met een elastiek erom en een grote doos tevoorschijn haalde.

'Hoera,' zei Issy. Ze was stomverbaasd geweest toen mensen kerstkaarten naar de winkel begonnen te sturen – het zou nooit bij haar zijn opgekomen om dat zelf te doen. Maar ze hadden er een van Tom en Carly; Tobes en Trinida; van de studenten, Lauren en Joaquim, die elkaar maandenlang boven de kleinste, goedkoopste cappuccino's verlangend hadden zitten aankijken voordat ze eindelijk de moed hadden opgevat om met elkaar te praten en nu smoorverliefd op elkaar waren, wat voor hen fantastisch was, maar ook wel iets aan inkomsten scheelde; van mevrouw Hanowitz, ook al vierde ze zelf geen Kerstmis, die dacht dat Louis een plaatje van een ijsbeer met een muts op leuk zou vinden (en dat was ook zo); en zelfs van Des, de makelaar die het pand in eerste instantie aan hen had verhuurd. En doordat Issy de kaarten door de hele winkel heen had opgehangen (zodat Pearl mopperde over stof), waren steeds meer mensen het gaan doen, en nu kregen ze heel veel kaarten. Dus had Issy erover nagedacht en besloten om er bij wijze van marketingkosten (ze zei dit om Pearl en Austin te sussen) zelf een aantal te laten drukken. Ze had haar vriend Zac, een grafisch ontwerper, en Louis' artistieke talenten in de arm genomen, en nu waren ze klaar. Ze zagen er prachtig uit.

Caroline had gesnoven en gevraagd waarom ze niet voor iets minimalistisch waren gegaan, en Issy had uitgelegd dat als je cupcakes verkocht met zeven centimeter roze glitterglazuur,

Fijne kerstdagen van iedereen in het Cupcake Café

140

niemand zou denken dat je een Scandinavische meubel-winkel was. Trouwens, vond Caroline Louis' tekening niet leuk? Waarop Caroline had gezegd dat je kinderen beter niet te veel lof kon toezwaaien – het was slecht voor hen en leidde ertoe dat ze nooit iets bereikten – en Louis had haar gehoord en Issy gevraagd waarom Caroline die lof niet gewoon met ham en kaas in de oven deed. Toen had Issy meer op het punt gestaan om iemand te ontslaan dan ze ooit voor mogelijk had gehouden.

'Nou, zijn ze niet prachtig?' vroeg Doti.

Issy knikte en zei toen met een zucht: 'Moet het versturen ook maar op mijn to-dolijstje zetten.'

Pearl sloeg geërgerd haar ogen op. 'Ze gaat niet op een gratis vlucht naar Amerika om haar vriendje te zien,' zei ze. 'Boehoehoe.'

'Waarom niet?' vroeg Doti op vriendelijke toon.

'Omdat er te veel te doen is en ik niet uit de winkel weg kan,' zei Issy, die behendig drie koppen warme chocolade-melk maakte en aanreikte aan een groepje rugzaktoeristen terwijl ze voor een vierde slagroom op een hazelnootlatte spoot.

Pearl schoof vier met hulst versierde cranberry-vijgen-cakejes op een bord, terwijl ze twee glazen sinaasappelsap inschonk, het bovenblad schoonveegde, wisselgeld gaf en de voorkant van de vitrine herindeelde.

'Maar waarom kun je niet uit de winkel weg?' drong Doti aan.

'Omdat we het te druk hebben,' zei Issy. 'Dat is fijn, maar het betekent ook dat ik niet weg kan.'

Doti keek verbaasd. Achter hem deed Maya de klinge-lende deur open.

'O, wat is het hier toch heerlijk,' zei ze stralend met haar mooie glimlach.

Pearl keek haar kribbig aan. 'Hallo, Maya,' zei ze. 'Leuke outfit.'

Maya keek omlaag naar de reguliere anorak voor post-
bezorgers die haar zo te zien vier maten te groot was.

'Echt?' vroeg ze. Toen vroeg ze bezorgd: 'Dat meen je
toch niet, hè?'

'Ze meent het niet,' zei Doti streng. 'Eigenlijk is Pearl
namelijk erg aardig, toch, Pearl?'

'Wil je koffie?' vroeg Pearl.

'Ik heb mijn ronde gelopen!' zei Maya. 'We vormen een
goed team.'

Doti keek naar Issy. 'Wat bedoel je, Maya? Ben je klaar
voor vandaag? Zou het niet geweldig zijn om in deze
kerstperiode een extra baantje te hebben?'

Maya keek naar Doti en toen naar Issy. 'Heb je een
vacature?' vroeg ze. Haar ogen fonkelden van opwinding.

Issy keek Doti boos aan. 'Nee, nee.'

'Het is best moeilijk,' zei Pearl. 'Je zou opgeleid moeten
worden.'

'Ha!' zei Caroline schamper vanuit de kelder.

'Ik snap het niet,' zei Doti langzaam. 'Zou het geen goed
idee zijn als Maya een paar dagen kan werken, zodat jij je
geliefde kunt opzoeken?'

'Zo simpel ligt het niet,' zei Issy. Ze wilde beslist niet
zeggen dat ze zich zorgen zou maken als ze de leiding uit
handen gaf.

'Kan Pearl de boel niet aansturen?'

'Nou...' zei Issy.

'Geloof je niet dat ik dat kan?' vroeg Pearl.

'Natuurlijk kun je dat,' zei Issy. 'Uiteraard. Ik bedoel, ja,
we kunnen ons menu inperken... Ik laat mijn receptenboek
wel achter.'

'Het zou prima lukken,' zei Pearl. 'En bovendien, als ik
de kas opmaak, klopt het totaal altijd wel.'

'Dat hoef je van mij echt niet elke keer te zeggen, hoor,'
zei Issy.

'Ik...' Maya zag er opgewonden uit, maar toen betrok haar gezicht een beetje. Ze leek ontzettend jong. 'Sorry,' zei ze. 'Het punt is alleen dat ik al een halfjaar op zoek ben naar werk. Het idee dat ik twee baantjes zou hebben... dat zou te gek zijn.'

'Dit zou maar voor een paar dagen zijn,' waarschuwde Issy.

'Het zou me zo helpen,' zei Maya.

'Ze is een vlotte leerling,' zei Doti.

'Issy, heb jij die nieuwe kom gebroken?' riep Caroline vanuit de kelder.

Issy's telefoon zoemde toen ze een sms van Austin binnenkreeg. Er stond alleen: *17.35 Heathrow Terminal 5. Yo!!!!*

Dit zou haar, zo wist ze, ontzettend blij en opgewonden moeten maken. In plaats daarvan werd ze er, heel onredelijk, een tikje nijdig van. Het kwam aanmatigend en bazig over, alsof ze onder druk werd gezet om gehoor te geven aan het besluit van iemand anders.

Op haar smartphone (een verjaarscadeautje van Austin) zag ze dat ze ook een e-mail binnen had gekregen. Dat was ongebruikelijk, want de meeste e-mails kwamen binnen via cafe@thecupcakecafe.com. Ze probeerde rustig te blijven onder het spervuur van vragen dat Pearl op Maya afvuurde om erachter te komen of ze wist hoe een kassa werkte en of ze meerdere dingen tegelijk kon doen. Maya liet weten dat ze in haar jeugd in de weekenden bij het plaatselijke Chinese restaurant had gewerkt, wat haar ongetwijfeld geschikt maakte, als de drukke gekte van de meeste Chinese afhaalrestaurants waar Issy ooit was geweest maatgevend was.

Ze klikte op de e-mail.

Hij begon met `Lieve Isabel`.

In haar hele leven hadden slechts twee mensen haar Isabel genoemd. Haar geliefde opa Joe, en...

```
Nou, hier ben ik dan! Dit bericht-
je is om je te laten weten dat ik
Kerstmis dit jaar niet vier, omdat
ik mijn zielsverwant heb ontmoet. Ik
woon nu in een collectief van ortho-
doxe joden, dus is eerste kerstdag
voor ons een doodgewone dag. Maar
zoals je misschien weet, staat Cha-
noeka wel voor de deur...
```

Issy slaakte inwendig een geërgerde zucht. Ze wist best dat het Chanoeka was: Louis had haar de menora laten zien die hij op school had gemaakt en nadat iedereen een week lang had geprobeerd uit te vogelen wat hij bedoelde met 'm'n oren', hadden ze het eindelijk begrepen. Daarop had Caroline venijnig tegen Pearl gezegd dat er zoiets bestond als logopedie en moest Issy voortdurend tussen hen in blijven staan.

```
dus zal ik hier in Queens een kaars-
je voor je op het raamkozijn laten
branden...
```

'Caroline?' zei Issy met verstikte stem. 'Waar ligt Queens?'

'O, niemand gaat naar Queens, lieverd,' klonk de stem uit de kelder. 'Weet dat nieuwe meisje hoe je eiwitglazuur maakt?'

'Ja,' zei Maya. Pearl wierp haar een blik toe. 'Ik leer vlot,' nuanceerde Maya snel.

Issy stak haar hand op om iedereen stil te krijgen.

'Caroline,' zei ze langzamer. 'Ligt Queens in de buurt van New York?'

Caroline liep met een hooghartige blik de smalle treden van de trap op. Ze vond het heerlijk om als enige iets te weten.

'Het maakt zelfs deel uit van New York,' zei ze. 'Er zijn vijf stadsdelen... Manhattan, Brooklyn...'

'Ja, oké, mooi,' zei Issy. 'Dus het ligt dichtbij?'

'Het hoort bij de stad. Je komt door Queens als je naar het vliegveld rijdt.'

Iedereen onderbrak waar ze mee bezig was om naar Issy te kijken, die vertwijfeld haar armen hief.

'Oké!' zei ze. 'Oké, ik geef me over. De kosmos spant tegen me samen. Maya, ga de kelder in en leer eiwitglazuur maken. Ik... ik ga naar New York!'

'Zo hé!' juichte een aantal klanten.

Doti glimlachte. 'Zo komt alles toch nog goed.'

'Dank je wel! Ontzettend bedankt!' zei Maya.

Pearl zei niets terwijl ze een doos aanreikte waar twaalf cupcakes in zaten voor een kantoorborrel, fluweelrood met pepermuntglazuur.

'Plet ze niet in het kopieerapparaat als jullie afdrukken van elkaars billen maken,' zei ze waarschuwend tegen de giechelige meisjes met rendiergeweien op die stonden te wachten om ze op te halen.

'Maak je geen zorgen,' zei een van hen. 'We gaan ze met de hand voeren aan de knapste mannen op de werkvloer.'

'Nou, dat kan onmogelijk verkeerd aflopen,' zei Pearl toen ze snikkend van de lach verdwenen.

Ondertussen stuiterden Issy's gedachten door haar hoofd. Ze was half opgetogen, half bang en probeerde over te gaan tot de praktische aspecten. Inpakken... Darny's docenten op de hoogte brengen... orde op zaken stellen...

'Ik haal onderweg Darny wel op. Die is bij een vriendje,' peinsde ze. 'Hij vindt het vast geweldig... Nee,' verbeterde ze zichzelf. 'Hij vindt precies het tegenovergestelde van elke emotie die ik van hem verwacht. Pearl, jij hebt de leiding.'

'Het is een kerstwonder!' zei Caroline. 'Dit is geweldig.'

'Hm,' zei Issy, nerveus en opgewonden tegelijk.

'Wacht even!' zei Caroline en ze verdween weer naar de kelder. 'Ik heb iets voor je.'

Pearl keek op. Spontane gulle daden waren niet echt iets voor Caroline. Twee seconden later was ze terug.

'Het is vast ijskoud in New York,' zei ze. 'IJskoud op z'n Amerikaans, niet winderig en nat, zoals hier.'

Ze stak Issy haar witte jas van vossenbont toe. Hij was heel kort, als een motorjack, met lange stroken bont op de voorpanden en metalen sierspijkers op de schouders, een leren kraag en manchetten, en het was verreweg de lelijkste jas die Issy ooit in haar leven had gezien.

'Wat is dat ontzettend lief van je,' zei Issy vertwijfeld. 'Maar dat kan ik niet aannemen. Hoe kom jij dan thuis?'

Caroline haalde haar schouders op. 'Mag ik niet gewoon eens aardig zijn?'

'Tuurlijk, maar je weet toch dat ik niet aan bont doe...'

'Het is imitatie,' zei Caroline. 'Ik weet dat hij er niet zo uitziet, hij ziet er echt uit. En hij was ook bijna net zo duur. Maar zoals ik al tegen die schijtvent zei: kun je in deze wereld niet gewoon eens aardig zijn? Ik bedoel, hij kan dat natuurlijk niet, hij is een volbloed ploert. Dus is het aan mij om onze chakra's weer in evenwicht te brengen. Volgens mijn therapeut is het goede karma.'

'Gelooft jouw therapeut in karma?' vroeg Pearl verbaasd, maar Issy stond er sprakeloos bij, verbijsterd over het gulle gebaar.

'Stuur me massa's foto's waarop je hem draagt,' zei Caroline. 'Ik ben echt dol op New York en kom er zelf nooit meer. Als jij in mijn plaats die jas meeneemt, is het net alsof ik er zelf ben.' Haar ogen stonden een tikje troebel.

'Eh, dank je wel,' zei Issy. 'Hartstikke bedankt. Dat is ontzettend aardig.'

'Trek hem aan!'

'Ja!' zei Pearl, 'trek aan die jas!'

Met Carolines smalle schouders en tengere bouw leek het nog of de bespottelijke snit van de jas opzettelijk leek. Op Issy's ronde, witte schouders en stevige, zachte boezem maakte de jas geen enkele kans. Haar armen staken opzij als de vleugels van Buzz Lightyear.

'Ik geloof niet dat hij past,' zei Issy.

'Onzin,' zei Caroline, terwijl ze net zolang aan het krakende leer sjorde en frutte totdat het min of meer om haar middel samenkwam. Het bont kriebelde tegen Issy's neus en de studs priemden door de schouderpanden. 'Hij past perfect.'

Issy durfde Pearl niet aan te kijken. Haar gezicht was volkomen uitdrukkingsloos en ze ontweek Issy's blik, waarmee ze Issy precies vertelde wat ze moest weten. Ze wist het helemaal toen ze zich twee seconden later omdraaide om Louis gedag te zeggen die vroeg uit school kwam.

'Issy!' zei hij met een bezorgde blik. 'Doet je jas pijn, Issy?'

'Dank je Louis,' zei Issy. Ze keek op haar horloge. 'O god, ik moet gaan.'

Ze zocht naar passende woorden om de jas te kunnen uittrekken zonder iemand te beledigen. Er schoot haar niets te binnen. Pearl hing met een stalen gezicht haar tas aan haar uitgestrekte arm. Doti en Maya applaudisseerden en wuifden haar vrolijk gedag en Issy baande zich met bonkend hart en gestrekte armen moeizaam een weg naar buiten.

Eenmaal buiten, op de kille binnenplaats, draaide ze zich om. Zoals ze al had verwacht, lag iedereen, op Caroline na, dubbel van het lachen om haar nieuwe outfit. Maar daar keek ze niet naar.

Het café zat barstensvol blije, vrolijke mensen die hun hazelnootlattes en mince pies deelden, elkaar hun enorme tassen vol cadeautjes lieten zien, waar in sommige gevallen rood en groen pakpapier uit stak. Er renden kinderen rond, wijzend naar de adventskalender die Louis streng bewaakte en waarvan hij zonder onderscheid des persoons één venstertje per dag toebedeelde. De rij reikte bijna tot buiten de deur en de theeketel stoomde. Op luttele meters afstand voelde Issy al een diepe en blijvende heimwee naar het café. Ze was nu op reis, op weg naar ergens anders, een plek ver van huis, en ze wist niet of alles nog hetzelfde zou zijn als ze terugkwam.

10

Hoogtekoekjes voor express airlines

Als je op grote hoogte woont (of in een vliegtuig zit) moet je anders bakken, omdat het deeg niet op dezelfde manier rijst of hetzelfde smaakt. Eerlijk gezegd heeft in de lucht niets echt veel smaak. Dat is ook de reden waarom je dan tomatensap drinkt, ook al is dat te land een beetje vies. Dit is een recept voor luchtvaartkoekjes die je misschien van tevoren wilt bakken als je gaat vliegen. Het worden er heel veel, dus kun je ze in het vliegtuig uitdelen en veel nieuwe vriendschappen sluiten.

Hoogtekoekjes
125 gram gezouten boter
125 gram witte suiker
125 gram bruine suiker
1 groot ei
1 theelepel vanille-aroma
350 gram gezeefde bloem
75 gram cacaopoeder
1 theelepel zout
1 theelepel bakpoeder
350 gram chocolate chips (in elke kleur die je maar wilt)
snufje kaneel

Roer de boter en suiker door elkaar tot een romig mengsel. Voeg dan het ei en het vanille-aroma toe.

Meng in een andere kom de droge ingrediënten. Schep ze door het botermengsel en roer dan de stukjes chocola erdoor (ja, je mag ervan eten; je hoeft niet te doen alsof ze op het aanrecht zijn gevallen of zoiets). Laat het deeg minstens een uur in de koelkast afkoelen en verwarm in de tussentijd de oven voor op 180°C/ gasoven stand 4.

Rol het deeg uit tot ongeveer 1/2 centimeter dikte en steek er met een glas rondjes uit. Leg die op een met bakpapier beklede bakplaat. Bak ongeveer 10 minuten, of totdat ze bruin zijn (9 minuten als je liever een zachter koekje wilt).

Probeer ervan af te blijven tot je in het vliegtuig bent – waarschuwing: te land zijn ze érg machtig!

Issy rende als een kip zonder kop door het huis. Helena had opmerkelijk enthousiast ingestemd met het voorstel om Darny en haar naar het vliegveld te brengen – ze had iets gemompeld als eindelijk weer eens naar buiten kunnen – maar er was nog maar weinig tijd. Issy had geen idee wat ze moest meenemen – cocktailjurkje? Baljurk? Vijf mutsen? – en Darny weigerde pertinent om meer in te pakken dan zijn gebruikelijke hoodie en vijftien computerspelletjes. Hij lachte om elke muts die ze omhooghield en het leek niet bij hem op te komen dat ze naar een andere klimaatzone reisden. Dat was misschien niet zo vreemd, aangezien hij alleen een keer op een geheel verzorgde reis naar Spanje was geweest, maar het was wel om dol van te worden.

'Waarom gaan we überhaupt?' had hij gemopperd. 'Wil Austin niet terugkomen? Waarom kan hij ons niet komen opzoeken?'

Issy had geprobeerd een goede verklaring te bedenken. Dat lukte niet bijster goed.

'Hé, hallo!'

Kelly-Lee vond het ontzettend leuk om de slordig uitziende Engelsman terug te zien. Nu hij niet op het punt stond om in slaap te vallen, zag ze hoe knap hij was. Zijn verstrooide blik deed vermoeden dat hij met zijn gedachten bij belangrijker zaken was.

Eerlijk gezegd liep Austin zich af te vragen wat hij precies tegen Merv moest zeggen als Issy en Darny domweg niet kwamen opdagen. Enerzijds wist hij dat het zijn schuld was, omdat hij alles zo ingewikkeld maakte, maar anderzijds vond een klein, kinderachtiger deel van hem het oneerlijk dat niemand – echt niemand – om hem heen iets zei als: Wauw, Austin, wat geweldig voor je! Zelfs zijn secretaresse, Janet, normaal gesproken zijn grootste cheerleader, was vreselijk uit haar hum en maakte bitse opmerkingen over hoe geweldig het was voor mensen die in Amerika mochten gaan werken en hoe weinig belangstelling er was voor oude, afgedankte secretaresses die dan hun baan kwijtraakten. Austin had geprobeerd erom te lachen en te zeggen dat hij niet ging, waarna ze luid had gesnoven en hij zich herinnerde hoeveel meer Janet leek te weten dan hij en zich schuldig voelde.

Dus eigenlijk was niemand blij voor hem. Hij stelde zich voor dat zijn moeder trots op hem zou zijn geweest, maar was dat wel zo? Ze had altijd een hekel gehad aan bankiers. Allebei zijn ouders waren compleet onaangepaste oude socialisten geweest. Ze had het geweldig gevonden toen hij mariene biologie was gaan studeren, zag hem al helemaal als wereldreiziger en duiker. En als ze niet was verongelukt... tja, dan was hij dat misschien ook geworden. Nu reisde hij tenminste nog een beetje.

Hij had een paar foto's van zijn ouders, maar niet veel. Vroeger was het duur om fotorolletjes te ontwikkelen en de meeste foto's waren van Darny en hem, iets wat hem zinloos en volkomen onnodig voorkwam. Op sommige foto's stond zijn vader ook – lang en met dezelfde slordige bos roodbruin haar als hij – maar er waren slechts een paar foto's van zijn moeder. Waarschijnlijk had zij de meeste foto's genomen. Hij probeerde zich haar voor de geest te halen, maar kon nog steeds amper geloven hoe jong ze was geweest. Dat werd nog moeilijker naarmate hij ouder werd. Soms stelde hij zich haar in de keuken voor terwijl ze iets lekkers kookte, maar dat was een hersenspinsel, want zijn moeder had een hekel gehad aan koken en diste lijdzaam armetierig uitziende groente- of linzenschotels op. Dat Issy het echt leuk vond om in de keuken te staan was iets wat hij nooit helemaal begreep. Zijn moeder liep altijd te mompelen over Germaine Greer en slavernij. Hij herkende zoveel van haar in Darny. Hij miste haar vreselijk.

'U ziet eruit alsof u een dollar hebt verloren en een kwartje hebt teruggevonden,' zei Kelly-Lee.

Austin glimlachte flauwtjes. 'Hallo,' zei hij. 'Sorry, in gedachten verzonken.'

'O, een denker!'

'Nou, dat weet ik nog zo net niet,' zei Austin, terwijl ze een kop verbrand smakende koffie voor hem zette die groot genoeg was om de *Queen Elizabeth 2* in te laten varen.

'En,' zei ze op samenzweerderige toon. 'Vond je vriendin de cupcakes lekker?'

Austin fronste. 'Hm,' zei hij. 'Niet echt.'

Het wordt steeds beter, dacht Kelly-Lee. 'O nee! Wat jammer. Is ze op dieet?'

'Issy? Op dieet?' Austin grijnsde bij die gedachte. 'Nou, nee.'

Kelly-Lee was al sinds haar dertiende op dieet, al ontkende ze dat altijd en zei ze dat ze de mazzel had dat ze kon eten wat ze wilde. 'Wat was dan het probleem?'

'Nou, ze bakt zelf, dus...'

'Ze voldoen allemaal aan de allerhoogste kwaliteitseisen.' Kelly-Lee pakte een in cellofaan verpakt kokoskoekje. 'Alstublieft, proef deze eens.'

'Eerlijk gezegd,' zei Austin, 'ben ik niet zo dol op zoetigheid.'

Hij snoepte niet eens. Dat was perfect, dacht Kelly-Lee. Die twee waren al zo goed als uit elkaar. Hij verhuisde hiernaartoe, zijn vriendin was niet hier, zij was niet blij met zijn cadeautje, hij vond haar baksels niet lekker... Kelly-Lee had vrij spel.

Ze wierp een snelle blik op zichzelf in de spiegelende zijkant van de vitrine en vond dat ze er best goed uitzag, met een teer roze gestifte brede mond, rechte en glinsterend witte tanden. Met knipperende ogen keek ze omlaag – een oud maar effectief trucje, had ze gemerkt, en toen keek ze tussen haar wimpers door omhoog naar Austin.

'Tja, als je niets zoets wilt...' zei ze aarzelend en zogenaamd zenuwachtig, 'kunnen we straks misschien iets gaan drinken, als ik klaar ben met werken?'

'Eh.' Austin fronste verward zijn wenkbrauwen. 'Wat zeg je...'

'Het leek me gewoon een aardig gebaar. Dat is alles. Sorry, ik ben gewoon... Ik ben ook nieuw in de stad. Het spijt me. Ik wilde alleen... Ik bedoel, ik voel me ook wel eens eenzaam.'

'Jij?' zei Austin oprecht verbaasd. 'Maar je ziet er zo leuk uit! Hoe kan jij nou eenzaam zijn?'

'Vind je echt?'

Austin begon het gevoel te krijgen dat hij zijn greep op het gesprek begon te verliezen.

'Hoe dan ook, ik moet vanavond naar het vliegveld. Mijn vriendin komt... althans, dat denk ik.'

'O, leuk,' zei Kelly-Lee. 'Neem haar een keer mee, dan kan ze deze zaak zien!'

'Dat doe ik,' zei Austin opgelucht.

'Maar zei je nou dat je niet zeker weet of ze komt?'

Austin kromp lichtelijk in elkaar. 'Nou ja, ze kan moeilijk weg, snap je. Ze heeft een eigen zaak, en zo...' Hij keek instinctief op zijn telefoon en borg hem weer weg toen er niets te zien was.

Te druk om voor haar vent te zorgen, dacht Kelly-Lee zonder wroeging.

'Nou,' zei ze, 'als ze besluit niet te komen, kom je gewoon hiernaartoe om me op te halen, en dan neem ik je mee naar een hip tentje in Manhattan dat ik ken waar ze Jack Daniel's schenken en jazz spelen. Je vindt het er vast leuk.'

'Ja, vast wel,' zei Austin. Hij dronk zoveel koffie als hij weg kon krijgen – ongeveer een achtste van de vissenkom van een kop – en liep naar de deur.

'Wacht even,' zei Kelly-Lee. Ze pakte een blocnote en pen en schreef haar telefoonnummer op. 'Puur voor het geval dat,' zei ze, terwijl ze het velletje in de borstzak van zijn jas propte.

Op het tafeltje in de hal lag een brief die er officieel uitzag. Ze bleef staan om hem te pakken, ook al stond Helena driftig toeterend voor de deur en hing er een panty uit Issy's enorme tas, alsof hij probeerde te ontsnappen. Darny droeg een korte broek, niet bij elkaar passende sokken, een hoodie en verder niets. Issy wierp hem een van Austins jassen toe – zodat ze heel even de troostende geur van Austins aftershave en printerinkt rook – en trok met een knal de deur open. Helena zat wild te gebaren en op de achterbank zat Chadani Imelda oorverdovend te krijsen. Achter hen stond een grote, witte vrachtwagen terug te toeteren, omdat hij er op de smalle weg met aan weerszijden geparkeerde auto's niet langs kon.

'Darny!' brulde Issy gefrustreerd. Darny sjokte zo langzaam als hij maar kon naar buiten terwijl hij deed alsof hij *God als misvatting* las.

Helena hield op met toeteren toen ze zag wat Issy aanhad.

'Wat...' Haar mond viel open.

'Niets zeggen. Ik draag hem voor een vriendin,' zei Issy.

154

'Nou ja, een kennisje. Althans, iemand die ik niet aardig vind. Ach, laat ook maar.'

Ze probeerde haar tas in de achterbak te leggen, maar Chadani's gigantisch-veel-te-grote turbo-buggy nam alle ruimte in beslag, dus werd Issy steeds bozer. Uiteindelijk zette ze hem maar op de achterbank en liet ze Darny erop zitten.

'We gaan deze vlucht niet halen,' mopperde ze.

'Jawel,' zei Helena, terwijl ze vrolijk een v-teken maakte naar de woedende vrachtwagenchauffeur achter haar. 'En anders neem je de volgende, en als je dat niet wilt, kom je thuis en gaan we aan de wijn. Dan laat ik je alle nieuwe foto's en vingerverfschilderijen van Chadani zien.'

Issy zuchtte. 'Hallo, Chadani,' zei ze tegen de achterbank. Tot haar ontzetting droeg Chadani een witte jas van imitatiebont die wel iets weg had van de hare, behalve dat Chadani's jas enorm ruim zat en dat er witte pomponknopen op zaten. Haar gezicht was rood en ze zag er verhit en boos uit.

'Wèèèh!' schreeuwde ze, waarna ze haar mond opentrok en opnieuw begon te krijsen en Issy begon te denken dat een vermogen uitgeven aan de trein naar Heathrow misschien toch niet zo'n slecht idee was geweest.

'Hallo, baby,' zei Darny op conversatietoon.

Chadani hield onmiddellijk op met brullen en keek Darny met haar grote chocoladebruine ogen aan.

'Hou maar op met huilen,' zei hij, terwijl hij zijn stoelriem vastklikte. 'Het is irritant en ik moet naast je zitten.'

Chadani stak haar vingertje uit. Darny pakte het en ze krulde haar hand om zijn wijsvinger en hield die stevig vast.

'Hoe doe je dat?' vroeg Issy.

Darny haalde zijn schouders op. 'Door niet, zoals jij, iedereen meteen te veroordelen.'

'Nou, ten eerste doe ik dat niet,' zei Issy. 'En ten tweede is Chadani een baby.'

'Ze is een persoon,' zei Darny.

Helena reed weg.

'Niet te geloven,' fluisterde Issy tegen Helena toen Darny zijn oordopjes had ingedaan, 'dat ik alle ergernissen van een kind over me heen krijg zonder de schattige en knuffelige aspecten.'

'O, die schattige en knuffelige aspecten mag je houden,' zei Helena. 'Chadani Imelda heeft vanochtend op haar eigen hoofd gepoept.'

'Misschien moet je dat opsturen naar *Britain's Got Talent*,' zei Issy.

Helena snoof. 'Ze heeft heel veel talenten,' zei ze, terwijl haar stem een zachtere toon kreeg. 'Maar subtiel, vrouwelijk poepen hoort daar niet bij. Al heeft ze pas wel...'

'Laat maar!' zei Issy snel. Helena's vermogen om openlijk en enthousiast over poep te praten zou in haar oudergroepje waarschijnlijk volkomen cool en normaal gevonden worden, maar Issy voelde zich er nog steeds wat onbehaaglijk bij.

Helena sneed de hoek af en schudde haar hoofd. 'Ik snap niet waarom je zo lusteloos bent,' zei ze. 'Ik kan me niet voorstellen hoe het is om op een dag gewoon op te staan en dan plotseling voor niets naar New York te worden gevlogen. Ik bedoel, ik moet elke dag voor Chadani zorgen... de rest van mijn leven!'

'Maar dat vind je heerlijk,' zei Issy.

'Jij vindt cakejes heerlijk, maar die eet je toch ook niet elke dag... O, slecht voorbeeld,' zei Helena.

Issy zuchtte. 'Ik had zo gehoopt dat je het zou begrijpen,' zei ze. 'Iedereen vindt dat ik dolblij moet zijn om weg te mogen, en ik voel me de meest ondankbare, zelfzuchtige persoon die bestaat.'

Helena grijnsde en maakte toen fel een v-teken naar een vrachtwagenchauffeur. Issy had niet het idee dat hij iets fout had gedaan; het was maar een gewoonte.

'Wat scheelt er? Is het hotel niet chic genoeg?'

Issy grijnsde terug. 'Nee, dat is het niet. Maar... het Cupcake Café is mijn kindje, snap je.'

'Ruikt lekkerder dan het mijne,' zei Helena.

Issy keek haar nieuwsgierig aan. Het was niets voor Helena om ook maar enigszins kritisch over het moederschap te praten.

'Wat is er?' vroeg ze.

Helena slaakte een diepe zucht. 'Weet je hoeveel uren een beginnende arts maakt?'

'Veel?' vroeg Issy.

'Nog meer!' zei Helena. 'Dus zitten Chadani en ik de godganse dag opeengepakt op dat pestkleine bovenwoninkje...'

Issy verbeet zich.

'Dan komt hij bekaf thuis en moet hij studeren en moeten wij stil zijn. Het enige wat hij wil, is slapen, en dan denkt hij dat ik een makkelijk leventje heb, maar het enige waar ik aan toekom, is Chadani Imelda verschonen en met haar wandelen, wat – o, god – zo saai is. Ik loop eindeloos tegen een kinderwagen te duwen zonder dat er iemand tegen me praat, want blijkbaar word je achter een kinderwagen compleet onzichtbaar. En alle andere moeders praten de hele tijd alleen over hun eigen kinderen en dat is wel zo slaapverwekkend, en ik mis mijn oude leven.'

Helena hield opeens op met praten en haalde diep adem, alsof ze zelf versteld stond van wat ze had gezegd.

'Ik hou van Ashok en ik hou van Chadani Imelda,' zei ze fel. 'Begrijp me niet verkeerd. Ik hou meer van hen dan van wie of wat ook.'

Issy voelde zich gruwelijk schuldig. Ze had meer moeten luisteren, ze had er meer voor haar moeten zijn. Ze was niet op het idee gekomen dat je je als moeder eenzaam kon voelen – hoe kon dat ook als er een nieuwe persoon in je leven was? –, maar misschien was dat wel zo.

'Waarom heb je dat niet gezegd?' vroeg ze. 'Je leek steeds zo gelukkig.'

'Ik ben ook gelukkig!' zei Helena met pijn in haar stem. 'Ik heb alles wat ik ooit heb gewild. Mijn domme kop doet er gewoon langer over om dat te beseffen. En steeds als ik je probeer op te zoeken, ben je zo druk en professioneel en succesvol, en doe je negen dingen tegelijk, terwijl ik er drie uur over heb gedaan om het huis uit te komen en banaan van de muren te vegen. Dus dan vraag ik me af wat ik met je zou kunnen bespreken als jij in een opwelling naar New York vliegt, alsof je een fotomodel bent of iets dergelijks.'

'Je kunt alles met me bespreken!' zei Issy. 'Behalve Chadani's poep, want daar hou ik niet van.'

Het was even stil, en toen barstte Helena in lachen uit. 'Ik heb je gemist,' zei ze. 'Echt waar. Ik wist alleen niet meer hoe ik met je moest praten.'

'Nou, ik heb jou ook vreselijk gemist,' zei Issy. 'Op mijn werk heb ik massa's mensen om me heen, en ik heb Austin, als hij niet net aan de andere kant van de wereld zit, maar mijn vriendin heb ik echt nodig.'

'Ik ook,' zei Helena.

'Maar ga je niet meer werken?' durfde Issy te vragen. 'Je bent zo dol op je werk.'

Helena zuchtte. 'Nou ja, Ashok en ik vonden het zo belangrijk dat Chadani Imelda de eerste paar jaar...'

Issy wierp haar een blik toe.

'Zit ik weer te miepen over "wat het beste is voor de baby"?'

Issy knikte.

'Sorry. Ik heb me die gewoonte aangemeten in de moedergroep. Over vrouwenemancipatie gesproken. Het lijkt af en toe wel alsof ik in *The Apprentice* zit, maar dan met borstkolven.' Ze dacht even na. 'Ik bedoel, ik ben natuurlijk aan de winnende hand, maar het kost wel veel moeite. Je moet ontzettend veel pureren en zo.'

'Dus?'

'O, nou en of, hoe eerder hoe liever. Ik verveel me verschrikkelijk. Bovendien heb ik vreselijk veel zin in gin.'

Issy knikte. 'Wij allebei. We moeten gin gaan kopen.'

'Klopt,' zei Helena. 'Maar jij gaat op reis.'

'Ja,' zei Issy, 'en op de terugreis koop ik gin in de dutyfree.'

'Nou, ik benijd je,' zei Helena. 'Maar ik begrijp het wel. En ik wil zeggen: geniet ervan zoveel je kunt. December in New York – heerlijk! Zet verder alles uit je hoofd. Je komt er samen met Austin wel uit. Jullie zijn allebei redelijke mensen. De liefde kruipt waar ze niet gaan kan.'

'Hm,' zei Issy. 'Ik moet alleen wel proberen te onthouden wat het verschil is tussen compromissen sluiten en alles opgeven voor een vent. Mijn moeder zou gillend weglopen.'

Helena glimlachte. 'Ja, en zij heeft een jaar in een nudistenkolonie doorgebracht.'

'Daar wil ik niet meer aan denken. Alsjeblieft, alsjeblieft, alsjeblieft.'

'Die kerstkaart met foto vond ik de mooiste van allemaal.'

'Ho, stop! Echt, kappen nou!'

Toen ze op Heathrow aankwamen, stapte Helena uit en negeerde ze zelfs – vijf seconden lang – Chadani's boze krijsgeluiden om Issy stevig te omhelzen, waarna Issy haar innig knuffelde.

'En ga nu niet te veel cadeautjes kopen voor Chadani,' zei Issy streng.

'Sst!' zei Helena. 'Ze gelooft nog in de Kerstman.'

Darny slofte de auto uit.

'Heb je nog een afscheidsknuffel voor je tante Helena?'

Darny keek haar aan. 'Ik zou me daar op dit moment niet prettig bij voelen,' zei hij.

Helena keek Issy schuin aan. 'Sterkte,' zei ze.

'Dank je wel!' zei Issy opgetogen. 'Kom op, Darny, zullen we Austin gaan opzoeken?'

Darny haalde zijn schouders op. 'Ik had best alleen thuis kunnen blijven.'

'Ja, natuurlijk,' zei Issy. 'Tot die catastrofale brand om vijf over vier. Kom mee!'

Helena hield Chadani Imelda's arm omhoog om te zwaaien terwijl ze samen verdwenen in de futuristisch glanzende terminal 5, die als een ruimteschip met paarse en blauwe tinten was verlicht. Toen trok ze haar dochtertje dicht tegen zich aan in haar chique rode jas.

'Ik hou zoveel van je,' zei ze. 'Maar mammie moet ook van alles doen.'

'Mammie!' zei Chadani vrolijk en ze beet liefdevol in Helena's oor.

Er stond een rij van honderden mensen voor de incheckbalie. Issy werd al moe als ze ernaar keek. Ze was sinds halfzes op. Massa's gillende kinderen die zo te zien de kerstdagen elders gingen vieren en bergen ingewikkeld uitziende bagage die werd ingecheckt. De rij bewoog zich heen en weer langs de afrastering. Verschillende kinderen trokken de metalen palen naar achteren, waarbij ze hun handen bezeerden en ruzies in de rij veroorzaakten. Eén gekweld uitziende vrouw achter de balie klemde haar kaken op elkaar op een manier die duidelijk maakte dat ze op pure wilskracht de dag doorkwam en dat je niet moest proberen geintjes met haar uit te halen.

In de hoofdlobby van de vertrekhal stond een fanfarekorps zo keihard 'In de stad van koning David' te spelen dat Issy zichzelf niet kon horen nadenken. Ze voelde dat ze hoofdpijn kreeg. Dit was een slecht idee. Ze hadden niet moeten komen. Ze had een zeer onheilspellend uitziende brief van Darny's klassenleraar in haar zak die ze aan Austin moest geven en waarvan haar vingers zich bij elke aanraking snel terugtrokken. Darny slaakte het soort zuchten en maakte oogbewegingen die meestal voorbodes waren van een uitbarsting tegen de hele wereld, en Issy voelde zich belachelijk en oververhit in haar witte jas. Ze wist dat ze knalrode wangen had en dat haar haar door de hoge luchtvochtigheid was gaan kroezen.

Ze sjouwden hun spullen mee naar de voorkant van de rij, waar een man instapkaarten controleerde. Issy had de hunne thuis op de mat aangetroffen en aangenomen dat Janet ze in de bus had gestopt, maar nu zag ze dat ze door een koerier waren bezorgd. Ze overhandigde ze en voelde daarbij een lichte paniek opkomen dat dit misschien niet de goede kaarten waren, plus het besef, diep in haar maag, dat ze een hekel had aan vliegen; het maakte haar doodsbang, al zou ze dat nooit van haar leven toegeven.

De man bekeek de documenten en keek toen kort naar haar. Issy voelde dat ze nog roder werd. Het zou echt iets voor Austin zijn om de datum, de vlucht of de tijd verkeerd door te geven. Ze waren een keer voor een korte vakantie naar Barcelona geweest terwijl Darny bij de gevreesde tantes logeerde, en toen had hij het hotel voor het verkeerde weekend geboekt. Typisch. Issy vergat maar even dat ze in plaats daarvan een scooter hadden gehuurd en de stad uit waren gereden, waarna ze in een echt geweldige finca terecht waren gekomen met een waterval op het terrein en de verrukkelijkste paella, en dat ze de leukste reis ooit hadden beleefd.

Na enige tijd keek de man op, glimlachte opgewekt en zei: 'Jullie staan in de verkeerde rij.'

Issy dacht dat ze in tranen zou uitbarsten. Nu moesten ze

met al hun bagage weer helemaal terug naar de stad, Darny zou niet te genieten zijn, zij zou iedereen moeten uitleggen waarom ze terug was in Londen, Austin zou waarschijnlijk langer wegblijven en zij zou Kerstmis in haar eentje moeten vieren, omdat haar moeder nu joods was en...

De man wees naar opzij. 'Jullie moeten daar zijn.'

Ze volgde de richting van zijn hand. De man wees naar een rood kleed dat naar een paarse muur voerde waar een bordje boven hing met de tekst PASSAGIERS BUSINESS- EN FIRST CLASS.

Issy moest nog een keer kijken. Ze kon het niet geloven. Ze keek naar de instapkaarten maar begreep niet echt wat erop stond. Toen krulden haar lippen in een brede, weifelende grijns.

'Echt?'

'Echt,' zei de man. 'Fijne vlucht.'

Opeens voelde alles anders. Het leek wel, vertelde Issy na terugkeer aan Helena, alsof ze via de kleerkast Narnia in glipte. Er was een hele incheckafdeling voor hen alleen; geen rijen, geen wachttijd om door de poortjes te gaan. Zelfs Darny was stilletjes onder de indruk. Ze liepen naar de lounge, waar alle denkbare tijdschriften, kranten, snacks en drankjes verkrijgbaar waren, en in het vliegtuig liepen ze de trap op, wat ongelooflijk opwindend was.

Als Austin soms denkt dat hij me zo op andere gedachten kan brengen... dacht Issy, toen ze zich in de dikke bekleding liet zakken en de voetsteun uitklapte terwijl het vliegtuig opsteeg boven de fonkelende lichtjes van de stad. Voor de allereerste keer ooit (en doordat Darny aan het raam zat) was ze vergeten bij het opstijgen zenuwachtig te zijn. Ze stuurde Austin nog snel een berichtje dat ze onderweg waren (dat hij behoorlijk opgelucht las). Als Austin soms dacht...

Maar wekenlang laat naar bed gaan en vroeg opstaan om naar het café te gaan, de zorgen en het vele werk, in combinatie met het trage, monotone gebrom van de motoren onder haar, werden Issy te veel. Ze viel in een diepe slaap en toen ze zes uur later wakker werd, ontdekte ze tot haar afschuw dat het vliegtuig de daling al inzette.

'Ik heb het eten gemist,' zei ze boos.

'Ja,' zei Darny. 'Het was geweldig. Verrukkelijk. Je kon nemen wat je wilde. Nou ja, ik wilde wijn, maar dat mocht niet.'

'En ik heb...' Issy bladerde snel door het in-flight magazine. 'O nee! Ze hadden echt alle goede films die ik wilde zien! Ik ben al in geen eeuwen meer naar de bioscoop geweest. Niet te geloven dat ik ze allemaal heb gemist!'

Ze keek om zich heen. Zakenmannen borgen hun slippers op en trokken hun schoenen weer aan, duwden tv's naar achter en klapten voetsteunen in.

'Néé!' jammerde Issy. 'De enige keer van mijn leven dat ik ooit businessclass vlieg en ik heb er compleet doorheen geslapen.'

'Je gezicht ziet er verkreukeld uit,' merkte Darny op.

'Néé!' Issy sprong op. In de vliegtuigspiegel zag ze dat ze er absoluut afgrijselijk uitzag. Ze deed haar best met de make-up die ze thuis mee had gegrist. Toen bracht ze nog wat meer op. Vervolgens bracht ze wat lippenstift op haar wangen aan om te verdoezelen dat ze er als een zombie uitzag. In plaats daarvan zag ze er nu uit als een clown. Ze prentte zich streng in dat ze al een jaar elke dag naast Austin wakker was geworden en dat hij nog nooit vol afschuw was teruggedeinsd, maar diep in haar hart besefte ze hoe zenuwachtig ze was. Niet vanwege hem, maar vanwege wat er ging gebeuren. En misschien een heel klein beetje vanwege hem.

Austin voelde zich ook zenuwachtig toen hij in de aankomsthal van het vliegveld stond te wachten. Hij verheugde zich er ontzettend op om hen te zien, dat sprak voor zich. Het punt was alleen... Hij hoopte maar... Nou ja, hij wilde gewoon dat alles gezellig, goed en fijn verliep. Maar hij wilde voortaan ook – hij had het zelfs al min of meer toegezegd – hier wonen. Om van alles uit te proberen. Om te reizen, het leven in de grote stad te beleven. Hij beet op zijn lip. Op het plein voor de terminal stond een fanfarekorps 'In de stad van koning David' te spelen. Het klonk vreselijk luid.

Issy en Darny kwamen als eersten door de paspoortcontrole. Darny zag er opgewonden en zenuwachtig uit. Toen hij zijn broer zag, verscheen er een brede grijns op zijn gezicht, maar meteen daarna deed hij zijn best om er cool en nonchalant uit te zien. Ondertussen keek hij om zich heen naar de beveiligingsbeambten met hun wapens en honden, luisterde hij naar de accenten die zo vertrouwd klonken van de tv, maar tegelijkertijd zo vreemd, en werd hij in beslag genomen door de verschillende wegwijzers en intercomberichten.

Issy zag er moe en lief uit. Om een of ander idiote reden had ze met haar make-up twee clownswangetjes aangebracht, maar hij besloot daar nu even geen aandacht aan te besteden. En ze droeg... wat had ze in hemelsnaam aan?

'Wat heb je nu toch aan?'

Issy keek naar hem op. Was hij anders? Ze wist het niet. Hij zag er nog hetzelfde uit: zijn dikke, bruinachtig rode haar viel nog net zo over zijn ogen als altijd; zijn bril met schildpadmontuur; zijn lange, slanke lichaam met die verbluffend brede schouders.

Maar hij zag er ook uit... alsof hij zich best thuis voelde. Alsof hij hier thuishoorde. Hij droeg een koffertje, een lange overjas met een erg leuke rode sjaal en een pak, en opeens zag Issy hem als een van die mannen op haar vlucht: achteloos verveeld met businessclass in plaats van het als een groot avontuur te zien, en elk beschikbaar moment aan het werk. Ze had Austin nooit als een van die mensen gezien. Maar misschien was hij wel zo.

'Hai,' zei ze. Toen liet ze zich in zijn sterke armen sluiten, dronk ze zijn geur in en voelde ze zijn vertrouwde warmte.

'Hallo,' zei hij. Hij kuste haar stevig op de mond. 'Je hebt nog geen antwoord gegeven op mijn vraag.'

'Ik vond de vliegtickets echt te gek,' zei ze.

Opeens zag Austin er niet meer uit als een gladde, rijke zakenman en leek hij weer op zichzelf.

'Ik weet het, chic, hè? Heb je spelletjes gespeeld? Ben je nog naar de bar geweest? Heb je je laten masseren?'

'Nee,' zei Issy mokkend. 'Ik ben in slaap gevallen en heb alles gemist.'

'Niet te geloven! Heb je niet eens de barbecue geprobeerd? En het zwembad dan?'

Issy giechelde. 'Oké, hou er nu maar over op.'

Austin trok Darny in zijn andere arm. 'Denk maar niet dat jij er zonder knuffel vanaf komt.'

Darny vertrok zijn gezicht. 'Getver, dat is walgelijk. Broers horen elkaar helemaal niet te omhelzen.'

'Je zou het goed doen in communistisch Rusland,' zei Austin. 'Kom hier.'

Darny bleef een raar gezicht trekken, maar Issy zag dat hij zich ook niet terugtrok.

'Zullen we gaan?' vroeg ze na verloop van tijd.

'Nee,' zei Austin. 'Pas als je me vertelt wat je aanhebt.'

'Ahaha,' zei Issy. 'Het is tegen de kou.'

'Maar het kruipt omhoog boven je kont. Is dat echt bont?'

'Nee.'

'Ben je... bij een band gegaan?'

'Stil.'

'Doop je je bedrijf om tot de Cupcake Café- en Paal-dansclub?'

'Ik waarschuw je...'

'Ben ik ongevoelig? Word je opgegeten door een ijsbeer? Moet ik een ambulance bellen?'

'Ik neem wel een eigen taxi.'

'Nee, nee, we gaan met je mee. Pingu.'

De rij voor de taxi's was verbazingwekkend kort, wat een opluchting was, want zodra ze de verwarmde ontvangsthal uit liepen, voelde de kou alsof ze tegen een muur aan liepen.

'Een gewone taxi?' vroeg Issy. 'Ik had wel een limo verwacht.'

'Ze hebben me wel een auto aangeboden,' bekende Austin. 'Maar ik wist niet wat ze met "stadsauto" bedoelden, dus heb ik bedankt.'

Hij zei er niet bij dat ze hadden aangeboden Issy en Darny zonder hem op te halen, zodat hij tijd had om alvast wegwijs te worden op kantoor, een paar vergaderingen bij te wonen en ingewerkt te worden. Daar zei hij helemaal niets over.

In de taxi viel Darny onmiddellijk in slaap, iets waar Issy wel blij om was. In eerste instantie voelde ze zich een beetje raar bij Austin – ze wist niet waar het aan lag, maar ze voelde zich triestig, wat belachelijk was, want hij kon er niets aan doen dat hij in New York zat. Het was niet alsof hij de vakantie van zijn leven vierde. Maar ze was niet opgewassen tegen zijn kinderlijke enthousiasme toen ze in Queens de top van een heuvel bereikten en Austin haar een por gaf en riep: 'Nu! Nu! Kijk! Kijk nou!', haar op zijn schoot trok en ze voor het eerst van haar leven de lichtjes van Manhattan in het echt zag.

Het was zo vreemd en vertrouwd tegelijk dat ze naar adem hapte.

'O,' was het enige wat ze kon uitbrengen. Alsof het zo geregisseerd was barstte de chauffeur in een scheldkanonnade uit, begon het zachtjes te sneeuwen en werden de enorme gebouwen in een rokerige witte wolk gehuld, die het licht verzachtte, zodat het hele eiland Manhattan leek te gloeien. 'O,' zei ze nog een keer.

'Ik weet het,' zei Austin. Ze staken allebei hun hoofd uit het raam aan de rechterkant.

'Hoe gaat dat liedje ook alweer?' vroeg Issy. 'The buildings of New York...'

'... look just like mountains through the snow,' maakte Austin de zin af. 'O, maar dat lied ken ik niet, hoor. Ik hou helemaal niet van Kate Bush. Ik hou vooral van heavy metal, rap en mannenmuziek.'

'Jij kent geen rap.'

'All Saints is rapmuziek,' zei Austin.

'Ja, oké,' zei Issy, en ze kneep in zijn hand. Het was adembenemend. Wat er ook zou gebeuren, ze kwamen nog wel steeds samen New York binnen.

'Draai verdomme dat raam dicht,' blafte een stem van achter het stuur. Ze gehoorzaamden onmiddellijk.

'Ach, het is niet bepaald het Plaza...' zei Austin, toen hij met hen een prachtig ouderwets boetiekhotelletje aan de westkant van Central Park binnenliep. Het had staldeuren en ramen met puntdakjes alsof er een Engelse cottage verdwaald was geraakt tussen het ijzer en staal van de stad. In de hoek van de lobby brandde een open haard en de receptioniste ontving hen als oude vrienden. Ze belde om een serveerster die hun drie schuimende koppen warme chocolademelk met marshmallows bracht terwijl zij hen incheckte. Het was niet groots, zoals de grand hotels die ze eerder had gezien, dacht Issy terwijl ze naar de kasjmieren dekens keek die over de banken hingen, maar het was de heerlijkste, huiselijkste luxe die ze zich kon voorstellen.

Austin liep voor hen uit een krakende trap naar hun slaapkamer op en zei: 'Maar kijk eens wat het heeft... tadááá!' En hij gooide de verbindingsdeur open naar een extra slaapkamer voor Darny, compleet met flatscreen, eigen badkamer en spelcomputer.

'Wauw,' zei Darny, die ze letterlijk de taxi uit hadden moeten trekken. Opeens was hij klaarwakker. 'Wauw!'

'Ik denk dat deze oude balken wel geluiddicht genoeg zijn,' zei Austin met een knipoog naar Issy.

'Het is prachtig,' zei ze, diep onder de indruk van hun eigen kamer waar ook weer een haardvuur brandde. De kamer was klein, maar het bed was enorm en zag er gigantisch zacht en donzig uit, met wit beddengoed. Er was een reusachtige flatscreen, een koelkast en een fles wijn. Buiten werd de sneeuwlaag op het raamkozijn steeds hoger. Er reden gele taxi's door het rustige achterafstraatje. Van verder weg klonk er getoeter, en ze voelde de energie die tussen de opdoemende wolkenkrabbers in de lucht hing. Ze stak haar hoofd om de badkamerdeur en zag het enorme bad op gekrulde pootjes. Ernaast stonden grote verpakkingen luxeproducten en er lagen badlakens die een eigen postcode zouden moeten hebben.

'O ja,' zei ze. 'O ja, wat heerlijk. Ik wil heel graag in bad. En dan roomservice, aangezien ik in het vliegtuig niets heb gegeten, omdat ik een enorme idioot ben. Maar zelfs al ben ik mijn avondeten misgelopen, is het onbestaanbaar dat ik hier niet van elke seconde in deze kamer ga genieten.'

Haar kleren voelden muf en warm aan. Ze rook glimlachend aan het badschuim en knipoogde naar Austin.

'Ik ben zo blij dat ik ben gekomen,' zei ze opeens, vervuld van een zalig geluksgevoel. Ze liep naar Austin om hem te omhelzen, maar die stond fronsend op zijn horloge te kijken.

'Ah,' zei hij. 'Hm. Eh, we moeten over pakweg twintig minuten in het restaurant zijn. Sorry.'

'Restaurant?' vroeg Issy, die ondanks zes uur slaap in het vliegtuig nog steeds moe was en zich na haar vlucht erg vies voelde. Haar interne klok dacht dat het één uur 's nachts was. 'Kunnen we niet gewoon lekker hier blijven?'

'Dat lijkt me heerlijk,' zei Austin op ferme toon. 'Maar ik ben bang dat een etentje met jou en...' – hij zei bijna 'mijn baas', maar hield zich nog net op tijd in – '... Merv erbij hoort.' Hij grijnsde haar toe. 'Kom op, we gaan naar een chique tent. Het wordt vast leuk.'

'Ik wil het hier leuk hebben, in een bubbelbad, met jou, gevolgd door mijn allereerste Amerikaanse cheeseburger, waarvan ik hoopte dat hij groter was dan mijn hoofd,' zei Issy op lichtelijk verdrietige toon. 'En dan pakweg een uur later in slaap vallen.'

'Ik heb een oppas geregeld,' zei Austin onverbiddelijk.

'Ik hoef geen oppas,' klonk een onvermurwbare stem door de deur. Het was meteen duidelijk dat de kamers minder geluiddicht waren dan ze eruitzagen.

'Ze komt elk halfuur even kijken,' zei Austin. 'Zorg er dus voor dat je geen spelletjes voor boven de achttien speelt en dat je met je handen uit je intieme zone blijft.'

'Hou toch je bek.'

Issy sprong snel onder de harde Amerikaanse douche, maar het was niet hetzelfde als een uur in bad liggen, gevolgd door een avond en nacht met Austin in bed.

'Netjes?' vroeg ze, terwijl ze zich herinnerde dat ze in ongeveer vier seconden had gepakt en niet precies meer wist wat ze had meegenomen.

'O, eh, hm, geen idee,' zei Austin, die nooit echt lette op wat vrouwen aanhadden.

Opeens herinnerde Issy zich vol afschuw dat haar mooiste groene jurk, die ze voor haar verjaarsfeestje had gekocht, nog bij de stomerij hing, omdat ze er niet aan toe was gekomen om hem op te halen. Dat was het enige echt mooie kledingstuk dat ze bezat. Wat ze normaal gesproken droeg, zat gewoon lekker op haar werk en onderweg. Dat kwam vooral neer op licht verschoten bloemetjesjurken met halflange mouwen, dikke panty's en laarzen eronder en een vestje voor als het koud was; met andere woorden, ze kleedde zich als de student die ze al tien jaar niet meer was.

Of ze daar nu mee wegkwam, was nog maar de vraag.

Ze doorzocht haar koffer – zodat ze tot haar spijt een puinhoop maakte in de mooie kleine hotelkamer – en vond drie bijna identieke grijze jurken met bloemenprint, waarvan er twee veel te dun waren om 's winters te dragen; twee spijkerbroeken (wie had er op vakantie in hemelsnaam twéé spijkerbroeken nodig, vroeg ze zich af); vier nette overhemden voor Darny (wat had ze zich in haar hoofd gehaald?), en haar oude jurk voor het schoolbal die was omhuld met een laag voile, knelde onder de armen en overdreven formeel zou zijn.

'Verdomme,' zei ze. 'Ik denk dat ik morgen maar moet gaan winkelen.'

Austin, die anders nooit op de tijd lette, stond bezorgd op zijn horloge te kijken. 'Eh, liefje...' zei hij.

'Oké, oké.'

Tot haar afschuw besefte Issy dat de enige min of meer geschikte kleding die ze mee had de zwarte trui en broek waren die ze in het vliegtuig had gedragen – en waarin ze zes uur had liggen slapen. Zwart zag er tenminste nog enigszins gekleed uit. Ze kon een ketting omdoen en haar laarzen konden onder haar broek...

Ze zuchtte en trok toen met tegenzin haar tamelijk muffe kleren weer aan.

'Ik voel me net Mevrouw Tassie,' zei ze somber, terwijl ze

naar haar smaakvol verlichte spiegelbeeld keek. Austin zag alleen dat de douche haar wangen een warme gloed had gegeven, wat hij leuk vond staan, en dat ze als een verlegen kind op haar lip beet, wat ook schattig was.

'Je ziet er geweldig uit,' zei hij. 'Laten we gaan.'

11

Bananas foster

1 banaan, gepeld en doormidden gesneden
2 eieren, geklopt
150 gram paneermeel
240 ml plantaardige olie om in te frituren

Voor de saus
110 gram boter
200 gram bruine suiker
½ theelepel kaneel
110 ml bananenlikeur
110 ml donkere rum
2 bolletjes vanille-ijs

Verhit de olie in een pan met dikke bodem. Rol de bananenhelften door het ei en dan door de paneermeel.

Als de olie begint te dampen, laat je voorzichtig de bananenhelften in de pan glijden en bak je ze in minder dan een minuut goudbruin.

Verwarm de boter, suiker en kaneel in een flambeerpan of steelpan op laag vuur en roer door totdat de suiker oplost. Roer de bananenlikeur erdoor. Haal van het vuur en voeg de rum toe. Verwarm op hoog vuur tot de rum is verdampt – de saus schuimt dan.

Snijd de gebakken banaanhelften in vieren en doe de stukjes in een schaaltje. Schep er vanille-ijs op. Schep ruimhartig warme saus over de banaan en het ijs en dien onmiddellijk op.

Pearl kwam laat thuis en was bekaf. Louis had de hele terugweg zitten jengelen, wat niets voor hem was. Zonder Issy had het een stuk langer geduurd om de kas op te maken en op te ruimen, en toen hadden ze nog niet eens de boel klaargezet voor de volgende ochtend. Omdat Pearl zo'n groot deel van de schoonmaakwerkzaamheden op zich nam, had ze vaak het gevoel dat ze erg hard werkte. Dat was ook zo, maar toen ze ieders gewerkte uren noteerde, besefte ze dat ze niet echt stilstond bij hoeveel Issy allemaal deed om het café draaiende te houden. Geen wonder dat ze er niet eens aan kon denken om naar New York te gaan zonder in paniek te raken. Er waren ontelbare dingen waar je rekening mee moest houden.

Omdat ze te moe was om over avondeten na te denken, had ze toegegeven aan Louis' toespelingen en bij wijze van bijzondere traktatie op weg naar huis gegrilde kip gehaald. Ze wist dat ze het beter niet kon doen, dat ze zich er uiteindelijk alleen maar nog moeier van ging voelen. Maar op dat moment had ze weinig weerstand. Bovendien was het ijskoud en nat en stormachtig. Ze wilde niets liever dan voor de televisie zitten en haar (ietwat plakkerige) zoontje knuffelen.

De deurbel ging. Pearl en haar moeder keken elkaar fronsend aan. Ze kregen niet vaak bezoek. Om te beginnen hadden ze de ruimte er niet voor en bovendien sprak Pearl vaak na de kerkdienst met vriendinnen af, niet onaangekondigd om zeven uur 's avonds terwijl het stormde.

Met krakende knieën stond ze op van de futon en mopperde op zichzelf. Ze was nog zo jong. Ze hoorde niet als een oude vrouw te kraken en te puffen. Ze had al die kip niet moeten eten.

Benjamin stond in de schaduw van het steegje, waar veiligheidsverlichting hoorde te branden, iets waar de ge-

173

meente maar niet aan toekwam. Hij was misschien lichtelijk teut en hield zijn vinger voor zijn lippen.

'Sst,' zei hij.

In de taxi voelde Issy zich opeens doodmoe. Toen ze de knusse lobby uit was gelopen, had de kou als een mes door haar haren gesneden. Volgens haar horloge was het twee uur 's ochtends, Britse tijd en ze was uitermate jaloers op Darny, die meteen naar bed was gegaan. Niettemin wilde ze Austin steunen waar ze kon.

'Wie komen er allemaal?' vroeg ze terwijl ze een gaap probeerde te onderdrukken.

'Nou, Merv komt,' zei Austin. 'Hij heeft de leiding. Zijn vrouw, die ik nog niet heb ontmoet. En een of andere directeur van de bank, die ik niet ken, waarschijnlijk met zijn vrouw.'

'We gaan dus een hele bende mensen ontmoeten die we nog nooit hebben gezien?' vroeg Issy, die zich opeens vreselijk zorgen maakte. 'Mensen bij wie jij aan het solliciteren bent naar een baan?' Nerveus haalde ze haar make-uptasje tevoorschijn.

'Niet doen... Ik bedoel, je hebt nu wel genoeg op je wangen,' zei Austin.

Issy's ogen werden groot en rond. Ze keek bang. 'Hoe bedoel je?' vroeg ze.

'Niks, hoor,' zei Austin snel. 'Niks. Ik bedoel dat het nu gewoon goed is.'

'Maar het zijn vast allemaal trendy New Yorkers,' zei Issy. 'En dan zie ik er straks hartstikke verlopen uit. Maar oké,' zei ze erachteraan, 'misschien bieden ze je dan toch geen baan aan en zit je samen met mij in het eerstvolgende vliegtuig naar huis.'

Ze had geprobeerd een luchtige toon aan te slaan, maar was zich ervan bewust dat ze een teer punt had geraakt.

Austin keek haar aan, maar in het licht van de straatlantaarns waar ze langsreden, kon ze zijn gezicht niet goed zien. Toen ze over een van de brede en open avenues het centrum binnenreden, wees hij het Chrysler Building aan dat vol kerstverlichting hing. Het was allemaal zo vertrouwd en zo geweldig dat ze onwillekeurig toch onder de indruk was. Toen snoof ze.

'Ze hebben bij ons de BT Tower in rood en groen versierd,' zei ze nonchalant. 'O ja, en de hele South Bank is één groot lichtjesfestival. Bovendien is er een kerstmarkt.'

Het begon steeds heviger te sneeuwen. De chauffeur draaide een ouderwets uitziende straat in waar huizen met een bruine trap naar de voordeur Issy deden denken aan *Sex and the City* en aan de tijd toen Helena en zij daarnaar keken en maar wilden dat zij hun Chinese eten ook in kleine doosjes bezorgd kregen, of dat ze om de vijf minuten door hoffelijke heren mee uit werden gevraagd (Helena werd wel om de vijf minuten mee uit gevraagd, maar alleen door de dronken mannen die ze zaterdagavond op de SEH stond te verbinden).

Het restaurant had hoge ramen die haar deden denken aan het café, maar de gevel was grijs geschilderd in plaats van groen. Binnen hing er een warme gloed. De gele lampen waren zacht en warm en gaven het restaurant de meest uitnodigende, opwindende uitstraling die je je kon voorstellen. Gelukkige, adembenemend mooie mannen en vrouwen – die, zo zag Issy mistroostig, allemaal piekfijn gekleed waren – zaten te kletsen en te lachen en hadden het, kortom, geweldig naar hun zin.

'Hallo,' zei Austin opgewekt tegen de portier. Hij was nooit en nergens verlegen, waarschijnlijk doordat hij er niet zo op lette, bedacht Issy. Daardoor voelde hij zich op zijn gemak, en dat maakte hem sympathiek, wat hem weer zelfvertrouwen gaf, en zo ging alles altijd goed. Dat moest fijn zijn. Ze wierp de portier een innemende glimlach toe en vroeg zich af of ze hem een fooi moest geven toen hij de deur opendeed.

Binnen schonk een verbluffend mooie blonde vrouw Austin een glimlach die de indruk wekte dat ze al de hele dag op hem had staan wachten.

'Goedenavond, meneer!' zei ze en ze ontblootte haar prachtige tanden. 'Hebt u een reservering?'

Op dat moment hoorden ze iemand brullen: 'Austin! Hé, Austin!', en achter in het restaurant – dat veel groter was dan je van buitenaf zou denken – stond er een korte, dikke man op van een comfortabel uitziend zitje.

De blonde vrouw voerde fluks hun jassen af en baande zich met hen een weg tussen de tafels door. Issy besloot de indruk dat ze zojuist langs Michael Stipe was gelopen, die met Brooke Shields zat te eten, maar toe te schrijven aan haar jetlag. Het enige wat ze met zekerheid kon zeggen was dat iedereen in het restaurant er geweldig uitzag, duidelijk pas naar de kapper was geweest, geanimeerd over iets interessants zat te praten en er voor de volle honderd procent uitzag alsof ze hier hoorden. Tenzij iemand haar een vraag zou stellen over de fijnheid van bloem, bedacht Issy verdrietig, zou ze niets te melden hebben. En ze was tenslotte maar de vriendin-van. Als *Sex and the City* ook maar een grond van waarheid bevatte, zat New York vol met miljoenen mooie meiden die stonden te springen om een knappe vent in te palmen.

Issy probeerde die gedachte uit haar hoofd te bannen en beleefd te glimlachen terwijl de mannen opstonden toen ze dichterbij kwamen.

'Hallo,' zei ze, en ze zag dat de vrouwen er bijna eng mager uitzagen. Mervs vrouw, Candy, was minstens acht centimeter langer en twintig jaar jonger dan hij. De namen van het andere stel verstond ze niet eens, en ze mompelde 'hai' terwijl ze zich ongeveer negen jaar oud voelde, hopeloos geïntimideerd, boos op zichzelf en boos op Austin om een reden die ze niet echt onder woorden kon brengen.

'Hai,' zeiden de vrouwen uitdrukkingsloos en ongeïnteresseerd. Blijkbaar was je hier geen greintje belangstelling waard als je niet om de tien minuten gif in je gezicht liet spuiten en je de hele dag door uithongerde.

Austin, daarentegen, werd zéér aandachtig bekeken, zag ze. Hoezeer ze zich ook in het nauw gedreven voelde, dat deed haar goed. Ja, dacht ze, jullie mogen dan stukken slanker en rijker zijn dan ik, maar ik hoef tenminste niet te doen alsof ik het fijn vind om met Merv te vrijen, omdat hij geld heeft.

Wat niet wegnam dat Merv, vergeleken bij de anderen, erg leuk was.

'Kom je nu net uit het vliegtuig?' vroeg hij. 'Daar is maar één remedie voor. Een martini! Fabio!' Er kwam een bloedmooie jonge barman naast Merv staan. 'Maak een martini zonder ijs voor deze jongedame. Ze moet wakker worden. Gin — ze is Engelse. Met een citroenschilletje. Zo snel als je kunt, oké?'

Austin wierp Issy een blik toe die zo ongeveer 'dat doet hij nu eenmaal altijd' uitdrukte, maar Issy kon er niet mee zitten. Als ze zich eerst maar wat meer op haar gemak voelde, dan vond ze alles best.

'Nou, daar gaat-ie dan,' zei ze toen haar drankje werd geserveerd, en ze nam een grote slok.

De enige martini die Issy ooit had gedronken, was de cocktail die haar moeder voor haar had gemaakt toen ze op haar vijftiende verdrietig was thuisgekomen na een feestje, omdat geen van de jongens met haar had willen dansen. Het feit dat alle andere meisjes lycra en beenwarmers droegen terwijl zij in een macraméjurk was komen opdagen, had daarbij vrijwel zeker een rol gespeeld. Haar moeder had hem in Peru voor haar gemaakt en had erop gestaan dat ze hem aan zou trekken, en omdat het een van Marians schaarse bezoekjes was, had ze ingestemd. Die cocktail, met martini bianco en limonade, was verrukkelijk geweest en Issy was laat opgebleven terwijl Marian haar had verteld dat geen enkele man te vertrouwen was. Omdat Marian zelf niet te vertrouwen was en de belangrijkste man in Issy's leven opa Joe was, die duidelijk wel te vertrouwen was, was Issy iets te ver naar de andere kant doorgeschoten en had ze de meeste mannen die ze tegenkwam veel te lang absurd veel geprobeerd te vertrouwen. Dat bleek vaak een vergissing te zijn. Tot Austin. Ze keek naar hem en nam nog een slok.

Deze martini was echter pure alcohol en, ze kon het niet mooier maken, raketbrandstof. Ze zette het glas proestend neer. Haar ogen traanden.

'Zo, die vriendin van je lust er wel pap van,' zei Merv goedkeurend, terwijl de rest van de tafel laatdunkend toekeek. Issy dacht dat ze de vrouw van de directeur iets hoorde mompelen over 'Britse zuipschuiten'.

'Isabel heeft een eigen bedrijf,' zei Austin.

'O, echt? Wat doe je dan?' vroeg de andere man.

'Ik maak cupcakes,' zei Issy.

'O, wat leuk,' zei Candy. 'Dat wil ik ook, Merv.'

'Natuurlijk, schatje,' zei Merv.

'O, wauw, dat lijkt me zo leuk. Je hebt het vast ontzettend naar je zin!' zei Candy.

'Elke seconde,' zei Issy. Ze keek schuin naar Austin, keek toen naar de tafel en besloot het hele glas leeg te drinken, zelfs al smaakte de martini naar erg dure benzine.

'Wat is er?' siste Pearl. 'Ben, je moet het van tevoren echt even zeggen als je wilt langskomen! Dit is niet goed. Ik sta op het punt om Louis naar bed te brengen. Hij moet morgen weer naar school.'

'Weet ik wel,' zei Ben. 'Sst. Moet je kijken.'

Hij trok haar naar zich toe voor een zoen en ze kon ruiken dat hij hasj had gerookt. De moed zonk haar in de schoenen.

'Heb je kip gegeten?' vroeg hij. 'Is er nog? Ik heb honger.'

'Nee,' zei ze. 'Wat is er, Ben? We hebben je al in geen weken meer gezien.'

'Jaja, maar kom nou even kijken.'

Hij wenkte haar om mee te lopen, de ijzige wind in − ze had spijt dat ze haar jas niet mee had gegrist − naar een aftandse vrachtwagen die voor zover ze wist niet van hem was, en trok de achterdeur open.

'Ta-dáàá!'

Pearl keek naar binnen. Bij het licht van de straatlantaarn zag ze eerst niet wat het was. Toen besefte ze dat het een joekel van een doos was. De tekst op de doos werd duidelijk.

'Een monstergarage,' zei ze ademloos.

'Ik heb dat mannetje toch verteld dat ik hem niet zou teleurstellen,' zei Ben.

'Maar... maar... ik bedoel, had je werk, dan?'

Ze wist wat ze ermee wilde zeggen. Als hij werk had, hoorde hij haar geld te geven. Zo hadden ze het afgesproken.

'O, hier en daar een beetje...' zei Ben. Hij ontweek haar blik.

'Bedoel je echt werk, een serieuze baan? Waar dan? Was het zwart? Met Bobby of wie anders?' wilde Pearl weten.

'Ah, en ik maar denken dat je blij zou zijn,' zei Ben, die nu boos werd. 'Ik dacht dat je blij zou zijn, omdat we ons knulletje het enige konden geven wat hij meer wil dan wat dan ook... en ik dacht dat we het konden inpakken, je weet wel, met zo'n grote strik, de hele rimram. Misschien moet ik hem maar gewoon weggooien, hè? Gewoon in de

179

fik steken, omdat ik geen belastingaangifte of kassabon of wat dan ook kan laten zien...'

'Ben,' zei Pearl, die wanhopig probeerde hun gesprek niet te laten ontaarden in ruzie. 'Ben, toe nou. Het punt is dat hij gewoon zo duur is...'

'Ik weet hoe duur hij is,' zei Ben. Zijn knappe gezicht leek wel een masker. Pearl slikte. Ze wilde geloven dat hij werk had, echt waar, maar waarom gaf hij dan geen antwoord op haar vragen?

Ze zei niets meer. Ben vloekte zacht en maakte aanstalten om weg te gaan.

'Wil je niet even naar binnen om Louis gedag te zeggen?' vroeg Pearl met lichte tegenzin.

Ben haalde zijn schouders op en slofte langs haar door de deur van de benedenwoning naar binnen.

'Papa!' Louis' vreugdekreet, bedacht Pearl, was tot halverwege de straat te horen.

Pearl vloekte nooit. Ze vond dat het getuigde van gebrek aan zelfbeheersing. Maar op dat moment kwam ze wel hevig in de verleiding. Ze keek om zich heen. Iemand had een sneeuwpop gemaakt van de grijze sneeuwresten van een paar dagen geleden. Iemand anders had de winterpeen van zijn neus gehaald en halverwege bij wijze van penis in de sneeuw gedrukt. Pearl zuchtte en ging vanuit de vrieskou weer naar binnen. Ze was absoluut niet in de stemming om in alle mensen een welbehagen te wensen.

'En, Austin,' zei Merv, die achteroverleunde op zijn bankje en zich, waarschijnlijk niet voor het eerst, beklaagde dat hij zijn sigaar niet binnen mocht roken. 'Wat vind je van onze vooruitzichten met betrekking tot...'

Issy had beseft dat ze echt niets aan het gesprek kon bijdragen – Candy zat met haar telefoon te spelen, en de vrouw van de directeur, die Vanya heette, of iets wat klonk alsof het een naam zou kunnen zijn maar toch niet was, deed ontzettend haar best om zich van Issy en Candy te onderscheiden door zich nadrukkelijk op een technische en competitieve manier in de gesprekken tussen de mannen te mengen.

Candy gaapte af en toe rustig achter haar hand, maar leunde dan voorover om op een hartelijke manier over Mervs dijbeen te strijken. Issy besefte dat een charmante ober haar glas bijvulde zodra ze zelfs maar een slok van de goddelijke witte wijn nam, zodat ze maar bleef drinken. Omdat noch Vanya noch Candy iets at, stortte Issy zich op een bijna passief-agressieve manier op het broodmandje. Ondertussen was Austin aan het woord over Europa, over geld, termijnmarkten, microhandel en andere zaken waar Issy zelfs nog nooit van had gehoord, op een manier die haar volledig boven de pet ging en dus erg indrukwekkend was.

Ze vroeg zich af wat Austin van haar werk vond – hij zag haar in het café als ze koffie stond te zetten, als ze aan het bakken was of klanten bediende, maar ze vermoedde dat hij er niet erg van onder de indruk was (dat zag ze verkeerd, want Austin vond wat ze deed geweldig). Ondertussen zat hij hier een zeer bloederige biefstuk te eten en uit te leggen waarom de toekomst van Europa zat in het leveren van luxeproducten aan snel opkomende economieën, terwijl iedereen wijs knikte en aandachtig luisterde naar wat hij zei. Opeens zou Issy willen dat Darny hier was om Austin met een brutale opmerking op de kast te jagen.

Nu ze behaaglijk in het warme restaurant zat, veel wijn dronk en haar eten opat zonder veel te zeggen, merkte Issy dat ze dreigde in te dommelen toen ze opeens haar naam hoorde.

'Net als Issy's bedrijfsmodel,' zei Austin. 'Producten van hoge kwaliteit, onberispelijk gemaakt en aangeboden, geen massamarkt. Dat is de toekomst, want op alle andere terreinen kunnen we niet concurreren.'

Iedereen aan tafel keek naar Issy, die zich erg suf voelde.

'Wat?' vroeg ze.

'Is dat waar, Issybel?' vroeg Merv. 'Ben jij de toekomst van de handel? Als je wakker bent?'

Iedereen begon te lachen alsof hij iets grappigs had gezegd. Issy werd knalrood en kon niets bedenken om terug te zeggen.

'Nou?' vroeg Merv.

'Denk je dat jouw model de opleving in de eurozone zal aanjagen?' snauwde Vanya, alsof ze in de rechtszaal stonden of iets dergelijks.

'Aha, nou, eh,' zei Issy. Ze kon wel door de grond zakken en was vuurrood. Austin had haar verdomme niet verteld dat zij ook moest solliciteren. Erger nog, omdat ze het gesprek niet had gevolgd, had ze geen flauw benul wat ze moest zeggen. En ook al had ze wel geluisterd, dan wist ze het goede antwoord toch niet.

'Ach ja, het is leuk om een hobby te hebben,' zei Vanya met een brede, valse glimlach en ze wijdde zich weer aan haar salade en mineraalwatertje.

Austin pakte Issy's hand onder tafel en gaf er een bemoedigend kneepje in. Dat maakte het wat Issy betrof alleen maar erger. Ze hoefde geen medelijden, ze wilde gewoon niet voor gek worden gezet. Het gesprek kwam op onroerendgoedprijzen, maar Issy zat daar nog steeds te koken van woede en zich dom en minderwaardig te voelen.

Toen uiteindelijk het dessertmenu werd uitgedeeld en Vanya en Candy een afhoudend gebaar maakten alsof het een lijst met gifstoffen betrof (zo zagen ze hem waarschijnlijk ook, bedacht Issy, die wel een menu aannam), had Issy er schoon genoeg van. Ze stak van wal.

'Het punt is,' zei ze, 'als je iets maakt wat echt goed is,

beseffen mensen dat het een superieur product is. Althans, meestal wel. Er wordt nog steeds slagroom in spuitbussen verkocht. Maar dat doet er ook niet toe. Waar het om gaat is dat zelfs als mensen minder te besteden hebben, ze evengoed kleine, maar mooie dingen voor zichzelf kopen, als traktatie. Soms kopen ze zelfs meer, omdat ze minder de deur uit gaan en proberen niet te veel uit te geven, bij wijze van beloning...'

'Ja, ja,' zei Vanya op verveelde toon. 'Maar wat betekent dat voor jou op macroniveau?'

Issy sputterde. 'Dat betekent... Ik zal je vertellen wat dat betekent,' zei ze, meer aangeschoten dan ze had beseft dat ze was en opeens was ze er helemaal klaar mee om door deze stomme, irritante, glamoureuze Amerikanen te worden gekleineerd en genegeerd, en neerbuigend te worden behandeld en te worden weggezet als het oninteressante, kleine, dikke vriendinnetje van de briljante en interessante man. 'Het betekent dat ik elke dag wakker word en iets doe wat echt is. Ik maak mijn handen vuil. Ik creëer iets uit het niets, met mijn blote handen, waarvan ik hoop dat mensen ervan houden, en dat doen ze ook, dat doen ze echt. Ik bied iets aan wat perfect en mooi is, wat is bedoeld om van te genieten, en mensen beseffen dat, en ze genieten er ook van en ze betalen me ervoor, en dat is verdomme de mooiste baan ter wereld. We zouden allemaal de mazzel moeten hebben om zoiets te doen, en daar zouden we onze inspanningen ook op moeten richten. Wat heb jij vandaag gecreëerd, Vanya? Heeft iemand een van je rapporten opgepakt, eraan geroken en je glimlachend verteld dat het echt geweldig was?'

Ze bleef even stil om te genieten van de open monden rondom de tafel.

'Nee, dat vermoedde ik al.'

Ze wendde zich tot de kelner.

'Wordt de gateau de fôret noire geserveerd met verse of met ingelegde kersen? Zeg alsjeblieft tegen de chef dat ik het liefst verse wil, als dat kan. Die smaken veel beter. Het zuurtje erin is een goede tegenhanger van het zoete gebak; anders wordt dat weeïg en overheersend. Dat weet hij vast allang. Op macroniveau. Dus dat neem ik.' En ze klapte triomfantelijk het menu dicht.

Daarna verliep het etentje tamelijk stilletjes, op Merv na, die opeens vond dat Issy me er eentje was, haar allerlei vragen stelde over bakken en wilde weten of ze een fatsoenlijke kugel kon maken, iets waarvan ze nog nooit had gehoord. Daarom beschreef hij hoe zijn oma er een had gemaakt in hun keuken op Long Island en had geklaagd dat ze geen koosjere suiker kon krijgen. En Issy had geprobeerd hem de bereiding te laten doornemen om te zien of ze er iets van kon bakken.

Verder zei niemand een woord tegen haar; zelfs Austin deed stijf en ondanks haar lichte alcoholische roes begon Issy zich zorgen te maken dat ze, in plaats van op een kalme en beheerste manier haar punt te maken, misschien volkomen onnodig naar iedereen aan haar tafel had zitten schreeuwen. Nou ja, daar kon ze zich nu niet druk om maken.

Toen ze bij de deur kwamen, bracht de mooie serveerster hun de jassen. Issy wurmde zich met moeite in Carolines nu nog krappere, belachelijke witte jas. Candy verstarde. Toen leunde ze opzij.

'O. Mijn. God,' zei ze, het eerste wat ze de hele avond tegen Issy had gezegd. 'Is dat... is dat de nieuwe Farim Maikal?'

Issy had geen flauw idee wie dat was, maar de naam kwam haar zeker bekend voor. En nu ze erbij stilstond, had Caroline over niets anders gepraat dan de jas toen die eindelijk binnen was. Ze had er heel zelfgenoegzaam over gedaan en gezegd dat ze haar vriendinnen te vlug af was geweest, dat ze het nakijken hadden en nog veel meer dingen die Issy niet echt had begrepen. Maar Farim kon ze zich wel herinneren.

'Hm,' zei ze zo vaag mogelijk.

'Echt wáár!' zei Candy ademloos. 'Mag ik hem aanraken?' Ze stak haar hand uit en streelde het belachelijke witte bont en de studs. 'Wauw, de wachtlijst voor deze jas bij Barneys was... wauw.'

Zelfs Vanya leek een beetje jaloers.

'Wat jammer dat ze hem niet in jouw maat hadden,' zei ze.

'Ach man, dat maakt niet uit, hij staat haar geweldig,' zei Candy. 'Hij zou iedereen staan die er een had weten te bemachtigen. Dit is de ultieme jas van deze winter.'

Issy beet op haar lip en werd opeens overvallen door heimwee.

12

Kugel

220 gram eiermie
65 gram boter
220 gram roomkaas
100 gram suiker
1 theelepel vanille
4 eieren
200 ml melk
150 gram Frosties, of andere cornflakes met een laagje suiker
2 eetlepels gesmolten boter
2 theelepels suiker
2 theelepels kaneel

Kook de mie volgens de aanwijzingen op de verpakking.

Meng in een grote kom boter, roomkaas, suiker, vanille, eieren en melk. Roer tot een glad mengsel. Giet de mie af en voeg bij het mengsel. Stort dan het geheel in een grote, vierkante bakvorm, dek af en zet een nacht in de koelkast.

Verwarm de volgende dag, ongeveer twee uur voor de maaltijd, de oven voor op 180°C/gasoven stand 4.

Plet de cornflakes in een kom en roer er de gesmolten boter, suiker en kaneel door. Strooi het cornflakesmengsel over de koude kugel en bak gedurende 75 minuten. Laat 20 minuten afkoelen en dien dan op.

Issy viel in de taxi naar het hotel al in slaap en op de kamer liet ze zich wegzinken in het prachtige bed dat haar het gevoel gaf alsof ze op een wolk lag, en ook al werd ze ongelooflijk vroeg wakker door de jetlag en doordat Darny als een gek op de verbindingsdeur stond te bonken, ze voelde zich al stukken beter. Ze was zelfs te moe geweest om Austin een kus te geven, maar toen ze zich in bed omdraaide, zag ze dat hij al uit bed was en onder de douche stond.

'Hoi,' zei ze toen hij met een handdoek om zijn middel de slaapkamer in kwam en de deur voor zijn broer openmaakte. Darny gromde naar hen en liep toen zijn eigen badkamer in.

'Hai,' zei Austin zonder haar recht aan te kijken. Issy raakte meteen in paniek en kwam overeind in het grote, zachte bed. Haar herinneringen aan gisteravond waren vrij vaag. 'Heb ik...' Haar stem klonk vreemd, een beetje hees. 'Sorry, heb ik me gisteravond misdragen?'

'Nee, natuurlijk niet,' zei Austin, maar de toon van zijn stem was vrij afstandelijk.

'Nou ja, je hebt me wel in een lastig parket gebracht,' zei Issy terwijl ze om zich heen keek om iets te drinken te zoeken. Ze pakte een fles Evian op en zag toen een bordje ernaast waarop stond dat hij $ 7,50 kostte. Zelfs met haar matige rekenvermogen kon ze nagaan dat het schandalig duur was, dus zette ze hem weer neer.

'Neem het nou maar gewoon,' zei Austin boos, toen hij besefte wat ze deed.

'Wat heb jij?' vroeg Issy. 'Wat heb ik misdaan?'

'Je was gewoon... je was gewoon wat agressief, meer niet.'

'Was ik agressief? Die Vanya wilde me in mijn been bijten!'

Austin keek nog steeds niet blij.

'Austin,' zei Issy op smekende toon. 'Luister, als je had gewild dat ik me op een bepaalde manier zou gedragen, of me als een hoer zou kleden en mijn mond zou houden zoals die Candy... had je dat moeten zeggen.'

'Dat wilde ik niet,' zei Austin. 'Ik wilde gewoon dat je jezelf was.'

Het werd akelig stil.

'Misschien was ik dat wel,' zei Issy op zachte toon.

Austin leek op het punt te staan iets te zeggen, maar klemde toen zijn lippen op elkaar en keek in plaats daarvan op zijn horloge.

'Luister...'

'Je moet weg. Ik weet het. Darny en ik gaan op ontdekking uit.'

'Mooi,' zei Austin. Hij was zichtbaar opgelucht dat hij op veiliger terrein was aangeland. 'Oké, top. Ik stuur je wel een berichtje. Waarschijnlijk kan ik er vanmiddag na vijf uur wel tussenuit knijpen. Ik weet een leuk café waar we kunnen afspreken.'

'Nou, misschien moeten we nog een middagdutje doen,' zei Issy. 'Maar afgezien daarvan lijkt het me prima.'

Austin kwam naar haar toe en kuste haar. 'Het zou fijn zijn als we wat tijd voor ons tweeën konden hebben.' Precies op dat moment begon Darny heel hard en toonloos een lied van Bruno Mars te zingen, terwijl hij luidruchtig onder de regendouche stond te kletteren. Issy zuchtte diep.

'Nou en of,' zei ze. Toen glimlachte ze en zei: 'Fijne dag.'

Austin glimlachte terug, maar toen hij de kamer uit liep balde zich nog steeds een vreselijke angst samen in haar maag. Er was iets mis en ze wist niet of ze het goed kon maken. Hier kende ze het recept niet van.

'Nou, doe het dan goed,' zei Pearl zo geduldig als ze kon opbrengen. Maya probeerde het opnieuw, maar doordat haar hand bibberde, morste ze nog meer latte over de rand van het glas.

Het was Maya's eerste dag, en Pearl had nog nooit iemands baas hoeven zijn, al helemaal niet van iemand die knap, lief en jong was en in de smaak leek te vallen bij iemand voor wie Pearl een zwak had – iets wat ze in geen honderd jaar zou toegeven.

Het bleek voor hen allebei lastig. Maya deed echt haar best, maar Pearl was zo snel en efficiënt dat ze niet goed kon volgen wat ze aan het doen was. Bovendien was ze zenuwachtig. Pearl leek om de een of andere reden iets tegen haar te hebben, en ze snapte niet waarom. Verder was ze al om vijf uur begonnen aan haar postronde en had ze niet ontbeten omdat ze daar te zenuwachtig voor was.

'Drie lattes, een warme chocolademelk en vier mince pies,' zei Pearl met een vriendelijke glimlach naar de klant. 'Zo sla je het aan.'

Haar vingers vlogen behendig over de knoppen en de kassa ging open. Maya probeerde te onthouden wat Pearl had gedaan, maar het leek onmogelijk. Ze zuchtte en richtte zich weer op het koffieapparaat. Malen, de druk inregelen – ze was doodsbang voor de grote, oranje Rancilio. Zelfs Pearl gaf toe dat de machine kuren had en elk moment gloeiend hete stoom over je handen kon blazen. Stoom de melk op, maar niet te veel (vel) en niet te weinig (ijskoud). Giet dan bij elkaar, schep het schuim erop en strooi er met het sjabloontje dat Issy had laten maken een cupcakeje van cacao op. Herhaal dit honderd keer per uur, serveer met een glimlach... Maya begon in paniek te raken.

'Toe dan!' zei Pearl met een verbeten grijns op haar gezicht. Waar bleef Caroline? Ze was gisteren ook al te laat geweest. Toen Pearl haar erop had aangesproken, had ze haar schouders opgehaald en toe nou gezegd, de baas was er toch niet. En het was 's ochtends sowieso te koud om zonder haar jas zo vroeg van huis te gaan. Nu flikte ze het weer. Pearl zette haar tanden op elkaar. Soms vond ze het onverdraaglijk om met iemand te moeten werken die alleen kwam werken als zoenoffer aan de scheidings-advocaat van haar ex en vond dat haar daarmee tekort werd gedaan.

Maya draaide zich te snel om en stootte het metalen melkkannetje op de grond. Ze bracht hijgend verontschuldigingen uit, maar Pearl was sneller.

'Deze mince pies zijn van de zaak,' siste ze terwijl ze de klant haar geld teruggaf. 'Ik breng de koffie als die klaar is.'

Pearl haalde de zwabber terwijl Maya nog steeds verontschuldigingen sputterde waar Pearl niet bepaald voor in de stemming was, helemaal niet toen ze een brandlucht roken en ze besefte dat ze de ovenwekker niet had gehoord omdat ze melk had staan opruimen. Nu konden ze een heel rek met kerstcakejes weggooien en was de heerlijke warm geurende ambiance van de winkel verdwenen onder een schroeilucht die de zaken bepaald geen goed zou doen.

'Wat stinkt het hier afgrijselijk,' zei Caroline, die twintig minuten te laat aan kwam waaien. 'Lieve hemel, wat een vreselijke berg vuile bordjes overal op tafel. Getver, dat mensen hier willen eten.'

'Kun je wat zachter praten?' vroeg Pearl, die het zweet van haar voorhoofd veegde. 'En beginnen op te ruimen.'

'Kan die nieuwe dat niet doen?' pruilde Caroline. 'Ik heb net mijn nagels laten doen.'

'Die nieuwe probeert te leren hoe ze koffiezet zonder iets te laten ontploffen,' zei Pearl.

'Oeps,' zei Maya.

'Misschien moet je het nog eens proberen als we het iets minder druk hebben,' zei Pearl tussen opeengeklemde tanden door. 'Begin maar alvast de vaatwasser in te ruimen.' Ze dacht dat zelfs Maya dat niet kon versjteren. Ten onrechte, ontdekte ze een halfuur later, toen Maya probeerde het zeepbakje bij te vullen en er op de een of andere manier in slaagde om het overlopende schuim over een heel blad met vers gesneden plakjes citroen te scheppen.

'Oeps,' zei Maya weer.

Er stond een rij voor de deur, maar het was geen goede rij – het was een mopperende, blauwbekkende meute die al veel te lang stond te wachten op waterige koffie en lang-niet-zo lekker-als-anders cakejes, geserveerd door drie nukkige, gestreste personen in plaats van de gebruikelijke vriendelijk glimlachende Issy. Als nog één iemand 'Baas op vakantie, zeker?' aan Pearl vroeg, ging ze gillen.

Net toen een van hun dagelijks vaste klanten voor de toonbank opdoemde met een afgehapt cakeje in zijn hand en een onheilspellende uitdrukking op zijn gezicht, ging de telefoon. Pearl dook de trap af en liet het aan Maya over om met een verontschuldigende blik te proberen uit te leggen waarom het aardbeientaartje een beetje naar zeep smaakte.

'Hallo.'

'PEARL!'

'O, nou, je hoeft niet zo te schreeuwen, hoor.'

'Sorry,' zei Issy. 'Ik ben het niet gewend om uit het buitenland te bellen. Wauw, geweldig om je stem te horen. Hoe gaat het daar?'

Pearl was even stil. Terwijl ze daar stond hoorde ze het gerinkel van vallend aardewerk.

'Eh, goed hoor,' zei ze snel.

'Echt? Gaat het allemaal goed, zo zonder mij?'

Issy klonk een beetje teleurgesteld. Ze had eigenlijk gehoopt dat ze er moeite mee zouden hebben om het zonder haar te rooien. Maar ja, Pearl was zo capabel en ze had haar keer op keer verzekerd dat ze het op eigen houtje prima zou redden. Het was niet bepaald ingewikkeld. Ze dacht terug aan die laatdunkende vrouw van gisteravond. Misschien had ze dan toch gelijk.

'Nou,' zei Pearl. 'Het is zeker anders.'

'Pearl!' klonk Carolines hooghartige stem. 'Heb je eraan gedacht om melk bij te bestellen? We hebben bijna niets meer en het is bijna halftwee. En die jongen van de sandwiches is niet geweest, dus hebben we een hele lunchafzet gemist.'

'Zeikwijf,' mompelde Pearl zacht.

'Wat zei je?' zei Issy. 'Dit is een vreselijk slechte verbinding.'

'O, niks,' zei Pearl. 'Gewoon kerstwensen van vrolijke klanten.'

'Nou, mooi,' zei Issy. 'Ik ben blij dat het allemaal goed gaat.'

'Tuurlijk, maak je over ons maar geen zorgen,' zei Pearl terwijl ze met haar voet een sinaasappel opving die van de trap stuiterde. Ze verkochten niet eens sinaasappels. 'Maak je over ons absoluut geen zorgen.'

Issy kleedde de hevig protesterende Darny warm aan en pakte haar stadsgids. 'Hou op met klagen,' zei ze.

'Ik klaag wel,' zei Darny. 'Ik overweeg zelfs een burgerarrest. Ik wil niet naar buiten. Ik wil hier blijven en gamen. Ze hebben *Modern Warfare 2*.'

'Nou, dat zal niet gaan, ben ik bang,' zei Issy. 'We zitten in de meest geweldige stad ter wereld en ik ga niet toestaan dat je daar niets van meekrijgt. Elk ander kind zou maar al te graag naar buiten gaan om de boel te verkennen.'

Darny fronste zijn voorhoofd. 'Denk je?' vroeg hij.

'Ja!' zei Issy. 'Er is daar een enorm grote wereld, vol met van alles en nog wat. Laten we daar iets van gaan ontdekken!'

Darny stak zijn onderlip naar voren. 'Voor mij geldt dit nog steeds als ontvoering.'

Eindelijk verloor Issy, katterig, gestrest, moe, ongerust over het café als ze was – ze had verwacht dat ze ongerust zou zijn als er problemen waren, maar nee, niemand leek zelfs maar te hebben gemerkt dat ze weg was, dus erg veel nut had ze daar ook niet, terwijl ze hier alleen maar een blok aan Austins been was – haar geduld.

'O, in godsnaam, Darny, doe nou eens één keer wat ik je vraag en hou op je te gedragen als een verwend kind. Het is gewoon zielig. Niemand is onder de indruk.'

Opeens was het ijzig stil in de kamer. Issy was nooit eerder tegen Darny uitgevallen. Het was een uiterst subtiele scheidslijn. Hij was niet haar kind. Hij was niet haar zoon. Ze had zich altijd voorgehouden dat ze die grens niet zou overschrijden.

Maar nu had ze dat wel gedaan. Ze had zich streng en kwetsend opgesteld, terwijl Darny er ook niets aan kon doen; hij had er niet om gevraagd om hier te zijn. Net zomin als zij. Bah, wat een zootje.

Darny stond in volkomen stilte naast haar op de lift te wachten. Toen ze in de knusse lobby aankwamen, glimlachte de bevallige receptioniste vriendelijk naar hen en vroeg of alles naar wens was. Issy loog tussen haar op elkaar geklemde tanden door dat alles geweldig was. Daarna zetten ze zich allebei schrap om de kou van de New Yorkse ochtend te trotseren. De lucht was knalblauw en Issy besloot dat ze allereerst een zonnebril nodig hadden. De zon die door de glazen gevels van de wolkenkrabbers en de sneeuw werd weerkaatst was bijna verblindend.

'Wauw,' zei ze. Even was ze zo onder de indruk van het feit dat ze hier echt was – zij, in New York! – dat ze alles wat er speelde vergat.

'Kom mee,' zei ze. 'Laten we gaan winkelen! Met Darny

naar Barneys! Er is echt een winkel die Barneys heet, weet
je, heel beroemd.'

Darny gaf geen antwoord.

'Luister,' zei Issy, terwijl ze haar hand opstak om een taxi
aan te houden. Het was echt onmogelijk om langer dan
een paar minuten buiten te lopen. 'Het spijt me, oké? Ik
meende echt niet wat ik zei. Ik was... Ik was gefrustreerd
over iets anders en reageerde dat op jou af.'

Darny haalde zijn schouders op. 'Maakt niet uit,' zei hij.
Maar dat deed het duidelijk wel.

Barneys bleek afgrijselijk duur, dus vertrokken ze weer
nadat Issy in vervoering was geraakt bij de verbijsterend
mooie kledingstukken op de paspoppen en zich had verwonderd over de jonge, mooie Amerikaanse vrouwen die
door de winkel sjeesden, overal dingen oppakten en ondertussen overal hun mening over gaven. Ze zag een Gap-
filiaal aan de overkant en ze staken snel over. Hier was alles
stukken goedkoper en ze kocht een paar kledingstukken
voor Darny waarvan zij vond dat hij ze nodig had, maar
wat Austin of Darny nooit leek te zien (vooral nieuw ondergoed). Bij nader inzien kocht ze voor Austin ook maar
een stapel nieuwe onderbroeken. Dat kon geen kwaad.
Plus wat overhemden en een paar truien. Ze vond het leuk
om kleren voor hem te kopen. Bij haar vorige vriendje,
Graeme, had ze die kans nooit gekregen. Hij was een kies-
keurige klootzak. Austin zou het waarschijnlijk niet eens
merken of het kon hem niets schelen, maar het gaf haar
het gevoel dat ze voor hem zorgde, en momenteel vond
ze dat ze niet bijster goed voor wie dan ook zorgde – en
erger nog, dat noch haar klantenkring, noch haar vriendje
of zijn broertje zich daar veel van aantrok.

Ze zuchtte, helemaal toen ze een mooi, zacht houthak-
kershemd zag. Het was gevoerd, wat heerlijk warm geweest
zou zijn voor haar opa, die het aan het eind van zijn leven

altijd koud had gehad maar geen ruwe of kriebelende stoffen tegen zijn huid verdroeg. Ze bleef er even mee in haar handen staan en zou willen dat ze het voor hem kon kopen, maar dat ging niet.

Zwaarbeladen met tassen sprongen ze weer in een taxi. Issy wist dat ze eigenlijk beter de metro kon nemen, maar was bang om de weg kwijt te raken of vreselijk in de war te raken. Trouwens, zei ze tegen zichzelf, ze was al ruim een jaar niet meer op vakantie geweest, ze werkte te hard om ooit geld uit te geven en de rest van de reis was gratis. Ze had wel wat vrije tijd verdiend en kon het zich veroorloven om een beetje geld uit te geven.

Vanaf de straat zag het Empire State Building er niet bijzonder uit, gewoon het zoveelste kantoorpand, totdat je de prachtige art-decobelettering op de gevel zag. Issy had er niet bij stilgestaan dat het gewoon als kantoorpand in gebruik was. Maar natuurlijk! Wat dacht ze dan, dat het leeg zou staan, zoals de Eiffeltoren? Opgewonden kocht ze hun kaartjes en keek ze naar de enorme, prachtig versierde kerstboom in de hal die zich verschillende verdiepingen de hoogte in leek te strekken, terwijl Darny mokkend bleef zwijgen. Issy probeerde te doen alsof hij er niet was. In de uitpuilende eerste lift zag ze de fraaie gouden pijlen die de verdieping aangaven steeds hoger komen en glimlachte ze in zichzelf, terwijl ze het gevoel had dat ze in de voetsporen trad van Meg Ryan. Maar steeds als ze Darny's strakke gezichtje in de spiegel zag, was het toch niet hetzelfde.

Op de honderdste verdieping waren de kou en de zon echt verkwikkend. Zodra Issy het plateau op stapte, dat kleiner was dan ze had verwacht, werden haar jetlag en dufheid meteen weggeblazen. De zich verdringende liftlading toeristen waaierde uit naar alle vier de zijden van het gebouw om uit te kijken over de verre horizonten: enorme schepen uit China en het Midden-Oosten lagen aan de Lower East Side voor anker; helikopters stegen vanuit Broad Street in zuidelijke richting op en cirkelden als reusachtige wespen boven het eiland rond; Central Park, zo belachelijk rechttoe rechtaan, leek absoluut niet op de meer organische buitenruimten van Londen die ze gewend was – en daarbuiten was nergens een spoortje groen te bekennen. Ze zag alleen het ene gebouw naast het andere, die met hun puntige daken en glazen gevels deden denken aan een eindeloos weerspiegelde legoverzameling van een kind. Haar adem hing voor haar gezicht. De zon weerkaatste tegen de rivier en het eiland – een vorm die voor Issy even herkenbaar was als die van Londen; misschien wel herkenbaarder dan haar geboortestad Manchester, besefte ze in een vlaag van schaamte. Instinctief haalde ze haar telefoon tevoorschijn, maar besefte meteen dat ze het vergezicht dat voor haar lag waarschijnlijk beter als ansichtkaart kon kopen dan door het aangebrachte net heen kon fotograferen.

'We zijn zowat in de hemel,' riep ze naar Darny, die ineengedoken in een hoekje zat te bibberen en er allesbehalve engelachtig uitzag. 'Kom op,' zei ze. 'Zullen we de trap op gaan om naar de mast te kijken? Wist je dat hij was bedoeld als aanlegplaats voor zeppelins? Kun je je voorstellen hoe het geweest moet zijn om er een te laten zakken? Maar helaas moesten ze ermee ophouden omdat het hier zo hard waait.'

Darny gromde nog een keer.

'Darny,' zei Issy timide. 'Ik weet dat je pissig op me bent, maar probeer het toch een beetje leuk te hebben, oké? Dan heb ik het ook naar mijn zin. Ik beloof je dat ik niet zal vergeten dat je boos op me bent als je je een ietsepietsie vermaakt.'

Opnieuw geen reactie, en Issy beet gefrustreerd op haar lip.

'Nou ja, laat ook maar zitten,' zei ze, terwijl ze nog één keer om zich heen keek, waarbij haar blik bleef hangen aan de kant waar het pijltje vermeldde dat Londen 5568 kilometer hiervandaan lag. 'Kom mee. Het is tijd om te lunchen. We hebben een afspraak.'

13

Hot chocolate brownies uit de verity deli

Calorieën: in Groot-Brittannië een miljoen, en je kunt de rest van
de dag licht onpasselijk blijven; in de VS een licht tussendoortje
tussen twee enorme maaltijden-met-gesmolten-kaas-eroverheen
door. Kan ook worden genuttigd met: karamelsaus, slagroom,
gemberijs, hartchirurgie. Maak dit vooral, maar maak de brownies
alsjeblieft heel klein als een verrukkelijke snack die smelt op de
tong. Doodgaan door chocola is, heus waar, een afschuwelijk
idee. De bedoeling van dit recept is om verrukt en blij te zijn,
niet plakkerig en vervuld van spijt.

185 gram ongezouten boter
185 gram pure chocola van goede kwaliteit
85 gram bloem
40 gram cacaopoeder
50 gram witte chocola
50 gram melkchocola
3 grote eieren
275 gram lichte basterdsuiker

Smelt de boter en pure chocola heel langzaam en voorzichtig
in de magnetron. Laat iets afkoelen. Verwarm de oven voor op
160°C/gasoven stand 3 en bekleed een bakplaat met bakpapier.
Zeef bloem en cacaopoeder, hak de melkchocola en witte chocola in stukjes. Klop de eieren en suiker tot het mengsel eruitziet
als een milkshake en in volume is verdubbeld. Spatel de cacao en
bloem er geleidelijk doorheen. Roer dan het chocolademengsel

er voorzichtig doorheen tot het op zachte chocola lijkt en voeg tot slot de stukjes chocola toe.

Giet rustig op de bakplaat. Bak 25 minuten totdat de bovenkant glanst.

Issy las de aanwijzingen in de e-mail. Tot op het bot bevroren na blootstelling aan de elementen op honderd verdiepingen boven de grond, waren ze dolblij dat ze weer het warme gebouw in konden. Beneden aangekomen namen ze een taxi. Issy begon door te krijgen hoe het werkte met taxi's. Austin had al uitgelegd dat je ze niet aanhield en dan braaf bleef staan wachten tot ze bij je waren. Je nám er een, trok gewoon het portier open en dook naar binnen, voordat iemand anders dat deed. Eerst vond ze dat maar grof en ongemanierd, tot ze drie keer had meegemaakt dat iemand sneller was en hun taxi inpikte, wat natuurlijk nog veel onbeleefder was, dus nu sprong Issy als een rechtgeaarde New Yorkse taxi's in en uit, met Darny in haar kielzog.

Ze liepen door de opgewekte chaos van Times Square, waar toeristen met roze wangen rondkeken om te zien waar al die drukte om was. Bij elke oversteekplaats stond een Kerstman zijn klok te luiden. Mensen kochten kaartjes voor kerstvoorstellingen en stonden te kijken naar de prachtig verlichte gebouwen met kerstwensen van Coca-Cola en Panasonic. Het was een overdaad aan lichtjes en bomen en op elke straathoek stonden mensen kerstliederen te zingen of klokken te luiden, of verkochten mannen handtassen tegen afbraakprijzen waar Issy lichtelijk bedroefd naar keek totdat ze bij zinnen kwam en doorliep. Ze kon zich de afschuw op Carolines gezicht amper voorstellen als ze terug zou komen met een imitatie-Kate Spade, om nog maar niet te spreken over haar angst om bij de douane door de mand te vallen.

De plek waar ze zich moesten melden – vroeg, zo was benadrukt – was een groot hoekpand met een gevelreclame voor een frisdranktap in ouderwetse jarenvijftigbelettering. Het café heette de Verity Deli, en aan de muren hingen foto's van illustere klanten – Woody Allen hing ertussen, net als Liza Minnelli, Steven Spielberg en Sylvester Stallone. Er begon zich al een rij te vormen. Een wat oudere serveerster met oranje geverfd haar en een alarmerende boezem die in een groen uniform was geperst bracht hen meteen naar een al vaak gerepareerd en opgelapt zitje. Issy bestelde thee en liet Darny, die haar nauw in het oog hield, een 'root beer float' bestellen, al hadden ze geen van beiden enig idee wat dat was. Toen het kwam, bleek het een enorme berg ijs met frisdrank te zijn, dat in een glas zat waar Darny's hele hoofd in paste. Hij wierp Issy opnieuw een blik toe, maar ze gaf geen commentaar en hij viel aan zonder verder iets te vragen.

Ze moesten lang wachten en de serveerster kwam meermaals terug. Het menu was echt gigantisch, met de meest uiteenlopende gerechten: rosbief als bijgerecht; *knishes*; pastrami met roggebrood en allerlei andere dingen waar Issy helemaal niets van begreep, terwijl ze al ietwat ontdaan was over de staat van de zitjes en de slonzige serveerster. Ze zou haar vingers niet graag langs de bovenkant van de fotolijstjes halen.

De daaropvolgende twintig minuten speelde Issy met haar telefoon en wilde ze maar dat ze een boek had meegenomen, terwijl Darny zich stoïcijns door de root beer float heen werkte totdat hij elk moment groen kon worden. Toen knalde de deur theatraal open en kwam er een luidruchtige windvlaag mee de zaak in. Er beende een lange, heerszuchtige vrouw naar binnen die gekleed was in ouderwetse, heel eenvoudige handgemaakte kleren en een grote hoed met erg veel tierelantijnen.

'Isabel!' riep ze luid, met een Amerikaans accent.

'Mam,' zei Issy.

Darny hief voor de eerste keer die dag zijn hoofd.

Marian zwierde naar hun tafeltje. De oudere serveerster was in een oogwenk bij hen, maar Marian wuifde haar weg. 'Beverly!' riep ze. 'Pas als ik mijn schat van een dochter heb begroet, die ik al in geen eeuwen meer heb gezien. Kijk nou eens, is ze niet prachtig?'

Marian kneep in Issy's wangen en trok ze op en neer. Issy probeerde het niet erg te vinden en knuffelde haar moeder terug.

'En wie is dit? Heb je een kind gekregen zonder me erover te vertellen?'

'Nee,' zeiden Issy en Darny in koor.

Marian ging zitten en wuifde het geplastificeerde menu weg. 'We nemen alle drie pastrami met roggebrood, zonder tafelzuur. En drie root beer floats.'

'Nee, dank u wel,' zei Darny, die er een beetje misselijk uitzag.

'Twee root beer floats. Die moet je proberen,' zei Marian.

'Oké,' zei Issy.

Hun drankjes werden in recordtijd gebracht, terwijl Marian haar dochter nog steeds zat te bestuderen.

'Ik heb je niet meer gezien sinds...'

'Opa's begrafenis,' zei Issy. Ze had een overlijdensbericht in de *Manchester Evening News* laten plaatsen en was verbijsterd geweest over de respons. Ruim tweehonderd mensen die zich haar opa herinnerden – omdat ze door de jaren heen met hem hadden gewerkt of zijn producten hadden gegeten – hadden contact met haar opgenomen, en zijn begrafenis was drukbezocht. Het was nogal intimiderend geweest. Haar moeder had rondgedard, complimentjes in ontvangst genomen en er artistiek en dapper uitgezien, terwijl Issy had geprobeerd te zorgen voor een eindeloze rij mensen die hun het beste wensten en rouwden, van wie velen zo aardig waren om te zeggen dat ze haar opa's talent had geërfd.

Er waren zoveel verhalen rondgegaan. Krediet dat was verleend als de man des huizes geen werk had; een leer-jongen die werd aangenomen toen hij uit de gevangenis kwam; een dief die een pets op zijn vingers kreeg en werd weggestuurd met een scherpe vermaning om het nooit meer te doen. Er waren herinneringen aan bruiloftstaarten, dooptaarten, warme donuts voor koude handen op weg naar school, over opgroeien met de continue geur van vers brood. Hij had veel levens geraakt en mensen wilden dat ze dat wist, en zij was dankbaar voor wat ze haar vertelden.

Ze was ook blij dat ze het tijdens de begrafenis zo druk had en dat ze daarna haar handen vol had aan het uitzoeken van haar opa's eigendommen. Er was altijd wel iets te doen. Pas toen alles was opgeruimd en ze terug was in Londen, had ze Austins overhemden nat gehuild. Dat had hij erg goed opgepakt. Hij begreep het misschien wel beter dan wie dan ook.

Er was ook wat geld geweest – niet veel. Daar was Issy blij om. Haar opa had zijn hele leven hard gewerkt en Issy had het allemaal uitgegeven aan het fijnste tehuis en de aardigste mensen die ze kon vinden om ervoor te zorgen dat hij zo comfortabel en gelukkig mogelijk was. Ze had geen cent met tegenzin betaald. Met haar erfdeel had ze het café weer voor een jaar gehuurd en een deel van haar hypotheek afgelost. Haar moeder had haar deel gebruikt om naar een ashram te gaan, wat dat ook mocht zijn, en te klagen over wat er allemaal niet klopte aan *Eten, bidden, beminnen*.

En hier was ze weer, levensgroot, in een café in New York. Het voelde erg raar.

'Hoi,' zei Issy.

'Nou,' zei haar moeder. 'Vertel me alles.'

Maar voordat ze van wal kon steken, wenkte Marian de serveerster.

'Weet je,' vertrouwde ze haar dochter toe, 'eigenlijk moet ik dit helemaal niet eten. In de ashram ben ik volledig overgestapt op rauw voedsel. Blijkbaar heb ik een erg gevoelig gestel en kan ik geraffineerde bloem niet verwerken. Maar ja, *oy vey*, zoals we hier zeggen.'

'Mam,' zei Issy. Ze keek naar de sandwich die voor haar lag. Hij was zo hoog dat ze haar mond vreselijk wijd open moest sperren. Ze wist niet goed wat ze ermee aan moest, of hoe ze hem moest eten. 'Ben je nu joods?'

Marian keek plechtig. 'Nou ja, ik denk dat iedereen ergens wel joods is.'

Issy knikte. 'Behalve dat we anglicaans zijn.'

'Het is wel de joods-christelijke traditie,' zei Marian. 'Hoe dan ook, ik ga mijn naam veranderen.'

'Niet weer, hè!' kreunde Issy. 'Toe nou. Weet je nog wat een gedoe je met de bank hebt gehad toen je geen "Feather" meer wilde heten?'

'Nee,' zei Marian. 'Hoe dan ook, het is niet moeilijk te onthouden. Ik heet voortaan Miriam.'

'Waarom zou je je naam veranderen van Marian in Miriam? Het klinkt bijna hetzelfde.'

'Alleen eert de een de moeder van Jezus, die absoluut een belangrijke profeet was, en is de ander de zus van Mozes die het Uitverkoren Volk naar het Beloofde Land heeft geleid.'

Issy had al lang geleden afgeleerd om logisch over haar moeders laatste bevliegingen te willen redeneren. In plaats daarvan glimlachte ze berustend.

'Ik ben blij je te zien,' zei ze. 'Vind je het fijn om hier te wonen?'

'Het is de meest geweldige plek op aarde,' zei Marian.

'Je moet op bezoek komen in de kibboets.'

'Woon je in een kibboets?'

'Uiteraard! We proberen zo authentiek mogelijk te leven. Zaterdagen zijn lastig, maar afgezien daarvan...'

'Waarom zijn zaterdagen lastig?' Het was het eerste wat Darny die dag spontaan uitbracht.

Marian richtte haar aandacht op hem. 'Wie ben jij dan wel?' vroeg ze op de man af.

'Ik ben Darny Tyler,' antwoordde hij, terwijl hij zijn hoofd alweer in de richting van zijn sandwich liet zakken.

'En hoe pas je in dit geheel? Is mijn dochter aardig voor je?'

Darny haalde zijn schouders op.

'Ja, wel!' zei Issy boos. 'Ik ben tegen iedereen aardig.'

'Jij bent gewoon veel te aardig,' zei Marian. 'Altijd maar bezig te proberen bij mensen in de smaak te vallen, dat is jouw probleem.'

Darny knikte instemmend. 'Ze wil altijd maar dat iedereen haar aardig vindt, alle docenten en zo.'

'Wat is daar nou zo erg aan?' vroeg Issy. 'Natuurlijk wil ik dat mensen me aardig vinden. Iedereen zou het fijn moeten vinden als mensen hen aardig vinden. Het alternatief is oorlogen en ergernis.'

'Of eerlijkheid,' zei Darny.

'Precies,' zei Marian. Ze wisselden een blik.

'Jullie tweeën spannen tegen me samen,' zei Issy. Ze besloot ten minste de onderste helft van haar sandwich te proeven. Die was absoluut verrukkelijk. Zodra ze hem had geproefd verdwenen al haar bedenkingen tegen het café en de kwaliteit ervan als sneeuw voor de zon. Dat was interessant, besefte ze, terwijl ze naar de rij voor de deur keek. Mensen kwamen hier maar voor één ding: het fantastische, verrukkelijke eten. Het feit dat er hier en daar barsten in het zeil zaten, of dat de ramen smerig waren, maakte helemaal niets uit. Ze keek om zich heen naar andere klanten die op een holletje binnenkwamen, hun bestelling riepen, zakjes zout en roerstaafjes over de toonbank strooiden en zich verdrongen om een plekje te bemachtigen. Dit was goed. Zo vonden mensen het prettig. Voor haar klanten zou het niet werken, maar het paste absoluut bij deze New Yorkers.

'Maar vertel eens, Darny, hoe gaat het op school?' vroeg Marian.

Darny haalde zijn schouders op. 'Vreselijk.'

'Het is niet "vreselijk",' zei Issy. 'Hij haalt hoge cijfers voor wis- en natuurkunde. En geen cijfers voor de overige vakken, niet omdat hij dom is, maar omdat ze hem geen bal kunnen schelen.'

'Ik had een pesthekel aan school,' zei Marian. 'Ben zo snel mogelijk weggegaan.'

En zwanger geworden, liet Issy maar achterwege.

'Issy was zo'n goede leerling, werkte zo hard, ging studeren, haalde al haar examens, echt een stuudje, en wat doet ze nu? Ze bakt cakejes. Niks mis mee, hoor, maar daar had haar opa toch geen drie jaar vervolgonderwijs voor hoeven betalen.'

'Dat is juist erg nuttig geweest,' zei Issy bozig.

'Maar wie ben jij nu precies?' vroeg Marian.

'Ik ben het broertje van Austin, haar vriendje.' Darny trok een gezicht en Marian begon te lachen.

'Ik wist helemaal niet dat jij een vriendje had,' zei ze.

'Austin,' zei Issy geduldig. 'Die lange man die je op de begrafenis hebt gezien? Bij wie ik in huis woon? Over wie ik aan de telefoon vertel?'

'O ja, o ja, natuurlijk wist ik dat,' zei Marian. 'Ik moet maar eens kennis met hem maken.'

'Je hebt hem ontmoet,' zei Issy. 'Al vier keer.'

'O, maar natuurlijk. Goed gedaan! Maar vertel eens,

Darny, wat leren ze je allemaal voor onzin op school.'

En tot Issy's grote verbazing begon Darny een heel verhaal te vertellen over hun docent seksuele voorlichting die compleet van streek was geraakt en had staan trillen omdat ze iets ongelukkigs had gedaan met een banaan. Het was een grappig verhaal en Marian luisterde aandachtig en stelde relevante vragen. Daarna begonnen ze een enthousiaste discussie over waarom je bij seksuele voorlichting konijnen moest gebruiken, en waarom konden ze er geen homofiele pinguïns bij inzetten? Issy merkte dat Marian duidelijk van het gesprek genoot – dat gold voor hen allebei – maar ook dat ze met Darny praatte alsof ze allebei volwassen waren, of onvolwassen – daar wilde ze af zijn. In elk geval op een manier waardoor ze elkaar begrepen. Ze keek enigszins bedroefd toe. Darny was zo sprankelend en tegendraads, ging zo graag vol in de contramine. Zij vond het uitputtend en problematisch, maar haar moeder zag het duidelijk als een uitdaging. Zelf had ze zo haar best gedaan om een goede dochter te zijn, zich netjes te gedragen en daar waardering voor te krijgen.

Nou ja, opa had van haar gehouden zoals ze was. Dat wist ze. En Austin deed dat ook. Geen wonder dat hij gisteravond zo verbaasd was geweest over haar uitbarsting. Ze raakte stiekem haar telefoonscherm aan en vroeg zich af wat hij aan het doen was. Ze keek naar de keuken van het café, waar koks schreeuwend en grappen makend dicht opeengepakt de lunchdrukte afwerkten. Kon ze maar iets bakken. Daar werd ze altijd rustig van als ze geagiteerd was. Maar nu ze in die kleine hotelkamer logeerde en ze enorme maaltijden in restaurants aten, was dat absoluut geen optie. Ze zou gewoon op haar tanden moeten bijten. En ze mocht allang blij zijn dat het tussen Darny en haar moeder leek te klikken. Dat was tenminste iets.

Ze telden een flinke fooi bij de rekening op (Issy betaalde en haar moeder hield haar niet tegen) en stonden met tegenzin uit hun knusse zitje op om de ijskoude straat op te gaan. Marian vertelde dat ze bij Dean & Deluca nog wat knishes moest halen, een zin waar Issy geen chocola van kon maken, dus liepen ze samen naar buiten.

'Hoelang blijven jullie?' vroeg Marian.

'Een paar dagen,' zei Issy. 'Mogen we je komen opzoeken?'

Marian fronste. 'Nou, weet je, het is erg druk in de commune... Maar natuurlijk,' zei ze. 'Uiteraard. Ik stuur je wel een berichtje hoe je er moet komen.'

Ze zoende hen allebei uitgebreid.

'Mazzeltof!' riep ze vrolijk, terwijl ze in haar rare, zelfgemaakte kleren wegbeende en als een geboren en getogen Amerikaanse bij een rood licht overstak.

'Je moeder is cool,' zei Darny in de taxi naar het Guggenheim Museum.

'Dat vinden wel meer mensen,' zei Issy.

'Zie je haar niet zo vaak?'

'Nee,' verzuchtte Issy. 'Maar dat is niet erg. Dat is nooit echt anders geweest.'

Er viel een stilte. Maar dit keer voelde die wel wat vriendelijker aan.

Nadat ze een uur lang had geprobeerd de kunst te waarderen (en Darny door de beroemde spiraalvormige gang naar boven en beneden was gerend), was Issy volkomen uitgeput. Ze stond op het punt om voor te stellen dat ze voor een dutje naar het hotel zouden gaan toen haar telefoon eindelijk tingelde. Austin stuurde een van die grappige korte New Yorkse adressen die helemaal uit getallen bestonden. Hij stelde voor dat ze elkaar daar zouden treffen, en Issy vond het prima.

Austin had zich een weg door de vergadering geslaap-wandeld. Hij had naar niemand geluisterd, maar gewoon lukraak een analyse gegeven van hoe hij de kwestie zag. Verbluffend genoeg leek niemand te hebben gemerkt dat hij niet had geluisterd. Misschien was niet luisteren gewoon de beste aanpak. Misschien werd alles zo gedaan. Maar hij kon er niets aan doen. Hij voelde zich, besefte hij, onuit-sprekelijk ellendig. Ze waren hem aan het overladen met rijkdommen, aanbiedingen en een heel nieuwe manier van leven; een manier van leven waarvan hij nooit had durven dromen. Succes, zekerheid voor Darny en zichzelf; een toekomst.

Maar degene met wie hij dit meer wilde delen dan wie dan ook, leek het niet met hem te willen delen.

Austin was niet halsoverkop verliefd geworden op Issy. Eerst vond hij haar eigenzinnig, toen leuk, en daarna was langzaam tot hem doorgedrongen dat hij zich zijn leven niet meer zonder haar kon voorstellen. Maar er was meer. Hij vertrouwde haar en luisterde naar wat ze te zeggen had. Ze dachten over zoveel dingen hetzelfde. En het feit dat Issy duidelijk geen belangstelling had om hier met hem te zijn... dat gaf zijn zelfvertrouwen een optater, echt waar. Hij was zo volledig op haar gaan vertrouwen, besefte hij, dat hij haar voor lief was gaan nemen.

Hij baande zich een weg door de vuile sneeuw. Iedereen die hem zag, verklaarde hem voor gek, met dit weer, maar hij hield ervan om in Manhattan te wandelen; er viel zoveel te zien, en met zijn regelmatige lange stappen paste hij er goed, want iedereen liep snel. En hij hield van de hartslag van de stad in zijn aderen, en het zoemen en gonzen van de elektriciteit. Hij vond het hier echt heerlijk. Issy zou het ook geweldig vinden.

Dat maakte dat hij inwendig kreunde. Hij wist... hij meende te weten... dat als hij haar smeekte, als hij er echt een punt van maakte en volhield en de situatie afdwong – wat helemaal niet zijn ding was – dat ze hiernaartoe zou verhuizen. Dat zou ze doen. Toch? Maar zelfs als ze zou komen, wist Austin, zou ze hier niet gelukkig zijn. Kón ze hier niet gelukkig zijn. Ze had zo hard gewerkt, en het was haar... haar levensdoel, waarschijnlijk. Issy, in het Cupcake Café, haar handen onder de bloem, haar wangen roze in de warmte van de oven; Issy, die ieder kind over zijn bolletje aaide en een vriendelijk woord had voor elke blauwbekkende en vermoeide Londense voorbijganger. Zo was ze. Om haar naar Manhattan te laten verhuizen om tig-hoog in een krap appartementje te zitten terwijl hij elke dag belachelijk lange uren maakte...

Hij zou hun aanbod onmiddellijk afslaan.

Dat had voortdurend door zijn hoofd gespookt. Dat had hij al besloten. Helaas speelde er ook nog iets anders. Iets wat al zijn goede bedoelingen ten opzichte van Issy in de schaduw zette.

De brief die Issy op weg naar New York van het tafeltje in de hal had gegrist. De brief, met het onpersoonlijk getypte adres en de frankeerstempel. Tijdens de vliegreis waren er kreukels in en vlekken op gekomen doordat hij een paar keer van de ene in de andere tas was overgeladen. Issy had hem aan zijn kant van het bed gelegd. Zij wist natuurlijk niet hoe erg het was.

Geachte meneer Tyler,
Wij van Carnforth Road School zijn bang dat het gedrag van uw zoon/pupil, ondanks herhaalde waarschuwingen, te veel is geworden voor onze school. We adviseren een permanente schorsing. We hebben niet het idee dat deze school aansluit bij Darny's specifieke behoeften...

Er was nog meer, veel meer. Vooral van juridische aard. Dat had Austin maar overgeslagen.

Er was één andere school in hun stadsdeel, King's Mount. In Austins schooltijd was het er al akelig en gevaarlijk geweest, en dat was nu nog steeds zo. Ouders meden de school als de pest; mensen verhuisden zodat hun kinderen er niet op hoefden. Er braken regelmatig gevechten uit. De school was het afvoerputje voor kinderen die verder nergens terechtkonden, of een tussenstop op weg naar de jeugdgevangenis, of een geschikte school voor leerlingen met ouders die het allemaal geen ruk kon schelen. Hij stond al een eeuwigheid onder toezicht, maar de inspectie kon de school niet sluiten, omdat hij echt enorm groot was en er geen school was die de leerlingen wilde overnemen.

Darny zou daar nooit kunnen overleven. Austin kon het zich onmogelijk veroorloven om hem naar een andere school te sturen. Niet in Londen. Zelfs al zouden ze hem aannemen, wat met zijn dossier nog maar helemaal de vraag was. Austin slikte.

Merv had hem al een brochure overhandigd voor de school waar zijn eigen kinderen op zaten en hem verzekerd dat hij voor Darny een plekje kon regelen. De school had klassen van twaalf, een eigen zwembad en wekelijkse een-op-eenwerkbesprekingen om 'sociaal en creatief potentieel te ontwikkelen' en 'onafhankelijk en helder denken' te bevorderen. Sindsdien bleef de optie door Austins hoofd spoken. Darny's onverzettelijkheid was natuurlijk voor een deel te verklaren door zijn leeftijd; het was volkomen normaal en op King's Mount zou het gedrag er waarschijnlijk uit worden geramd... Austin vond dat een onverdraaglijk idee. Darny was klein voor zijn leeftijd. Klein en niet bijster dapper, maar hij had wel een grote bek. Hij herinnerde zich dat Issy terloops had verteld dat ze niet graag grote groepen schoolkinderen in het café had (ze liet ze binnen, maar als ze te luidruchtig werden, speelde Pearl voor uitsmijter), maar graag een uitzondering maakte voor de arme schuwe dreumesen die ze met bleke, bange gezichtjes King's Mount uit zag sluipen.

Austin zuchtte. Zou hij voor Issy alles laten vallen, deze baan en wat er allemaal bij kwam? Natuurlijk. Ja, New York zou leuk zijn, een avontuur, maar daar zou hij hun relatie niet voor op het spel zetten. Niet als hij alleen met zichzelf rekening hoefde te houden.

Maar dat was het nu juist. Hij moest ook rekening houden met Darny; dat deed hij immers al heel lang.

Zodra Issy bij hun ontmoetingsplek aankwam, begreep ze waar ze was en kon ze een zekere irritatie niet onderdrukken. Hier had Austin die andere cupcakes besteld. Bij de concurrent... Toch was ze ook nieuwsgierig. Op het raam stond in ouderwetse belettering THE NEW YORK CITY CUPCAKE STORE geschreven. Hier waren veel van de grote cupcakebakkers in deze stad begonnen... misschien was dat filiaal in Londen gewoon stukken slechter. Het zou goed zijn om er nog een paar uit te proberen, rond te kijken en eventueel nieuwe ideeën op te doen. Had ze daar maar eerder aan gedacht, in plaats van bezienswaardigheden uit haar stadsgidsje af te lopen en in de kunstgalerie te proberen dingen aan Darny uit te leggen die ze zelf amper begreep, om daarna te proberen antwoord te geven op zijn vervolgvragen waar ze helemaal niets van begreep.

Ze werd iets rustiger toen ze koffie rook, ook al had die de vreemde, lichtelijk verbrande geur die ze met de Amerikaanse horeca was gaan associëren. Toch deed de geur haar op de een of andere manier aan thuis denken. Ze snoof. Wat gek. Ergens werd iets gebakken, dat was zeker. Er hing een warme geur in de straat. En ze zag cupcakes in de etalage, maar die pasten niet bij de geur, die veel meer aan brood deed denken. Er was iets vreemds aan de hand.

Ze tuurde door het beslagen raam naar binnen. Tot haar verbazing was Austin er al. Het was niets voor hem om op tijd te zijn, laat staan te vroeg. Hij zat binnen met iemand te kletsen. Ze hadden hun hoofden dicht bij elkaar. Issy knipperde met haar ogen. Hij had niet gezegd dat hij iemand zou meebrengen.

'Kom op, nou!' Darny stond te springen. 'Het is hier ijs- en ijskoud!'

'Oké, oké,' zei Issy, en ze duwde de deur open. De deurbel maakte een elektronisch geluid. Ze hoorde liever haar echte bel.

Austin keek bijna schuldbewust op. Het meisje met wie hij zat te praten, was bijna belachelijk mooi, zag Issy, met een volmaakt gebit, een rozerode mond en schattige sproetjes. Issy vroeg zich even af of ze paranoïde was, want het leek wel of het meisje haar een boze blik toewierp. Issy ging echt te ver in haar scherpe oordeel over New York en de New Yorkers. Ze moest gewoon kalmer aan doen en een beetje ontspannen. Vanaf nu zou alles beter gaan.

'Hoi, hoi,' zei ze zo vrolijk en grootmoedig als ze kon.

Austin glimlachte. Hij voelde zich nog steeds een beetje ongemakkelijk over vanochtend en had zomaar het gevoel dat alles niet zo soepel bleek te gaan als hij zich van tevoren had voorgesteld.

'Hai,' zei hij.

'New York is afgrijselijk,' meldde Darny opgewekt, alsof al zijn langgekoesterde vermoedens waren bevestigd. 'Het is ijskoud en vreselijk saai. Maar het eten is wel oké,' zei hij erachteraan met een blik naar de cakejes.

'Hallo,' zei Kelly-Lee enigszins uit het veld geslagen. Vriendinnen kon ze wel aan, maar ze had niet geweten dat ze een kind hadden. Dat was vervelend. En Austin zag er helemaal niet oud genoeg uit om vader te zijn. 'Kom jij je ouweheer opzoeken?'

'Mijn ouweheer is dood,' zei Darny onbehouwen, zoals hij in zulke gevallen altijd deed. 'Dat is mijn broer.'

'Ah gossie,' zei Kelly-Lee. Darny kende dat 'ah-gossie'. Hij wisselde een blik met Austin.

'Kom hier, boef,' zei Austin.

'Kijk eens, kleine man. Laat me een cupcake voor je pakken. Ik weet niet of je die in je eigen land hebt. Het is een speciale Amerikaanse lekkernij, en hier heb ik een kerstexemplaar, helemaal voor jou!'

Darny sloeg zuchtend zijn ogen op, maar was niet van plan een gratis cupcake aan zich voorbij te laten gaan.

Issy glimlachte zuinigjes. Kelly-Lee keek haar aan. 'O ja,' zei ze. 'Dat was ik vergeten. Jij bakt, toch?'

'Ja,' zei Issy. Ze was er inmiddels achter wat er niet klopte aan de geur die de winkel in werd gepompt. Die was chemisch. Er werd hier amper gebakken.

'Echt voor je werk, of omdat je het leuk vindt?'

'Het is echt mijn baan,' zei Issy.

'O,' zei Kelly-Lee. 'Ik wilde actrice worden als echte baan.'

'Nou, leuk kennis te maken,' zei Issy lichtelijk verward.

'Austin en ik hebben lekker zitten kwebbelen, toch?' zei Kelly-Lee, terwijl ze speels haar hand tegen zijn revers hield. Toen kwam ze achter de toonbank vandaan om een paar kopjes te halen die nog op de tafeltjes stonden en boog daarbij steeds nadrukkelijk voorover, zodat Austin en Issy allebei konden zien hoe verbluffend rond en stevig haar achterwerk was, dankzij meerdere uren pilates per week.

Issy trok vragend haar wenkbrauwen op naar Austin.

'Eh, ze is erg aardig voor me geweest,' zei Austin.

'En vergeet niet me te bellen, hè!' zei Kelly-Lee. 'Maak je maar geen zorgen, hoor. Ik zal wel op hem passen als je hier niet bent!' En ze lachte Issy vol in het gezicht met haar enorm brede Amerikaanse glimlach en wuifde vrolijk met haar theedoek voordat ze in de keuken verdween.

De stoom kwam zo ongeveer uit Issy's oren. 'Wie is dat in hemelsnaam?' vroeg ze.

'Weet ik veel, een of ander meisje,' zei Austin verward.

'Een of ander meisje? Een of ander meisje? Jij loopt zomaar een cupcakewinkel in en begint te kletsen met een of ander meisje?'

'Het was echt alleen maar kletsen,' zei Austin.

'Dus je hebt haar niet om haar telefoonnummer gevraagd?'

Austin dacht terug. 'Nou, ze heeft me wel haar nummer gegeven... maar ik heb haar er niet om gevraagd. Ik weet niet eens meer waar ik het heb. Ze heeft het me alleen gegeven voor in het geval jij niet in het vliegtuig zou zitten.'

Issy knipperde verbluft met haar ogen. 'Wat? Dus, als het ene cupcakemeisje niet beschikbaar zou zijn, zou jij je met een willekeurige andere tevredenstellen?'

'Nee! Nee!' zei Austin. 'Je zit er helemaal naast. Je vat alles helemaal verkeerd op! Dat doe je al sinds je hier bent aangekomen.'

'Ik heb je niet eens meer gezien sinds ik hier ben aangekomen,' zei Issy, die tot haar afschuw merkte dat ze op het punt stond om in tranen uit te barsten. Ze hadden bijna nooit ruzie. 'Iets waar ik waarschijnlijk maar beter aan kan wennen, aangezien je hier omgaat met allerlei nieuwe bekenden van je en met al die coole New Yorkse dingen die je doet. En ik ga maar weer gewoon naar huis om verder te gaan met mijn saaie leventje als bakker, wat trouwens écht bakken is!' brulde ze naar achteren, zodat Kelly-Lee haar kon horen. 'Niet die plastic bagger die ze hier produceren met plantaardige olie, verdomme nog aan toe, en houdbaarheidsdata. Weet je wat de houdbaarheidsdatum van een cupcake is? Die bestaat niet. Een uur, ongeveer. Dus dit is waardeloos, en alles hier is waardeloos, en jij bent hier voorgoed naartoe gegaan, en ik besef dat ik me daarbij moet neerleggen, maar ik snap niet dat je zo nodig je nieuwe meisjes en nieuwe interesses voor me moet laten paraderen, voordat ik goed en wel mijn hielen heb gelicht.'

Austin was verbijsterd. Hij had nog nooit zo'n uitbarsting van Issy gehoord. Hij keek haar verslagen aan. Bovendien had hij geen touw kunnen vastknopen aan haar opmerking, halverwege haar tirade, over plantaardige olie.

'Issy... Issy, toe nou.'

'Nee!' zei Issy. 'Draai dit niet zo dat ik ondankbaar en dom ben. Jij moet beslissen wat je wilt en jezelf niet wijsmaken dat je nog je opties aan het afwegen bent. Ik heb de mensen gesproken met wie je gaat werken. Zij lijken er alle vertrouwen in te hebben dat je alles wat wij hebben achter je laat. Maar je hoeft je geen zorgen te maken over hoe je dat mij moet vertellen. Ik kom er zelf wel uit.'

Ze draaide zich om, greep haar muts en stormde de winkel uit.

Kelly-Lee kwam terug uit de keuken. 'Gaat het wel goed met haar?' vroeg ze met grote ogen en op meelevende toon. 'Het spijt me, ik had geen idee dat ze zo door het lint zou gaan. Doet ze dat wel vaker? Ik hoop niet dat ik iets verkeerds heb gezegd. Sommige mensen doen nu eenmaal erg theatraal, nietwaar?'

'Maak je geen zorgen,' zei Austin, zonder haar tegen te spreken. Hij legde geld neer voor de koffie.

'Deze cupcake smaakt vreselijk,' zei Darny. 'Naar elke redelijke maatstaf is dit een vreselijk, vreselijk misbaksel.'

'Wat ben jij leuk,' zei Kelly-Lee. 'Ik vind je uitspraak geweldig.'

Austin keek Darny aan. 'Kun jij hier vijf minuten blijven zitten?' vroeg hij. 'Ik kan maar beter achter Issy aan gaan.'

'Bij haar? Geen denken aan,' zei Darny. 'Je mag me niet achterlaten, dat is tegen de wet.'

'Alsjeblieft, Darny,' smeekte Austin.

Darny sloeg met een opstandige blik zijn armen over elkaar. Tegen de tijd dat Austin hem in zijn jas had gehesen en de straat op had getrokken, was niet te zeggen welke kant Issy op was gegaan.

Het begon al donker te worden en het was ijskoud, bitterkoud. Zo koud had Issy het nog nooit gehad. Mensen waren vage gestalten. Met hun enorme met dons gevulde jacks en bontjassen aan en dikke mutsen op zagen ze eruit als Michelinmannetjes die over straat stuiterden om snel thuis te zijn. De zon ging onder in tinten felroze, rood en goud. Hij piekte tussen de wolkenkrabbers door en wierp lange schaduwen over de drukke trottoirs. Issy zag het amper. Ze rende blindelings, met brandende tranen over straat. Het was tijd om de waarheid onder ogen te zien, wist ze. Austin zou hiernaartoe verhuizen. Hij zou hier gaan wonen, en Darny ook, en dat was het dan. Hij zou de meisjes van zich af moeten slaan, en...

Ze kon nauwelijks nog nadenken. Opeens bevond ze zich weer op Fifth Avenue, waar ze zich een weg door de menigte baande. Ze kon niet zo goed tegen die mensenmassa, doordat ze gedesoriënteerd was en eigenlijk alleen maar een beschut plekje zocht om vreselijk te gaan huilen. Deze stad leek weinig beschutting te bieden.

Haar telefoon ging over. Met bonzend hart grabbelde ze ernaar in haar jaszak. Was dit het dan? Wat zou ze zeggen? Sorry, Austin, het is mooi geweest? Ik ga bij je weg, omdat jij op het punt staat bij mij weg te gaan en ik niet vier maanden wil blijven bungelen terwijl jij heen en weer zwiert tussen Londen en New York zonder een beslissing te durven nemen? Of: Ga alsjeblieft, alsjeblieft, alsjeblieft met me mee terug naar Londen en laat alle hoop op een spannende toekomst varen om de rest van je leven in Stoke Newington achter een bureau te blijven zitten?

Doordat ze in het buitenland was, zag ze geen naam op haar schermpje verschijnen, en de verleiding om niet op te nemen was groot, want ze wist niet wat ze moest zeggen en aan haar snotterige en jankerige gebrabbel had niemand iets. Maar niet opnemen was nog erger, passief-agressief en afschuwelijk en beangstigend, en als Austin de boel voor zich uit schoof, had het geen zin als zij dat ook ging doen.

'Hallo?' fluisterde ze in haar telefoon. De hand waarvan ze de handschoen had uitgetrokken om op te nemen voelde al meteen koud en stijf aan. Ze bleef werktuigelijk in noordelijke richting lopen, waar het rustiger leek te zijn.

'O, goddank!' zei Pearl. 'Daar ben je. Issy, Ik heb eerder misschien... eh... een tikje overdreven. Over hoe het gaat.'

'Wat?' Issy snufte en werd terug in de werkelijkheid gezogen.

'Nou, eh...' zei Pearl.

Pearl stond in de keuken in de kelder. Die zag eruit alsof er een bom was ontploft. Het aardbeibeslag dat Issy met zoveel zorg van tevoren had gemaakt, droop langs de muren. Op alle oppervlakken stapelden zich kassabonnen en papiertjes op. Het was midden in de nacht en Pearl had al twee dagen amper geslapen.

'Ik denk,' zei ze na een lange stilte, 'ik denk dat ik de mixer heb stukgemaakt.'

'Verdomme,' zei Issy. De industriële mixer was een essentieel onderdeel van de bedrijfsvoering. 'Maar morgen is het zaterdag! Dat is een heel belangrijke dag, zo vlak voor de kerstdagen. De hele wereld gaat de stad in.'

'Ik weet het,' zei Pearl. 'Bovendien is een deel van het cakebeslag op de rekenmachine beland en nu heb ik nogal, eh, moeite om de kas op te maken. Verder zou het best eens tijd kunnen zijn voor een bezoek van de Gezondheidsinspectie.'

Issy nam een besluit. 'Hoor eens,' zei ze met een zwaar gemoed. 'Het maakt niet uit. Ik heb nu eenmaal dat ontzettend dure vliegticket.'

Ze liet een stilte vallen en haalde diep adem.

'Ik vlieg meteen terug. Zie je morgenochtend.'

14

Het kostte Issy weinig tijd om haar koffer in te pakken. Los van Carolines belachelijke jas had ze vrijwel geen van de ongeschikte kleren die ze zo snel, en zo opgewonden, had ingepakt kunnen dragen. Toen ze doelloos door de televisiekanalen zapte, zag ze dat *Sleepless in Seattle* op TCM werd uitgezonden en barstte ze bijna in tranen uit.

Austin kwam kort na haar in het hotel terug, met een mopperende Darny in touw.

'Dit is echt niet goed voor me,' zei Darny. 'Met conflict om moeten gaan, terwijl ik toch al een moeilijke jeugd heb.'

'Bek houden, Darny,' zei Austin. Zijn gezicht betrok toen hij zag dat Issy haar koffer aan het inpakken was.

'Het ligt niet aan jou,' zei ze. 'Echt niet. Pearl redt het niet zonder me. Het gaat helemaal mis.' Ze keek hem recht aan. 'Sorry. Ik kan niet uit het café weg.'

Austin keek haar ook recht aan. Zijn hart bonkte. Darny zat in de hoek, zijn gezicht strak en gespannen. Austin wilde niet beginnen over de brief van school. Daar schoot niemand iets mee op. Het zou de boel alleen maar nog erger maken. Issy zou de indruk kunnen krijgen dat hij haar de schuld gaf, omdat het was gebeurd terwijl hij weg was. Hij wilde absoluut niet dat ze ooit zou denken dat ze iets fout had gedaan. Niet met Darny en niet met hem. Helemaal niets. Hij vond zichzelf vreselijk tekortschieten. Er was zoveel wat hij wilde zeggen, maar zou iets daarvan iets aan die waarheid als een koe veranderen?

'Ik weet het,' zei hij op rustige toon.

Daarna bleef het lange tijd stil.

Issy had het gevoel alsof ze in haar gezicht was gestompt. Hij liet haar zomaar gaan. Zonder zelfs maar een vage poging te doen om haar tot blijven over te halen. Om een stomme baan. In het belang van zijn carrière. Alles wat ze ooit voor haar grote, knappe, vriendelijke Austin had gevoeld... tja, daarbij had ze nooit gedacht dat dit zou gebeuren. Niet op deze manier.

Ze stak haar hand uit om overeind te blijven. Austin zag haar en kon wel janken. Ze zag er zo kwetsbaar uit. Maar wat kon hij doen? Als dit nu niet gebeurde, kwam het er later nog wel van. Moest hij de kwelling dan laten voortduren? Hij had het gevoel alsof hij vanbinnen uit elkaar werd gescheurd; en toch stonden ze hier, kwamen er woorden uit hun mond, bijna als gewone mensen.

'Ik zal de luchtvaartmaatschappij maar even bellen,' zei Issy, die het gevoel had alsof iemand anders die woorden zei, alsof het een script van iemand anders was. Ze zou toch eigenlijk moeten zeggen: laten we met de veerboot naar het Vrijheidsbeeld gaan; of laten we voor een romantisch avondje naar een cocktailbar gaan, waar de pianist in een hoekje 'It Had To Be You' pingelde; of laten we naar Times Square gaan om naar de reclames en de zeelieden te kijken en laten we naar de grote strikken van kerstlichtjes kijken die overal in de stad op de straathoeken hangen.

'Ik zorg wel dat iemand dat doet,' zei Austin alsof hij een robot was.

'Iemand bij jou op kantoor? In New York?' vroeg Issy en had daar meteen spijt van. Het was allemaal al erg genoeg zonder dat ze ook nog eens begon te katten. 'Sorry. Het spijt me. Dat bedoelde ik niet zo.'

'Nee,' zei Austin. 'Het is niet erg. Het spijt me. Ik bedoel...'

Hij zag er zo ellendig uit dat Issy alleen maar haar armen om hem heen wilde slaan om hem tegen zich aan te drukken tot hij zich beter voelde. Maar wat schoten ze daarmee op? Zo te horen stond zijn besluit vast. Alles zo maar laten? Doen alsof ze tussen twee verschillende werelddelen een logistiek onhaalbare carrière kon volhouden waar ze financieel op leegliep?

'Sst,' zei ze. 'Zit er niet over in.' Ze maakte een gebaar naar Darny. 'We kunnen erover praten als je terug bent in Engeland.'

'Mm,' zei Austin. Hij kon niet bedenken waar precies dit allemaal zo gruwelijk fout was gegaan. Issy had niet eens rondgekeken, laat staan geprobeerd om de positieve kant van New York te zien. Ze was van meet af aan tegen geweest, bijna alsof ze had besloten dat het een ramp zou worden. Daardoor was het ook helemaal fout gelopen. Het maakte hem ongelooflijk kwaad.

Ze bleven nog een tijdje zo staan zonder dat een van hen iets zei.

'Dit is saai, zeg,' zei Darny. 'Ik voel mijn ADHD opkomen.'

'Ik zal wel bellen,' zei Austin.

'Oké,' zei Issy.

Na tien heel gespannen minuten werd geregeld dat Issy de volgende ochtend in alle vroegte terug zou vliegen. Nog één nacht.

'Wil je nog de stad in?' vroeg Austin.

'Ik denk dat ik eindelijk zo'n heerlijk bad ga nemen,' zei Issy terwijl ze probeerde te glimlachen en te voorkomen dat haar stem beefde, iets wat niet helemaal lukte. 'Dan vroeg naar bed. Als ik terug ben in het café, krijg ik het vreselijk druk.'

'Ja,' zei Austin. 'Oké.'

Maar toen ze naast elkaar in dat enorme comfortabele bed lagen en luisterden naar het getoeter en geschreeuw in de verte, kon ze onmogelijk slapen. In plaats daarvan huilde Issy grote, stille tranen die op haar kussen drupten.

Ze probeerde geen geluid te maken, Austin niet te storen, totdat hij zich omdraaide en voelde dat haar kussen nat was.

'Och, liefje toch,' zei hij terwijl hij haar stevig vasthield en haar haren streelde. 'Schatje. We komen er wel uit.'

'Hoe dan?' vroeg Issy snikkend. 'Hoe?'

Daar had Austin geen antwoord op. Hij begreep alleen dat wat ze ook besloten, een van hen heel ongelukkig zou worden. En daar zouden ze uiteindelijk allebei ongelukkig van worden. Hij zuchtte opnieuw. Waarom moest het leven verkeersdrempels opwerpen als ze net lekker op stoom kwamen? En dit, dacht hij, terwijl hij Issy's zachte donkere haar streelde, dit was best een hoge. Hun tranen vermengden zich op de dure kussenslopen.

Uiteindelijk had Pearl haar handen vertwijfeld in de lucht gegooid en toegegeven dat ze verslagen was. Ze had Caroline gebeld en haar gevraagd om vroeger te komen.

Caroline verscheen, klakte afkeurend met haar tong toen ze de bende zag en pleegde toen zelf een telefoontje.

'Perdita! Hup, hup!' had ze tegen een leuk uitziende dame van middelbare leeftijd geroepen, die drie kwartier later ietwat benepen was aangekomen. Perdita was onmiddellijk begonnen om alles van het plafond tot en met de vloer schoon te schrobben, terwijl Caroline kordaat aan de boekhouding begon.

'Eén voordeel van scheiden is dat je erg goed wordt in het lezen van de balans, om te zien waar al het geld is gebleven,' gromde ze.

Pearl stond nog steeds met open mond naar Perdita te kijken. 'Is zij jouw schoonmaakster? Hoe kun je een schoonmaakster hebben en ondertussen in een café werken?'

'Omdat Richard een kwaadaardige, sluwe vos is,' zei

Caroline. 'Dat heb ik je toch al eerder verteld?'

Pearl keek haar scherp aan. 'Maar jullie moeten nu toch in de buurt van een schikking komen,' merkte ze op. 'Die scheiding sleept zich al jaren voort.'

'Pearl, je bent een ontzettend goede verkoopster en een geweldige manager in het café, maar je administratie is een zootje en je bakt als een wookie,' zei Caroline afgemeten, haar vraag negerend. 'De taken hadden goed verdeeld moeten worden voordat Issy 'm smeerde.'

'Ze is 'm nou niet bepaald gesmeerd,' zei Pearl. 'Caroline, ik heb een theorie over jou. Wil je hem horen?'

'Als die gaat over mijn verbluffende zelfbeheersing als het om eten gaat, vertel ik je met alle liefde nog een keer dat niets zo lekker smaakt als vetvrije...'

'Nee,' zei Pearl. 'Dat is gewoon onzin. Nee, mijn theorie luidt als volgt: jij werkt hier, omdat je het leuk vindt.'

'Omdat ik het leuk vind? Werken? In een baan die waarschijnlijk over twee jaar is overgenomen door een robot? In een baan waar mijn vaardigheden op het gebied van winkelinrichting en organisatie stelselmatig worden genegeerd en waar ik verdomme geacht word het publiek te woord te staan, nadat ik mijn sporen ruimschoots in de corporate wereld heb verdiend? Ja, vast wel. Perdita, je hebt een stukje overgeslagen. En neem meteen de plinten even mee, nu je toch op je knieën zit.'

'Ja,' zei Pearl. 'Volgens mij vind je het echt leuk.'

Caroline keek haar schuin aan. 'Heb niet het lef om het verder te vertellen. Perdita! Heb je die koffers meegebracht, zoals ik je heb gevraagd? Nou, als je twee keer moet lopen, moet je maar twee keer lopen. Haal ze alsjeblieft.'

Perdita kwam al snel terug met twee koffers.

'Wat zit daar in hemelsnaam in?' vroeg Pearl.

'Aha!' zei Caroline.

Vlak daarna kwam Maya binnenlopen, arm in arm met een meisje met heel kort haar.

'Hai,' zei ze blij tegen iedereen met haar prachtige, stralende lach. 'Dit is Rachida. Rachida, dit zijn Pearl en Caroline. Ze hebben heel veel geduld met me.'

Pearl trok een wenkbrauw op en voelde zich schuldig, omdat ze absoluut geen geduld had getoond.

'Ik heb haar de hele nacht laten oefenen,' zei Rachida. 'Vriendinnen van ons hebben een cappuccinomachine. Ze kan het nu in precies zes seconden.'

'Dank je wel,' zei Caroline. 'Zijn die vriendinnen toevallig ook goed in boekhouden?'

'Stil,' zei Pearl terwijl ze naar Maya en Rachida keek.

Rachida kuste Maya vol op de lippen en ging weg. Maya trok onbekommerd haar jas uit en hing hem achter de deur. 'Tot vanavond!' riep ze vrolijk. Toen draaide ze zich om.

'Oké,' zei ze. 'Ik denk dat ik er klaar voor ben.'

Pearl glimlachte haar breed toe, belachelijk kwaad op zichzelf omdat ze zo blij was.

'Oké,' zei ze. 'Haal die nieuwe lading mince pies maar naar boven. De zesde keer dat ik ze bakte moeten ze toch gelukt zijn.' Nu begon Pearl zowaar te ontspannen. Ze leunde op de toonbank en zette de muziek aan. 'Deck the Hall with Boughs of Holly' bulderde uit de speakers en ze betrapte zichzelf erop dat ze meefalala'de. Ze had vast slaap nodig.

Issy huilde de hele rit naar het vliegveld in de taxi. Ze huilde toen ze in de chique lounge zat, waar ze helemaal niet in de stemming was om een van de luxe hapjes te proeven. Ze huilde de volle zes uur over de Atlantische Oceaan, met een onderbreking om *Sleepless in Seattle* te kijken, zodat het tenminste leek of ze een reden had om te huilen. Ze huilde de hele rit in de Heathrow Express en het hele eind onder de stad door in de ondergrondse, tot ze bij nummer 73 aankwam.

Toen vermande ze zich en liep ze het café in.

Ze bleef staan en hapte onwillekeurig naar adem. Buiten had ze het niet goed kunnen zien. Er hadden wel een hoop mensen met hun neus tegen de ramen gestaan, maar dat was haar niet echt opgevallen. Maar nu ze binnen was, zag ze dat het hele café een transformatie had ondergaan.

Er lag sneeuw op en om de open haard, die dik behangen was met klimop. Aan het plafond hingen slingers van klimop die in elkaar grepen, zodat het leek alsof er bomen uit het café groeiden. Op elk tafeltje stond een stukje van verzilverde varen en hulst, en er hing een enorme krans aan de deur, zodat je al met al het gevoel kreeg dat je in een betoverd bos stond. Het meest opmerkelijke van alles was nog wel dat de vitrine voor het raam had plaatsgemaakt voor een sneeuwlandschap, compleet met witte heuvels en een klein stadje van hout, verlicht met piepkleine lantaarns. Figuurtjes sleeden van de heuvels af; er stond een school met buiten spelende kinderen, bij een hotel liepen dames in baljurk de trap af, en er waren verscheidene knus verlichte huisjes. Eromheen reed een modelstoomtreintje met minuscule mensjes erin. Er was een station met een stationschef die met een vlaggetje zwaaide en op een fluitje blies. Buiten stonden oldtimers geparkeerd. En achter de hoogste heuvel tegen een achtergrond van geverfde sterren, zat de Kerstman op zijn slee met al zijn rendieren ervoor. Het was volkomen betoverend.

'Tante Issy!' Louis schoot achter de toonbank vandaan en besprong Issy alsof hij haar al maanden niet meer had gezien. 'Ik heb je zo gemist!'

Issy stond zichzelf toe om ervan te genieten dat ze bijna omver werd gelopen en bedolven onder zoenen.

'Ik heb jou ook gemist, lieverd.'

Louis straalde. 'We hebben een twein!' riep hij veel te hard. 'Heb je onze twein gezien? Het is een echte twein! Hij wijdt wondjes en de Kesman is e' ook, maa' hij heeft zich ve'stopt, zodat je hem niet kunt zien!'

'Ik heb hem gezien,' zei Issy. 'Het is geweldig.'

'Nou ja, die ellendige kinderen van mij vonden er niets aan,' snoof Caroline. 'Waarom ben je al zo snel terug? Heb je een vlek op mijn jas gemaakt?'

Louis streelde Issy's haar. 'Heb je een kadoosje voor me meegebracht?' fluisterde hij.

'Ja,' fluisterde Issy terug, waarmee ze eerst de makkelijkste vraag beantwoordde. Ze zocht in haar handtas en haalde er een sneeuwbol uit die ze bij het Empire State Building had gekocht. Alle mooie gebouwen van New York stonden naast elkaar – het Empire State, het Chrysler, het Plaza – met kleine taxi's op de voorgrond, en als je schudde, stak er een sneeuwstorm op. Louis keek er vol ontzag naar en schudde de bol steeds opnieuw.

'Ik vind mijn kadoosje leuk, Issy,' zei hij zacht.

Pearl kwam achter de toonbank vandaan en keek Issy aandachtig aan. Ze was niet zo uitbundig als gewoonlijk. Pearl dacht dat het gewoon een jetlag kon zijn. Maar nee, er was meer aan de hand. Het leek alsof er achter Issy's ogen een licht was uitgegaan. Haar gezicht zag er strak en mager uit, zonder de gebruikelijke roze gloed.

'Dat is een mooi cadeautje, Iss,' zei ze en ze gebruikte het cadeau als excuus om Issy te omhelzen.

Issy verloor weer bijna haar zelfbeheersing, maar ze had het gevoel dat ze nu wel uitgehuild was. Ze keek Caroline aan.

'Heb jij dit gemaakt?'

Caroline knikte. 'Althans, mijn binnenhuisarchitect heeft het gemaakt. Ik vind het één groot stofnest, en het maakt mijn huis erg vol. Daarom heb ik het hiernaartoe gebracht. Achilles keek wel een beetje sip om onze minimalistische kerstlook, maar dat is dan maar zo. We winnen nu vast en zeker die verrekte prijs van *Super Secret Londen* voor de leukste winkel.'

'Het is prachtig,' zei Issy. 'Dank je wel.'

Ze glimlachte naar Maya, die deskundig vier koffiemokken op één arm balanceerde terwijl ze er met haar andere hand perfect schuimende melk op goot.

'Nou zeg, jij hebt het snel onder de knie gekregen.'

'Niet zo heel snel, als ik eerlijk ben,' zei Maya. 'Ik heb elke avond vijf uur geoefend.'

Pearl knikte om dit te beamen. Issy keek om zich heen. Overal zaten mensen tevreden te eten. Veel van haar vaste klanten zwaaiden naar haar. Ze begon bijna weer te huilen; het was heerlijk om thuis te zijn.

'En ik maar denken dat jullie er een puinzooi van maakten,' zei ze.

'Een tijdelijke inzinking,' zei Pearl. 'We zijn er nu helemaal bovenop.'

'Dat zie ik,' zei Issy. 'Doe me dan maar een kop koffie.'

Austin huilde op weg naar het kantoor, maar wist het te verbergen. Darny besteedde er sowieso geen aandacht aan. Austin waste zijn gezicht op het herentoilet, installeerde Darny met zijn tablet naast zijn secretaresse, liep Carmens kantoor binnen voordat hij zich kon bedenken en tekende de papieren. Nu maakte hij deel uit van Kingall Lowestein.

'Hai!' zei Merv, die langskwam om hem een hand te geven en met Austin op de foto te gaan voor de nieuwsbrief van de bank. 'Je zult er geen spijt van krijgen.'

Austin had nu al spijt. 'Kan jouw assistente die inschrijf-formulieren voor school sturen?' vroeg hij.

'Zeker weten,' zei Merv.

Issy begon alvast met het beslag voor de volgende dag, zodat ze iets voorliepen. Maya keek haar met grote, bange ogen aan en verwachtte elk moment te worden ontslagen, maar Issy zei glimlachend dat ze het nu zo druk hadden, doordat het kersttafereel voor het raam veel extra klanten binnenbracht, dat het fijn zou zijn als Maya nog wat langer kon blijven. Maya grijnsde breed en knikte blij. Issy wist niet zeker of ze het zou kunnen opbrengen om aldoor maar vrolijk te zijn en overwoog af en toe vrij te nemen. Maar ja, wat had ze verder nog, buiten het café?

'Mag ik langskomen?'

'Ja,' zei Helena, met de gretigheid van iemand die niet genoeg volwassen gesprekken voerde. 'Altijd welkom. Blijf zolang als je wilt. Neem wijn mee. Chadani Imelda, dat mag je niet in je poepgaatje stoppen.'

'Eh,' zei Issy. 'Eh, mag ik vannacht blijven slapen?'

Het was even stil.

'O,' zei Helena.

'O,' zei Issy.

'Ach, lieverd,' zei Helena.

'Als je lief doet, ga ik weer huilen,' zei Issy. 'Wacht alsjeblieft tot ik er ben.'

'Neem wijn mee,' herhaalde Helena. 'Ik heb opeens besloten dat ik geen borstvoeding meer geef. Neem heel veel wijn mee.'

Helena had, zag Issy vermoeid, zowaar een deel van het speelgoed en de kinderkleertjes opgeruimd die zich meestal in de kamer ophoopten als ze op bezoek kwam. Het was bijna verontrustend dat Helena zoveel moeite deed.

'Ik ben ook de deur uit geweest en heb gin gekocht,' zei Helena. 'Ik ga dus ook maar aan de gin. Met tonic, uiteraard. Of misschien aan de martini's, wat vind jij?'

'Wanneer heb je voor het laatst iets met alcohol gedronken?' vroeg Issy.

'Twee jaar geleden.'

'Geen martini's, alsjeblieft,' zei Issy. 'En al helemaal niet voor jou; dan val je al rond vijf over zeven uit het raam.'

Ze gingen zitten terwijl Chadani Imelda op systematische wijze Issy's handtas ontdeed van lipstick, wisselgeld, tampons en een servetje van de New York City Cupcake Store, wat hartverscheurend was. Issy raapte het op en deed alsof ze haar neus erin snoot.

'Als ik dit nummer bel,' zei ze, wijzend naar kengetal 212, 'zou ik hem waarschijnlijk zo aan de telefoon kunnen krijgen. Het is daar pas middag.'

'Sst,' zei Helena. 'Sst.'

Ze schonk enorme glazen sauvignon blanc voor hen beiden in.

'Dus,' zei ze. 'Jij. Moordwijf. Hij. Ontzettende lieverd. Hoe hebben jullie er in godsnaam zo'n bende van kunnen maken, en hoe komen jullie daar weer uit, stelletje volslagen idioten?'

Nadat Issy het had uitgelegd – ze kon de gedachte aan afgelopen nacht, toen ze eenzaam naast elkaar in dat enorm luxueuze bed hadden gelegen, amper verdragen – nam Helena een grote slok wijn en slaakte ze een lange zucht.

'Jeetje,' zei ze. En toen: 'Nou, nou.'

'Dus word ik geacht mijn hele leven en alles waar ik ooit voor heb gewerkt op te geven voor een vent?' zei Issy terwijl ze bijschonk.

'Nou, het is niet zomaar "een vent", toch?' zei Helena. 'We hebben het hier wel over Austin.'

'Au-win,' kraaide Chadani Imelda. Ze leek zo op haar moeder dat zelfs Issy een glimlach niet kon onderdrukken.

'Waarom kunnen jullie het niet gewoon uitpraten?'

'Dat gaat niet,' verzuchtte Issy. 'Het gaat om een echt heel belangrijke baan die ze hem aanbieden. En zoals de vlag er in Londen bij hangt, heeft hij hier misschien niet veel langer werk. Hij vindt niet dat hij het omwille van mij kan afslaan. En ik vind niet dat ik het Cupcake Café kan ontmantelen omwille van hem. Wat mij het idee geeft...' Hierbij begon Issy snikkend en hoestend te huilen, '... wat wel moet betekenen dat we niet genoeg van elkaar houden.'

Helena schudde haar hoofd. 'Dat doen jullie wel. Natuurlijk houden jullie genoeg van elkaar. Maar jullie zijn mensen, en het is geen film. Je kunt niet zomaar alles uit je handen laten vallen en de zonsondergang tegemoet rennen. Het leven staat in de weg. Je hebt liefde, en dan zijn er ook nog allerlei praktische dingen. Jullie hebben allebei verantwoordelijkheden. Jij hebt werknemers die afhankelijk van je zijn, en hij moet voor Darny zorgen.'

'Er is nu nooit eens iemand die voor mij zorgt,' zei Issy.

'Nou, dat is onzinnig zelfmedelijden,' zei Helena. 'En het is ook volkomen misplaatst, als je bedenkt hoeveel tijd we allemaal hebben geïnvesteerd om jou te helpen om dat stomme café überhaupt geopend te krijgen.'

'O ja, dat is ook zo,' zei Issy. 'Sorry, hoor.'

Ze zuchtte en dronk nog meer wijn.

'Maar ik was zo gelukkig, Lena. Ik vond wel dat ik moe was, en wat gestrest, en dat ik het altijd vreselijk druk had en bij dag en dauw op moest staan voor het café, maar... eigenlijk, als ik erbij stilsta, had ik alles.'

'Dat is het belachelijke aan geluk,' zei Helena. 'Je weet op het moment zelf nooit hoe gelukkig je bent.'

Chadani Imelda sloeg haar moeder vrij hard tegen haar been.

'Blijkbaar is dit de gelukkigste tijd van mijn leven.'

'O ja, we zijn in de bloei van ons leven,' zei Issy.

'Daar kom ik pas in als ik geen puistjes meer krijg...' zei Helena.

'En mijn hart niet meer laat breken,' zei Issy.

'... en geen vissticks meer hoef te eten.'

'En zelfbeheersing leer,' zei Issy terwijl ze hun glazen nog eens volschonk.

'Ad fundum!' zei Helena.

'Je hebt nog niet eens je Arme-Zielenlijst erbij gehaald om me te vergelijken met een of ander kind dat zijn been kwijtraakt, zoals je altijd deed toen je nog in het ziekenhuis werkte,' zei Issy.

'O god, ik ben wel zó gruwelijk blij dat ik geen werk heb en dat mijn leven geen doel of richting heeft!' brulde Helena. Chadani schrok ervan maar begon desondanks mee te giechelen.

'Ha, de meisjes klinken blij,' zei Ashok, die met hysterisch gelach werd begroet toen hij binnenkwam.

Issy en Helena keken elkaar aan en lagen weer slap achterover van het lachen. Ze hielden pas op toen Issy per ongeluk in tranen uitbarstte. Helena slikte en besefte toen pas hoe dronken ze was.

'Jetlag,' probeerde ze uit te leggen, maar dat kwam er niet helemaal goed uit.

Ashok kwam dichterbij en kuste haar. Hij was lichtelijk geschokt door alle lege flessen, maar hij had Helena in lange tijd niet meer zo horen lachen, en Chadani leek voor de verandering ook rustig, dus misschien was het al met al best goed.

'Hallo, Issy,' zei hij. Zijn ogen begonnen te stralen. 'Heb je toevallig...'

'Cakejes meegebracht? Ik weet het, ik weet het, dat is het enige waar ik goed voor ben...'

'ASHOK!' Helena probeerde te fluisteren, maar ze was geen drank meer gewend en kon niet zachtjes praten. 'Doe 's een beetje gevoelig! Issy en Austin zijn net uit elkaar!'

'Niet officieel,' zei Issy.

Ashok tilde Chadani op, die zijn kant op was komen waggelen, en gaf haar een dikke knuffel en een zoen.

'Dat kan gewoon niet,' zei hij streng. 'Jullie kunnen niet uit elkaar zijn. Dat is onmogelijk. Ik accepteer dat niet.'

'Dat had ik moeten proberen te zeggen,' zei Issy slikkend en snikkend.

'Nou, vertel. Waar kwam het door? Iets belachelijks? Iets kleins? Heeft hij een andere vrouw verteld dat ze er leuk uitzag? Heeft hij nagelaten een lief cadeautje voor je verjaardag te kopen? Mannen zijn nu eenmaal niet altijd volmaakt, weet je.'

'Ben je een diagnose aan het stellen van onze relatie?' vroeg Issy.

'Soms is het nuttig om ergens emotieloos naar te kijken,' zei Ashok.

'O, emotieloos is het zeker,' zei Issy. 'Dat is absoluut, absoluut zeker. Hij heeft een baan in Amerika. Ik heb hier mijn werk. Hij moet naar Amerika emigreren om zijn geweldige werk daar te doen, omdat hij waarschijnlijk zijn baan hier kwijtraakt. Ik heb een quasi succesvol bedrijfje met een meerjarig huurcontract waar drie mensen werken, maar dat niet zonder mij kan draaien. Wat zijn mijn vooruitzichten, dokter?'

'Nou, een van jullie zal moeten verhuizen,' zei Ashok koppig. Hij streek met zijn neus langs Chadani's nek. 'Moet je dit nu toch zien. Dit is geluk. Jij verdient geluk.'

Helena snoof luid. 'Geluk en heel, heel veel vuile was.'

Chadani giechelde en kronkelde in haar vaders armen, en Issy wilde weer huilen.

'Nou, ik kan niet verhuizen, en hij ook niet,' zei ze. 'We

hebben het hier niet over Noord- en Zuid-Londen. Dit is het echte leven, met echte keuzes en echte consequenties. En hoe eerder we dat onder ogen zagen, dachten we allebei, hoe beter.'

'Er is altijd een manier,' zei Ashok fronsend.

'Eh, ja,' zei Issy. 'Als ik nog vijf miljard jaar wacht, zullen de tektonische platen uiteindelijk wel aansluiten en kan ik naar zijn appartement fietsen...'

Ze moest alweer huilen. Ashok gaf een klopje tegen haar schouder en Helena kwam aansnellen met meer wijn en papieren zakdoekjes.

'Ik heb een superleuk idee,' zei ze. 'Laten we er een geweldig kerstfeest van maken, met z'n allen. Een groot feest, hier.'

'Hier?' snufte Issy.

Helena keek onschuldig. 'Het leek me gewoon zo heerlijk om op eerste kerstdag iedereen bij elkaar te halen. Chadani's tantes kunnen alle vier inschikken, en misschien willen Pearl en Louis ook wel komen, en...'

'Je kunt hier nooit iedereen kwijt,' zei Issy.

'Maar bedenk nu eens hoe gezellig het zou zijn, met z'n allen,' zei Helena. 'Zo gelukkig, zo'n fantastische manier om je zinnen te verzetten.'

'Maar je hebt geen tafel die groot genoeg is!' zei Issy.

'O, dat is ook zo,' zei Helena. 'Kenden we maar iemand in de buurt met grote ovens en heel veel tafels...'

'Ik ga echt niet voor zesduizend mensen een kerstlunch bereiden,' zei Issy.

'Maar bedenk dan eens hoe heerlijk het zou zijn om te worden omringd door de mensen die om je geven en van je houden,' hield Helena aan.

'Genoeg om me geven om me de hele eerste kerstdag naar de keuken te verbannen?' vroeg Issy.

'Goed,' zei Helena. 'Het was maar een idee. Wat was je van plan te gaan doen?'

'Op dit moment,' zei Issy, 'is mijn behoefte om in alle mensen een welbehagen te wensen verder weg dan ooit tevoren.'

De volgende dag had Pearl een vrije middag, iets waar ze waanzinnig veel behoefte aan had. Ze vertrok al vroeg en negeerde daarbij schuldbewust Issy's roodomrande ogen, een combinatie van jetlag, veel huilen en te veel wijn. Pearl had die tijd nodig en kon terug zijn voordat Louis uit school kwam.

Doti haalde haar in bij de bushalte.

'Hé, hallo daar,' zei hij met de gebruikelijke fonkeling in zijn ogen. 'Hoe gaat het met jou?'

'Niet slecht,' zei Pearl. Ze was blij hem te zien, al was ze nog wel een beetje nijdig omdat hij zo met Maya had geflirt. Het kwam ongevoelig over.

'Kerstinkopen?'

'Wie weet.'

'Ik wilde net zelf de stad in. Misschien wacht ik wel samen met jou op de bus.'

'Wat jij wilt,' zei Pearl.

Doti ging op het bankje zitten. 'Maya heeft haar draai dus gevonden? Ik dacht al dat ze jullie zou bevallen.'

'Ze werkt hard,' beaamde Pearl.

'Heb je al kennisgemaakt met Rachida? Ze zijn zo'n leuk stel.'

'Wist jij dat ze met een vrouw samenwoonde?'

'Natuurlijk. Ze wonen op mijn postronde. Een postbode ontgaat niet zoveel, weet je.'

'Waarom deed je dan zo klef?'

Doti keek verward. 'Hoe bedoel je? Ik wilde echt dat ze die baan kreeg. Ze had dringend werk nodig.'

'Ik dacht dat je... Ik dacht dat je haar leuk vond,' mompelde Pearl, die voelde dat ze een rood hoofd kreeg. Waar bleef die bus, verdomme?

Doti barstte in lachen uit. 'Zo'n magere spriet? Weinig kans,' zei hij. Hij keek tussen zijn dikke zwarte wimpers door insinuerend naar Pearl op. 'Ik hou meer van... wat vrouwelijkere vormen,' zei hij.

Er viel een stilte.

'Nou,' zei hij na verloop van tijd, terwijl hij met de hak van zijn zwarte postbodeschoen tegen de stoep schopte. 'Ik heb het gezegd.'

Pearls hart klopte onregelmatig en ze had moeite met ademhalen. Haar gevoelens streden met elkaar. Ze had een bijna overweldigende behoefte – en het zou zo vreselijk simpel zijn – om haar rechterhand een paar centimeter uit te steken naar zijn linker, ja daar, naar zijn grote, sterke arbeidershand die het ongemakkelijke bankje omklemd hield. Ze keek naar zijn hand en zijn ogen volgden haar blik.

Toen herinnerde ze zich hoe het klonk als een klein jongetje triomfantelijk 'Papa!' gilde. Hoe Ben hun zoontje op zijn schouders door de zitkamer paradeerde alsof hij een voetbalbeker of een kroon was. Hoe ze haar moeders beeldje van een paard hadden gebroken toen ze samen kungfu speelden. Hoe Louis niet meer bijkwam van het lachen.

Ze maakte onwillekeurig een vuist, en ze verstijfde.

'Ik kan het niet,' zei ze. Haar stem klonk amper harder dan een fluistertoon. 'Het ligt... ingewikkeld.'

Doti knikte. 'Dat lijdt geen twijfel,' zei hij.

Toen stond hij op, net toen bus 73 de bocht om kwam.

'Ik wil echt de stad in,' zei hij op een veel normalere toon. 'Het was geen smoesje. Dus, mag ik evengoed mee... gewoon als vriend? Als een normaal iemand?'

Pearl glimlachte ontroerd. 'Voor mij word je nooit een normaal iemand.'

Het werd nog heel gezellig. Pearl had niet geweten dat het zo kon zijn. Rondscharrelen in John Lewis, een goedkoop beeldje van een paard kopen voor haar moeder, ter vervanging van het beeldje dat de jongens hadden gebroken; naar Primark lopen om ondergoed te kopen met monsters erop, zodat Louis het hopelijk als cadeautje zou zien in plaats van als iets wat hij toch nodig had. Overal keken ze naar de prachtig versierde etalages van de chique winkels, die vol stonden met dure spullen. Maar toen ze naar de norse gezichten keek van de magere blondjes die er in en uit liepen, dacht Pearl dat die het niet zo naar hun zin hadden als zij, hoewel zij zich amper iets kon veroorloven. Doti vroeg haar om raad bij het kopen van make-up voor zijn volwassen dochter. Zijn vrouw en hij waren jaren geleden uit elkaar gegaan toen zij in een nachtclub ging werken, een baan die zo ontzettend slecht aansloot op zijn werktijden dat het bijna komisch was, en een verhouding begon met een uitsmijter. Hij deed zijn best om haar dat niet kwalijk te nemen, iets waar Pearl waardering voor had, al dacht ze dat zijn ex wel compleet gestoord moest zijn. Toen stond hij erop om Pearl uit te nodigen voor koffie bij Patisserie Valerie, in Regent Street, omdat hij haar eens had horen vertellen dat ze het daar zo geweldig vond. Pearl was al even ontroerd door het feit dat hij dat had onthouden als door de uitnodiging zelf.

Ze liepen langs Hamleys, de enorme speelgoedwinkel. Zoals altijd verdrong zich een grote mensenmassa, bestaande uit zowel kinderen als volwassenen, voor de prachtige etalage – dit jaar was het een enorm besneeuwd landschap met een kermis waar een reuzenrad echt ronddraaide en eronder een draaimolen waar de speelgoeddieren ritjes in maakten. Buiten stond een Kerstman met een bel, en tal van piraten en prinsesjes bliezen zeepbellen om de aandacht te trekken van voorbijgangers.

Voor het eerst die middag voelde Pearl zich verdrietig. Daar stond hij, vlak naast de hoofdingang, onder een dikke sneeuwlaag gemaakt van watten en verlicht met kerstlampjes: de monstergarage, met de monstermonteurs en de monstertrucks die in de speciale lift op en neer gingen. Ze schudde glimlachend haar hoofd.

'Had je dat voor je zoon in gedachten?' vroeg Doti.

'O, nee, nee, nee, hij krijgt al veel te veel cadeautjes,' zei Pearl snel op felle toon. Ze zou nooit aan wie dan ook toegeven wat ze wel en wat ze niet kon betalen.

Doti bleef in de stad en Pearl was net op tijd terug om alle pakjes te verstoppen voordat de deur van het café openging en Louis naar binnen rende.

'Mama! O nee.' Hij onderbrak zichzelf. 'Ma!'

'Je gaat me geen ma noemen,' zei Pearl verontwaardigd. 'Ik ben je mama.'

'Neehee,' zei Louis hoofdschuddend. Dat zeggen baby's. Ik ben geen baby meer. Jij bent mijn ma.'

Achter hem stond Grote Louis met een ernstig gezicht te knikken om dit treurige feit kracht bij te zetten.

'Ik wil geen ma zijn. Ik wil mama zijn. Of, als het moet, mammie, als je die moederskindertjes met wie je op school zit wilt na-apen.'

'Zal wel,' zei Louis.

'Louis Kmbota McGregor, heb niet het lef om ooit nog "zal wel" tegen me te zeggen!' zei Pearl vol afschuw. Issy keek op en begon, voor het eerst die dag, te lachen.

Louis keek half bang en half trots op zichzelf, dat hij zo'n felle reactie teweeg had gebracht. Hij keek naar Issy, die hem wenkte.

'Als je voortaan "zal wel" wilt zeggen,' zei ze, 'moet je met je wijsvinger een "z" zigzaggen, kijk zo...'

'Issy, hou daar ogenblikkelijk mee op,' zei Pearl op waarschuwende toon. 'Louis, dat is niet toegestaan, hoor je me?'

Issy en Louis zigzagden naar elkaar en begonnen toen allebei naar hartenlust te grinniken.

'Beste Kerstman,' zei Pearl, die deed alsof ze een brief schreef, 'het spijt me vreselijk, maar Louis Kmbota McGregor heeft zich dit jaar erg slecht gedragen, en...'

'Néééé,' krijste Louis, opeens vreselijk bang. Hij rende naar zijn moeder, stortte zich in haar armen en overlaadde haar met zoenen. 'Het spijt me, mama. Het spijt me. Het spijt me, Kesman, het spijt me.'

'Misschien is Kerstmis zo slecht nog niet,' peinsde Pearl.

'Ik vind het niks,' zei Issy. 'Ik ga vandaag maar eens vroeg dicht.'

De klanten in het café kreunden in koor.

'Zouden jullie het trouwens niet op een zuipen moeten zetten vanwege de kerst?' vroeg ze.

'De cupcake absorbeert de alcohol van gisteravond,' riep iemand achter in het café, en een paar mensen waren het hier hartgrondig mee eens.

'O, best,' zei Issy. 'Misschien moet ik jullie gewoon jezelf maar laten bedienen.'

'Hoera,' riepen de klanten.

'Maak je geen zorgen,' zei Maya, die gapend maar efficiënt met een kop koffie naast Issy kwam staan. 'Ik kan het wel aan.'

Caroline schoof demonstratief de witte jas in een kledinghoes. 'Een dankjewel kon er niet af,' zei ze op luide toon en snoof. Issy keek haar aan. Ze wist waarom Caroline in zo'n rotbui was.

'En, Caroline, wat zijn jouw plannen voor Kerstmis?'

'Ik loop door Richards oude adresboekje heen en ga in alfabetische volgorde met al zijn vrienden naar bed,' zei Caroline op opgewekte toon. 'Hoezo?'

Caroline had al de hele dag driftig met haar ogen staan

knipperen en Issy had gezien dat er een brief van haar advocaat uit haar zak stak. Ze kon wel raden dat het geen goed nieuws was, want Caroline was nog minder te genieten dan gewoonlijk.

'Nou, ik zat te denken,' zei Issy, die dapper tegen de stroom negatieve energie in zwom. 'Ik ben hier...'

'Alleen?' vroeg Caroline op scherpe toon. Issy gaf geen antwoord. Ze vond dat ze als baas best af en toe op haar strepen mocht gaan staan wanneer iemand zich misdroeg.

'... en Helena en Ashok wilden wat familie uitnodigen, dus zat ik te denken dat ik best hier in het café een kerstmaal kan houden.'

Caroline zei niets. Issy wist dat ze een vreselijk sarcastische opmerking zou hebben gemaakt als ze niet uitgenodigd wilde worden.

'Heb je zin om ook te komen?' vroeg Issy op vriendelijke toon.

Caroline haalde haar schouders op. 'Als je maar niet denkt dat ik na afloop alles schoonmaak,' zei ze terwijl ze snel met haar ogen knipperde.

'Als je niet meehelpt, mag je ook niet komen,' zei Issy. 'Iedereen moet de handen uit de mouwen steken. Maar het wordt heel leuk. En jij, Pearl?'

Pearl trok haar neus op. Meestal gingen ze alleen naar de kerk en hingen daarna voor de tv. Maar voor Louis zou het hier leuker zijn, als Ashoks neefjes en nichtjes hier rondrenden...

'Ik zou wel mijn moeder moeten meenemen,' zei ze. 'Ik kan haar op eerste kerstdag niet alleen laten.'

'Uiteraard,' zei Issy.

'En ik weet niet hoe we hier moeten komen, als er geen bus rijdt of zo...'

'O, ik haal jullie wel op met de Range Rover,' zei Caroline. 'Ik heb die ochtend verder toch niet veel omhanden.'

Ze viel snel weer in haar rol. 'Het is natuurlijk heerlijk om op kerstochtend het rijk voor mezelf te hebben. Ik maak er een dagje wellness van, echt tijd voor mezelf.' Opeens barstte ze in tranen uit.

Terwijl Issy Caroline troostte, dacht Pearl aan Ben. Ze had nog niet besloten of ze hem voor eerste kerstdag zou uitnodigen. Nou, dat was dan bij dezen beslist, dacht ze. Ze wilde nog steeds niet nadenken over waar hij die verrekte monstergarage voor Louis vandaan had. Maar als ze het tussen hen beiden leuk wilde houden – en dat wilde ze, echt waar – moest ze doen alsof hij het geld met werken had verdiend en alsof ze niet had gemerkt dat haar alimentatie was opgedroogd. In het nieuwe jaar zou ze hem er opnieuw op aanspreken. Ze dacht dat hij aannam dat ze meer verdiende dan hij, of dat ze het niet erg vond om alles te betalen. Ze zuchtte. Alles leek soms zo verrekte oneerlijk.

'Eh, en misschien ook...' Issy keek haar aan en trok haar wenkbrauwen op. 'Louis' vader?' fluisterde ze. Louis ging echter volledig op in de kersttrein en lette niet op.

Pearl haalde haar schouders op. 'Nou ja. Je kunt niet bepaald op hem rekenen.'

'Hm,' zei Issy. Ze had geen idee meer op wie ze kon rekenen en op wie niet. Het had ook geen zin om ernaar te raden.

'Prima,' zei ze. 'Mooi, dan hebben we hier een groot gezelschap. Ik kan maar beter op zoek gaan naar de grootst mogelijke kalkoen.'

'Mogen wij ook komen?' vroeg een vaste klant die had meegeluisterd.

'Nee,' zei Issy. 'Zulke grote kalkoenen bestaan er niet.'

Er klonk een collectieve zucht op van de tafeltjes.

'Mond houden en dooreten,' zei Issy, die naar beneden liep om haar leveranciers te bellen en erachter te komen of iemand een echt goede lastminute kalkoenleverancier kon aanbevelen.

'G'lukkeg'lukkeg'lukkeg'lukkig kesfees!' zong Louis naar de trein. Het was een liedje dat ze op school leerden. 'G'lukkeg'lukkg'lukkeg'lukkig kesfees. Ding dong! Ding dong! Ding dong!'

15

Chocola-cola-cupcakes met bruisend colaglazuur
Voor ± 12 grote cupcakes

200 gram bloem, gezeefd
250 gram lichte basterdsuiker
½ theelepel bakpoeder
snufje zout
1 groot scharrelei
125 ml karnemelk
1 theelepel vanille-aroma
125 gram ongezouten boter
2 eetlepels cacaopoeder
175 ml cola

Voor het glazuur
400 gram poedersuiker
125 gram ongezouten zachte boter
1½ eetlepel colasiroop (ik heb zelf SodaStream gebruikt)
40 ml volle melk
knettersnoep, naar smaak
zure colaflesjes, gekonfijte citroenpartjes, of zuurstokjes om mee
te versieren

Verwarm de oven voor op 180°C/gasoven stand 4. Bekleed twee
muffinvormen van 6 stuks met papieren cakevormpjes.
   Roer in een grote beslagkom bloem, suiker, bakpoeder en zout
door elkaar. Klop in een andere kom ei, karnemelk en vanille
door elkaar.

Smelt in een steelpan op laag vuur de boter met de cacao en de cola. Giet dit mengsel bij de droge ingrediënten en roer goed door met een houten lepel. Giet daarna het karnemelkmengsel erbij en roer totdat het beslag goed is gemengd.

Giet in de vormpjes en bak gedurende 15 minuten, of tot de cupcakes zijn gerezen en een satéprikker schoon uit het baksel komt. Laat afkoelen.

Mix voor het glazuur de boter en de poedersuiker door elkaar tot een glad mengsel – ik heb zelf een vrijstaande mixer met een platte menghaak gebruikt, maar je kunt ook een handmixer met klopper gebruiken. Roer de colasiroop en de melk in een kannetje door elkaar en giet dan bij het boter-suikermengsel, met de mixer op een lage stand. Als de vloeistof is opgenomen, zet je de mixer op een hogere stand en klop je het geheel licht en luchtig. Roer er voorzichtig naar smaak een deel van het knettersnoep door. Omdat het knettersnoep na verloop van tijd niet meer knettert, kun je het glazuur het best een paar uur voor gebruik maken.

Schep je glazuur in een spuitzak en spuit op je afgekoelde cupcakes. Versier met zure colaflesjes, een gekonfijt citroenpartje of een zuurstokje en een extra dun laagje knettersnoep.

Austins nieuwe assistente, MacKenzie, was ongelooflijk mooi. Ze was heel klein, met een afgetraind lichaam dat je alleen kon krijgen als je alleen sla at en heel vroeg opstond. Haar gezicht was strak, haar neus waarschijnlijk niet het origineel, haar haren waren buitengewoon veerkrachtig en glanzend. Ze had twee titels en een hele rij letters achter haar naam, en Merv had haar een toonbeeld van efficiency genoemd. Ze was ook, vermoedde Austin, een verschrikkelijke lastpak. Hij miste Janet nu al vreselijk.

'Zo, ik heb net uw dagprogramma uitgetypt?' zei ze op een staccato toon met een opwaartse stembuiging, waardoor alles als een vraag klonk. Maar het was, zo ontdekte Austin, geen vraag. Het was een bevel. 'En als u, zeg maar, voor al uw afspraken op tijd kunt zijn, hoef ik niet zoveel te bellen, om mensen te laten wachten? En als u, zeg maar, even wilt kijken naar mijn opbergsysteem met kleurcode, hebt u altijd de juiste dossiers bij u? En als u, zeg maar, elke dag rond halfelf uw lunchbestelling doorgeeft, kan ik die voor u halen? En het is belangrijk om, zeg maar, snel naar huurappartementen te kijken? En we gaan alvast aan de slag voor uw greencard, zeg maar, voordat u teruggaat om uw Londense filiaal te sluiten?'

Austin boog zijn hoofd en knikte snel in de hoop dat ze hem dan met rust zou laten. Ze stond met haar armen over elkaar voor hem. Voor zo'n klein iemand maakte ze vreselijk veel lawaai.

'En, weet u, ik besef dat u hier net bent,' zei ze, 'maar ik vind het, zeg maar, onprofessioneel om een kind in mijn kantoor neer te zetten? Ik vind het niet echt acceptabel? U weet dat ik een bachelortitel heb van Vassar? En ik weet niet eens zeker of het, zeg maar, wettelijk is toegestaan?'

Austin zuchtte. Hij wist dat het waar was. Hij kon Darny niet overal blijven dumpen. Ze werden er allebei gek van. Maar hij had beloofd nog een paar dagen te blijven, om alles op de rails te zetten. Dan zou hij naar huis gaan en binnen enkele weken zijn ontslag rondbreien, al was Ed, zijn oude baas, zo trots dat hij naar de grote jongens overstapte dat hij waarschijnlijk niet meer hoefde te doen dan een paar afscheidsbiertjes te drinken. Ed had ook bevestigd wat Austin al had vermoed: ze zouden geen vervanger voor hem zoeken. Ze moesten echt afslanken, ook al had Austin goed werk geleverd. Zijn baan zou verdwijnen om de belofte van de bank aan de aandeelhouders te kunnen vervullen. En dat betekende dat er sowieso geen weg terug was.

Hij wist niet wat hij anders met Darny aan moest. Hij was nog niet op de school aangenomen, en het zat er niet in dat hij zolang naar een crèche kon, hoe graag Austin dat ook zou willen.

'Als je dit een konijn aan zou doen, zou je strafrechtelijk worden vervolgd,' had Darny opgewekt aangekondigd toen Austin hem op zijn bank had neergezet met een Spiderman-stripboek en een zak chips ter grootte van een hoofdkussen, waar Darny zo luidruchtig van at dat Austin er gek van werd. 'Ik zou die oudere dame nog wel eens willen zien. Zij was cool.'

'Welke oudere dame?' vroeg Austin, die moeite had om te bedenken over wie Darny het had. Zolang ze geen zwarte punthoed droeg of in een peperkoekhuisje woonde, was hij inmiddels bereid het te proberen.

'Marian. Nee, Miriam, zoiets althans. Issy's moeder.'

'O ja,' zei Austin bedachtzaam. Hij was vergeten dat zij hier woonde. Ze hadden elkaar een paar keer gezien. Op het eerste gezicht leek ze hem aardig, een beetje getikt, maar grotendeels onschadelijk. Op basis van de verhalen die Issy hem laat op de avond had verteld, vond hij echter dat wat ze had gedaan wel degelijk beschadigend was. Maar ze kon wel oppassen, toch? Dat was nog het minste wat ze Issy verschuldigd was.

Toen schoot hem opeens weer te binnen hoe de zaken ervoor stonden met Issy, zoals hij zich dat tientallen keren per dag telkens weer herinnerde, en kon hij wel janken van ellende.

Hij deed het niet. Hij kon het niet. Darny schudde de enorme zak chips uit, zodat er een stofwolk naar de grond zweefde. Toen boerde hij luid.

'Ik bel haar wel,' zei Austin.

Issy zat tot haar wenkbrauwen in de marsepein toen de telefoon ging. Toch wist ze het, zoals je dat soort dingen nu eenmaal weet. Sommige telefoontjes klinken anders dan andere. Ze stond trouwens net aan Austin te denken.

Maar als ze eerlijk was, dacht ze de hele dag en de hele slapeloze nacht door aan Austin, en ook tijdens haar zeer schaarse dromen in de vroege ochtend. Dus.

Ze veegde haar handen af aan haar roze gestreepte schort en nam op. Onbekend nummer.

Zij kende het wel.

'Austin?'

'Issy?'

Ze slikte moeizaam. 'Ik mi...'

Toen onderbrak ze zichzelf. Ze had het er bijna allemaal uit gegooid, al het hartzeer, het verdriet en de angst die ze had dat ze hem zou kwijtraken. Haar behoefte aan aandacht en al haar onzekerheden kwamen omhoog. Maar wat schoot ze daarmee op? Wat zou het bewijzen? Dat ze hem met zo'n schuldgevoel kon opzadelen dat hij zijn geweldige leven zou opgeven? Dacht ze dat ze zo samen gelukkig zouden worden?

Ze probeerde het opnieuw. 'Ik sta marsepein te maken. Per tig strekkende meter.'

Austin beet op zijn lip. Hij zag haar zo voor zich, roze van de inspanning. Soms stak ze, als ze geconcentreerd met iets bezig was, zelfs het puntje van haar tong uit, net als een personage uit *Peanuts*. Daar stond ze. Ze deed waar ze het beste in was, was gelukkig, ging helemaal op in haar keuken. Dat kon hij niet van haar afpakken. Dat kon hij echt niet.

'Ik hou niet van marsepein,' zei hij.

Issy hapte naar adem. 'Nou, ten eerste denk je dat maar. En ten tweede heb je mijn marsepein nog nooit geproefd.'

'Maar ik hou niet van de smaak en ik hou niet van het mondgevoel. Ik vind trouwens dat mensen van smaak mogen verschillen als het om voedsel gaat.'

'Niet als ze het fout hebben.'

'Maar jij houdt niet van bietjes.'

'Omdat het paardenvoer is. Dat weet iedereen.'

'Nou, ik denk dat marsepein voer is voor... konijnen. Of eekhoorns. Die houden van noten.'

'Ik denk dat het wettelijk niet is toegestaan om een eekhoorn marsepein te voeren,' zei Issy.

'Ik zou het niet weten. Ik heb op school de eekhoorn-marsepeinweek helemaal gemist,' zei Austin.

Er viel een stilte. Issy dacht dat ze uit elkaar zou springen van verlangen. Waarom belde hij? Waren er wijzigingen? Was hij van gedachten veranderd?

'En?' vroeg ze.

'Eh,' zei Austin. Hij wist niet hoe hij kon zeggen wat hij moest zeggen zonder als een afgrijselijke klootzak te klinken. 'Het punt is,' zei hij, 'dat ik hier nog iets langer zal moeten blijven...'

Issy's hart zakte naar haar voeten als een lift in vrije val. Ze hoorde het breken, het hele lange eind naar beneden storten en in de peilloze diepte uit elkaar spatten.

Het enige wat ze zei was: 'O.'

'En, eh. Nou ja, ik vroeg me af...'

'Ik kan niet nog een keer naar je toe vliegen,' zei ze snel, op felle toon. 'Dat gaat echt niet. Doe me dat niet aan, Austin.'

O, jezus, dacht Austin. Dit ging nog slechter dan hij al had gedacht. Al besefte hij dat hij tijdens het intoetsen van haar telefoonnummer toch een beetje had gehoopt dat ze iets zou zeggen als: 'Lieverd, laten we een streep onder afgelopen week zetten. Laat me terugvliegen. Dan proberen we het opnieuw.'

Natuurlijk kon ze dat niet. Ze zat tot haar ellebogen in de marsepein. Hij spoorde niet.

'Eh, nee. Nee, dat snap ik,' mompelde hij. Hij vroeg zich af wat Merv zou zeggen als hij naast hem stond. Iets directs en relevants, stelde hij zich voor.

'Ik vroeg me af of ik het nummer van je moeder mag hebben.'

Issy barstte bijna in lachen uit, maar ze wist dat haar schaterlach zou ontaarden in een huilbui als ze dat deed.

'Waarvoor, een afspraakje?' vroeg ze.

'Nee, nee... voor Darny. Voor hulp met Darny.'

'Wat, omdat ik 'm ben gesmeerd?' vroeg ze.

'Nee,' zei Austin. 'Jij deed wat je moest doen. Het is eigenlijk voor hem. Hij vond haar aardig.'

'Zij hem ook.'

'Dus, misschien... Ik bedoel, terwijl ik wat dingen moet afhandelen...'

Zo zou Austins leven er voortaan uitzien, besefte Issy. Hij zou altijd een paar dingen moeten afhandelen. Zijn telefoon zou voortdurend overgaan. Zijn werk zou altijd voorrang krijgen.

'Natuurlijk,' zei ze. 'Ik zal het je sturen zodra ik heb opgehangen.'

Er viel een stilte. Ze wisten geen van beiden of dit betekende dat ze op het punt stond om op te hangen, en zo ja, hoe definitief dat was.

'Issy,' zei Austin om de stilte te verbreken.

Dat was te erg. Ze hapte naar adem.

'Nee,' zei ze. 'Zeg het niet, alsjeblieft. Laat 't. Ik stuur je het nummer.'

'Geen Kerstmis?' vroeg Darny en hij keek Marian verbijsterd aan. 'Hoe kan dat nou?'

'Leer je op school dan niets over religie?' mopperde Marian.

'Ja,' zei Darny. 'We leren dat alle godsdiensten zo supergeweldig zijn. Wat een onzin. En ik ben sowieso de klas uit gestuurd omdat ik niet wilde ophouden over de Inquisitie.'

'Mogen ze jullie niets leren over de Inquisitie?'

'Ik had een boek met plaatjes meegenomen,' zei Darny schouderophalend. 'Kelise Flaherty kotste het hele whiteboard onder. Nou ja, ze was de eerste die moest kotsen.'

Marian hield een glimlach in. 'Je doet me aan iemand denken,' zei ze. 'Hoe dan ook, wij hebben iets veel leukers. Het heet Chanoeka.'

'O ja. Dat heeft mijn vriend Joel ook. Hij vindt er niks aan.'

'Maar je krijg acht dagen lang elke avond een cadeautje! Het is het feest van de lichtjes.'

'Hij zegt dat het cadeautje uiteindelijk helemaal niets meer voorstelt. Zijn zus en hij hebben geklaagd en overal kerstbomen op getekend. Uiteindelijk hebben zijn ouders het maar opgegeven en vieren ze beide feesten. Hij heeft nu dus Chanoeka en Kerstmis.' Hij keek op naar Marian. 'Misschien doe ik dat ook maar.'

'Misschien,' zei Marian. 'Maar het is erg respectloos.'

'Mooi,' zei Darny, en hij gaf een trap tegen zijn stoel. Doordat hij op een barkruk zat om slokjes van zijn root beer float te kunnen nemen, reikten zijn voeten niet helemaal tot op de grond.

'Vind je het leuk om in de problemen te komen?' vroeg Marian vriendelijk.

Darny haalde zijn schouders op. 'Gaat wel. Als ik problemen heb met mijn docenten, heb ik minder problemen met de grote jongens. Dus, je snapt het wel. Al met al rossen docenten je minder snel af.'

Marian glimlachte. 'Ik snap wat je bedoelt. Ik spijbelde zelf aan één stuk door.'

'Dat doe ik ook,' zei Darny. 'Het enige probleem is: waar wij wonen, kent iedereen ons. Ik word voortdurend gezien door bemoeiallen, die het tegen Austin zeggen, en dan begint hij vreselijk te zuchten en kijkt hij me met die grote hondenogen van hem aan. Het is vreselijk. Ik zou willen dat ik ergens woonde waar niemand me kent. Waar ging jij heen als je spijbelde?'

'Ik ging altijd naar de kermis,' zei Marian. 'Ze gaven me gratis ritjes in de attracties.'

'Echt waar?' vroeg Darny. 'Dat lijkt me fantastisch.'

'Nou, het had wel bepaalde... consequenties,' zei Marian. 'Ik durf wel te stellen dat ik er uiteindelijk dik voor heb betaald.'

'Is dat een metafoor?' vroeg Darny. 'Of word ik geacht het meteen te begrijpen?'

'Jij bent veel te slim voor je leeftijd,' zei Marian. 'Als er een manier was om jongeren iets te laten begrijpen, en ze er dan ook nog naar te laten handelen – ha! Nou ja, dan hadden ze dat nu wel ontdekt. Maar jij mag je eigen fouten helemaal zelf maken.'

Ze gaf hem een klein bruin papieren pakje.

'Wat is dit, dan?' vroeg Darny. 'Mag ik het al openmaken?'

'Heb je dan helemaal niet geluisterd?' vroeg Marian, maar met een glimlach in haar krakerige stem. 'Natuurlijk mag je het openmaken.'

Darny pakte het uit. Er zat een klein, vierkant houten tolletje in met letters erop. Marian had verwacht dat hij het niet zou willen hebben, maar had gehoopt uit te kunnen leggen waar het vandaan kwam en wat het betekende. Ze mocht dit jochie wel. Hij had karakter.

In plaats van het als kinderspeelgoed opzij te gooien, pakte Darny het op, hield het voorzichtig vast en bekeek het vanuit alle gezichtshoeken.

'Ik kan de letters niet lezen,' zei hij. 'Ze zijn raar, net iets uit *Ben Ten: Alien Force*. Een stomme serie.'

'Het is een dreidel,' zei Marian. 'Je kunt er spelletjes mee spelen.'

Darny liet de dreidel tollen.

'Zo, ja. Lang geleden mochten joodse geleerden niet de

Talmoed bestuderen – het heilige boek. Daarom deden ze in plaats daarvan alsof ze een spelletje speelden. En morgen krijg je nog een cadeautje, en dat is dan *gelt*.'

'Wat is dat?'

'Dat zul je wel zien. Je bent er vast blij mee.'

'Kun je dat eten?'

'Nu je het zegt, ja. Ga je mee een stukje wandelen?'

'Het is ijskoud buiten.'

'Naar de bioscoop. Het is maar twee huizenblokken lopen – *Miracle on 34th Street* draait. Ik denk dat je die wel leuk vindt.'

'Dat klinkt als iets voor meisjes,' zei Darny aarzelend.

'Ik zal het tegen niemand zeggen,' zei Marian.

16

Carolines pasteiverrassing met rapen

Snijd rapen, champignons, radijsjes, spruitjes en een rode ui
klein en doe de stukjes in een schaal. Besprenkel licht met lijn-
zaadolie. Voeg komijn toe (niet te veel). Dek af met volkoren
pasteideeg. Bak.

   Zet de ramen tegen elkaar open. Bestel pizza.

Caroline zag Donald weer toen die drie dagen voor de
kerst Kates huis uit sloop. In zijn pyjama met voetjes leek
hij net een beertje. Hij zag dat ze naar hem keek en knipperde met zijn ogen, zijn duim in zijn mond. Caroline
keek hem streng aan en liep de indrukwekkende trap op.
Het huis was prachtig gerenoveerd door een aannemer
met wie zij een jaar geleden van bil was gegaan. De affaire
was gestrand toen hij had geprobeerd haar te trakteren op
een broodje bacon en ze allebei doorkregen dat ze samen
geen toekomst hadden. Hij was wel een goede aannemer.
Aan weerszijden van de bosgroen geschilderde voordeur
stonden onberispelijke buksboompjes.

   'Kom mee, jij,' zei Caroline. Ze nam Donald bij de hand
en belde aan. Toen er niet open werd gedaan, duwde ze de
deur open. De nanny hing uitgeput over een enorme berg
strijkgoed heen, terwijl de tweeling de prachtige trap met
de pas geverfde balustrade en de smaakvolle kunstwerken
op en af renden en met stokken naar elkaar sloegen.

   'Eh, mis je misschien iemand?' vroeg Caroline. De nanny
keek met een verslagen blik op.

'O,' zei ze. 'Hier, jij. Wilde hij weer weglopen?'

'Hij is een baby,' zei Caroline. 'Hij was gewoon op zoek naar zijn moeder. Waar is ze?'

De nanny haalde haar schouders op. 'In bed. Ze zei dat ze moest uitslapen na de jetlag. Ze zijn net terug van Cyprus.'

'Cyprus?'

Caroline beende de trap op.

'Kate! KATE!'

Er klikte een deur open.

'Heinke? Kan je die rotkinderen niet vijf seconden stil houden?'

'Kate?'

Kate droeg een duur uitziend zijden nachthemd en gaapte breed. Caroline keek op haar horloge. Het was elf uur geweest; ze had de vroege dienst gedraaid.

'Leuke vakantie gehad?'

Kate schrok wakker. Haar ogen werden groot. 'Caroline? Wat doe jij hier in hemelsnaam?'

'Jouw kinderen van straat plukken. Waar ben jij mee bezig?'

Kate snoof. 'O, bedankt voor je preek over kinderen. En wie heeft steen en been geklaagd tegen Richard over schoolgeld?'

Opeens klonk er in de slaapkamer achter haar een mannenstem. Beide vrouwen verstijfden.

'Het is niemand, schat,' riep Kate nog optimistisch terug. Maar het was al te laat. Caroline had het onmiskenbare stemgeluid van haar ex-man herkend. Ze had het gevoel alsof ze een stomp in haar maag had gekregen. Hier had die ploert zich dus verborgen gehouden! Geen wonder dat Kate en zij elkaar amper hadden gezien.

Je kon veel van Caroline zeggen, maar niet dat ze laf was. Ze haalde diep adem en stond fier rechtop als ze met tegenslag werd geconfronteerd, precies zoals ze dat op haar harde kostschool had geleerd.

'Lieve hemel, jullie weten wel van wanten,' wist ze uit te brengen. 'Ik hoop wel dat je een condoom hebt gebruikt, Richard. Weet je nog, die keer dat je iedereen chlamydia gaf?'

Kate werd bleek en hapte naar adem. Caroline draaide zich op haar hielen om. Beneden trok de nanny de stekker van het strijkijzer uit het stopcontact.

'Ik ga weg!' schreeuwde ze. 'Ik lijk wel slaaf van gek wijf! Ik zoek nu baan bij niet-gek wijf. Daag! Laat je kind niet steeds weglopen!'

De twee zusjes begonnen luidkeels te brullen in hun hippe Bretonse truitjes van Petit Bateau. Snot vloog tegen het William Morris-behang. Donald liet zijn pakje sap op het lichte tapijt van de overloop vallen. Caroline liep het huis uit.

'En doe, verdomme, die voordeur eens een keer achter me op slot!' brulde ze over haar schouder.

Later keek ze naar haar werk. Ze had voor haar kinderen een pastei in elkaar geflanst. Ze waren doodsbang voor haar kookkunst. Meestal probeerde ze hen zover te krijgen dat ze rauw voedsel aten. Vooral haar dochter Hermia probeerde zich, zelfs op haar negende, aan haar moeders uiterst kritische blik te onttrekken. Op school troostte ze zich met de machtige toetjes die de andere meisjes al opzijschoven. Dat was te zien.

Caroline voegde raap, kool, wortel toe, met een paar stukjes appel voor de smaak, en spoot er een wolkje laagcalorische olie over. Toen dekte ze het af met het pasteideeg. Ze zou Hermia voorstellen om dat te laten liggen, net zoals ze zelf deed.

Perdita was bezig in de keuken en keek aarzelend naar

de pastei, maar na een waarschuwende blik van Caroline droop ze af. Ook vuurde Caroline een e-mail af op haar advocaat om een extra schadevergoeding te eisen voor de pijn en het verdriet die Richards openlijke ontrouw haar bezorgde.

Omdat ze met haar tijd geen raad wist, nu Maya de middagdienst draaide en Issy terug was, ging ze vervolgens met haar fotoalbums aan tafel zitten. Zoals veel dingen in haar leven waren Carolines fotoalbums onberispelijk. Ze koos alleen de mooiste foto's van hen allemaal in zorgvuldig geensceneerde, volmaakte omgevingen – om het vuur in het skichalet, gekleed in bij elkaar passende truien en proostend met mokken warme chocolademelk (Achilles had gekrijst en geweigerd om de sneeuw aan te raken of naar buiten te gaan; Hermia was zo vreselijk gepest in haar skiklasje dat ze vijf maanden later nog met nachtmerries wakker werd); op hun privé-eilandje (Richard had vrijwel voortdurend lopen bellen; Caroline was gek geworden zonder kinderopvang en van alle muggen); mooi aangekleed voor een bruiloft (Richard had lopen flirten met een bruidsmeisje, Caroline was in tranen uitgebarsten, het huwelijk hield zes maanden stand tot de bruid ervandoor ging met de cateraar). Ze glimlachte treurig om de dure albums en de verhalen die ze níét vertelden.

Maar er waren ook andere verhalen, echte. Hermia die de engel uit de kinderkamer op de kerstboom zette, waarvan één tak helemaal doorboog onder de versierselen (zodra de kinderen naar bed waren, had Caroline de boom onmiddellijk heringericht, zodat hij er mooi uitzag). Ze keek naar de boom die ze dit jaar hadden. Hij was zilver met wit en uitermate smaakvol. Maar Hermia's engel stond er niet in. Caroline vroeg zich af waar hij was gebleven.

Daar had je Achilles, in net zo'n soort pyjamaatje met

voetjes als Donald had gedragen. Haar kleine, aanhankelijke zoontje, die nu vijandig en tegendraads keek als ze voorstelde dat hij een ander shirt aandeed of zijn tablet weglegde. Hier zat hij bij Richard op schoot. Richard had net een enorm grote, belachelijk pop uitgepakt, die hij van een of andere zakenreis mee had gebracht. Het was een reusachtige, onnozel uitziende papegaai met paarse en roze veren op zijn borst en een manische grijns. Hij was spuuglelijk en Caroline had hem direct na de kerstdagen naar de kringloop gebracht. Maar op de foto waren vader en zoon buiten adem van het lachen en leken ze opeens erg op elkaar. Het was een geweldige foto.

Caroline vloekte zacht. Perdita was weggegaan en in huis – voorzien van dubbel glas, uiteraard, en een flink eind van de straat gebouwd – was het opeens erg stil. Alleen het tikken van de prachtig gerestaureerde lichte, Franse staande klok op de gang doorbrak de stilte. Caroline wilde niet meer door fotoalbums bladeren. Ze wilde haar kinderen tegen zich aan trekken, hun pastei te eten geven en op de een of andere manier haar excuses aanbieden voor het gezin dat ze had ingeplakt, en voor het gezin dat ze bleken te zijn.

Ze besloot impulsief om hen uit school te halen – meestal bleven ze na voor de huiswerkklas, zodat ze wat tijd voor zichzelf had. De andere moeders aan het hek glimlachten zenuwachtig, maar begonnen geen praatje. Het was duidelijk dat ze dachten dat scheiden zo besmettelijk was als de neten. Caroline negeerde hen. Ze negeerde ook de verbazing – en, als ze eerlijk was, de bezorgdheid – op de gezichten van haar kinderen toen ze met hun mooie petjes op en blazers aan naar buiten kwamen, onder begeleiding van een docent die zo te zien achterdochtig was dat ze hun huiswerkclub oversloegen.

'Is er iets?' vroeg Achilles.

'Helemaal niet, schat,' loog Caroline. 'Ik wilde jullie gewoon zien. Dat is alles.'

'Is er iets met oma gebeurd?' vroeg Hermia.

'Nee, maar maak je geen zorgen. Als dat gebeurt, krijg jij een nieuwe pony. Nee hoor, kom maar mee, dan gaan we gezellig samen naar huis.'

'Ik heb een kerstversiering gemaakt!' zei Achilles en hij hield een mismaakte Kerstman met een enorm groot hoofd omhoog.

Normaal gesproken zou Caroline beleefd hebben geglimlacht. Vandaag pakte ze het aan. 'Dat is fantastisch!' zei ze. 'Zullen we hem in de boom hangen?'

De kinderen keken zenuwachtig.

'Ik dacht dat we de boom niet mochten aanraken,' zei Achilles.

'Dat zou ik nooit zeggen,' zei Caroline. 'Heb ik dat gezegd?'

De kinderen wisselden een blik.

'Oké, oké, geeft niks. Vandaag wordt het anders. En ik heb avondeten gemaakt! Pastei!' Ze nam Achilles bij de hand. Zeer tegen zijn gewoonte in liet hij dat toe.

'Wat voor pastei?'

'Verrassingspastei.'

Hun gezichten betrokken.

'Kom, vertel me hoe jullie dag was.'

En tot haar verwondering deden ze dat ook. Meestal vroeg ze Perdita om hen op te halen voor karate, zwemles, rekenbijles, of wat ze verder voor die middag op het programma hadden staan. Maar ze was verbaasd toen Hermia tijdens hun wandeling uitvoerig en tot in detail vertelde hoe Meghan, Martha en Maud haar beste vriendinnen waren geweest, maar dat ze nu niet meer allemaal beste vriendinnen konden zijn, en dat ze tegen haar hadden gezegd dat ze weer beste vriendinnen met haar zouden zijn als ze genoeg ruimte zouden hebben en als zij geen dikke buik meer had. Caroline luisterde aandachtig naar het hele verhaal dat Hermia volkomen toonloos afstak, alsof het doodnormaal was dat een groepje kleine meisjes zich soms tegen je keerde en uitlegde dat je niet meer bij hen kon horen. Ze keek naar Hermia's tegendraads zwarte bos haar dat ze van Richard had en vergeleek die in gedachten, zoals ze zo vaak deed, met de gladde blonde lokken waarmee de dochtertjes van haar vriendinnen waren geboren. Toen omhelsde ze Hermia stevig.

'Heb je zin in Kerstmis?' vroeg ze.

Hermia haalde haar schouders op. 'Niet echt,' zei ze. 'Ik ben bang bij oma Hanford.' Richards moeder was een angstaanjagend, grof gebouwd vrouwspersoon, dat op het platteland woonde in een spookachtig oud huis, dat ze weigerde te verwarmen.

'Maakt niet uit,' zei Caroline. 'De dag erna vieren we het echt.'

Toen ze thuiskwamen, pakte Achilles zijn schooltas uit. Dat leverde een berg boeken en huiswerk op.

'Ik weet stellig dat Louis McGregor pas huiswerk krijgt als hij negen wordt,' zei Caroline. 'Krijg je elke dag zoveel?'

Achilles verstarde en opeens zag Caroline niet de gebruikelijke ontevredenheid en halsstarrigheid op zijn gezicht, maar pure uitputting. Hij was nog maar zo klein. Veel te klein om in rijen achter ouderwetse tafeltjes te zitten en het op te nemen tegen andere kinderen die al even overbelast en angstig waren, en even hard hun best deden om in de smaak te vallen. Caroline streelde zijn gezicht. Ze vroeg zich af of het echt zo vreselijk zou zijn als Richard geen schoolgeld meer betaalde. Misschien als ze naar Louis' school zouden gaan, met hun zwarte geschiedenis-maand en aardappelstempels en... Nee. Dat zou belachelijk zijn.

Er kwam een vreselijke stank uit de keuken.

'Zullen we eens kijken of deze pastei heel vies is?' vroeg ze. 'En als dat zo is, zullen we dan pizza laten bezorgen?'

'Mogen we dan voor de tv eten?' vroeg Achilles, die de tijdelijke zwakte van hun moeder wilde uitbuiten. Vanwege het Aubusson-tapijt en de smetteloze retro eiken vloer was dit uit den boze; in Carolines voorkamer waren eten, schoenen, wijn of dieren niet toegestaan. Het was, zoals ze de interviewer vertelde in het denkbeeldige *Homes and Gardens*-artikel dat ze af en toe in haar hoofd afspeelde, haar oase; een toevluchtsoord te midden van de drukte en het rumoer van het leven in Londen. Ze zou erbij zeggen dat ze de kamer vaak gebruikte om te mediteren, ook al was ze daarmee opgehouden toen de scheiding begon, want als ze niet druk ergens mee bezig was, begon ze te bedenken hoe graag ze Richard wilde doden.

Caroline sloeg zuchtend haar ogen op. 'Oké. Voor deze ene keer.'

Ze keek door de televisiegids.

'Het is Kerstmis. Ze zenden vast ergens *The Wizard of Oz* uit.'

En dat was ook zo.

Issy's favoriete kerstliedje was 'Only At Christmas Time' van Sufjan Stevens. Het was zo mooi, en momenteel leek ze het overal te horen. Het begeleidde haar terwijl ze haar winkelwagentje vollaadde met boodschappen (Helena was meegekomen, maar toen Chadani Imelda was begonnen te krijsen bij de chocola, had Issy hen naar huis gestuurd), en het refrein volgde haar door de gangpaden: 'Only to bring you peace/ Only at Christmas time/ Only the King of Kings... Only what once was mine.'

Ze had het gevoel dat ze de wereld vanachter een wazig

masker bekeek, of door het verkeerde uiteinde van een telescoop: overal om haar heen liepen gezinnen – zij had geen gezin – en kinderen – ook niet – en gelukkige stelletjes die giechelden en naar takjes mistletoe wezen. En hier liep zij weeshuiswaardige ladingen spruitjes in haar karretje te laden omdat Ashoks familieleden vegetariërs waren, en zelfs al had Ashok haar verzekerd dat ze eten zouden meebrengen, was ze niet van plan haar gasten te begroeten met lege borden en een verwachtingsvolle blik.

Ze deed er paté bij, vulling, bergen aardappelen en heel veel noten voor het geroosterde notenbrood, ze klakte afkeurend met haar tong toen ze de ingrediënten van de mince pies bekeek en deed toen ook nog vier pakken knalbonbons in haar karretje. Ashok had erop gestaan voor het eten te betalen, maar omdat veel van zijn familieleden ook niet dronken, bedacht ze dat ze de drank beter zelf voor haar rekening kon nemen, of misschien kon iedereen wat bijdragen. Ze stond voor de schappen met sterkedrank, likeuren en veel dingen waarvan ze zich niet kon voorstellen dat mensen het de rest van het jaar zouden willen drinken, en zuchtte. Ze wist niet hoe ze zich op de dag zelf zou voelen, of haar afschuwelijk sombere bui iedereen depressief zou maken en ze een beetje teut moest worden om op te kikkeren. Of dat ze zich juist goed zou kunnen houden tot ze een paar glazen ophad, en dan zou eindigen als plasje op de vloer.

Een vrouw, jonger dan zij, reed haar aan met een buggy en trok een verontschuldigend gezicht. 'Sorry,' zei ze. 'Het is ook zo druk.'

'Welnee,' zei Issy. 'Maakt niks uit. Het kwam door mij. Ik stond hier maar zo...'

De vrouw glimlachte. 'O, je boft maar. Als ik blijf staan, krijst hij de hele supermarkt bij elkaar.'

Issy glimlachte beleefd terug. Ze vond niet dat ze bofte.

'En, gaan we naar huis, of hoe zit het?' vroeg Darny. Ze waren terug in de New York City Cupcake Store. Kelly-Lee reageerde triomfantelijk toen ze hoorde dat Issy naar huis was gegaan.

'Komt ze weer snel terug?' vroeg ze nadrukkelijk. Austin probeerde verstrooid flauwtjes naar haar te glimlachen en vergat haar toen helemaal.

'We kunnen niet naar Issy's moeder gaan,' zei Darny. 'Zij doen niet aan kerst.'

Austin beet op zijn lip. Hij wist dat Issy niet bij hem thuis was. Hij had het nummer tot diep in de nacht gebeld en had het eindeloos over laten gaan, ook al wist hij dat het dom was, en zinloos. Hoewel hij kon raden dat ze bij Helena logeerde, belde hij daar niet heen. In plaats daarvan belde hij zijn eigen nummer en liet hij de telefoon overgaan, stond hij zich, heel even, toe om te fantaseren hoe ze naar beneden zou kruipen in die lelijke oude fleecetrui die hij nog had uit de tijd dat hij dook, klagend over de koude houten vloeren die overal kraakten, hoe ze, op en neer springend op haar tenen, hem de les las dat hij haar zo laat belde terwijl ze alweer zo vroeg op moest staan en het hem daarna onmiddellijk vergaf.

'Nee,' zei hij. 'Merv heeft ons bij hem thuis uitgenodigd, als we daar zin in hebben. Hij zei dat ze met zovelen waren dat we er goed tussen zouden passen.'

Darny keek mistroostig naar zijn oudbakken appelkaneelmuffin.

'We passen er helemaal niet tussen,' zei hij. 'Dan zijn we die malle buitenlanders met die quasigrappige uitspraak die iedereen gaat lopen dissen.'

'Ik weet het,' zei Austin. 'Maar het punt is...'

Hij herinnerde zich vorig jaar. Giechelend onder het dekbed. Ze hadden zich niet willen aankleden, maar droegen hun 'nette pyjama' die Issy de volgende dag opborg en waarvan ze volhield dat ze die alleen bij bijzondere gelegenheden mochten dragen. Elkaar uitdagen om de Quality Street-snoepjes te proeven tot er alleen nog toffee over was. En later, toen Darny naar bed was, had Issy de kaarsen aangestoken en haar nieuwe diamanten oorbellen ingedaan, en haar bleke huid had gebaad in het zachte licht...

Austin knipperde twee keer driftig met zijn ogen. Nee. Het was tijd om de werkelijkheid onder ogen te zien. Om te doen wat hij altijd deed: er het beste van maken. Wat betekende dat het tijd was om het nieuws aan Darny te vertellen. Hij haalde de envelop uit zijn binnenzak.

'Het punt is, Darny. En ik weet dat ik boos op je zou moeten zijn, maar ik weet niet goed hoe, omdat ik vind, los van het feit dat je echt heel erg irritant bent, dat je verschrikkelijk je best doet.'

'Stil nou,' zei Darny, die de brief ondersteboven las. Hij deed zich niet langer groter voor dan hij was en zag er meteen twee jaar jonger uit. 'Van school getrapt? Echt waar?'

Austin haalde zijn schouders op. 'O, toe nou, Darny, je vroeg erom.'

'Dat is waar,' zei Darny.

'Je liet hun echt geen andere keus.'

'Hm.'

'En je vond het vreselijk op die school.'

'Ik vond het vreselijk op die school.'

Darny slikte. Hij was echt van streek, zag Austin.

'Ik dacht... Ik hoopte zo'n beetje...'

'Wat?'

Darny schopte tegen de tafelpoot. 'Stom van me...'

'Wat?'

Darny vertrok zijn gezicht. 'Ik dacht dat ze misschien tot inkeer zouden komen... misschien ook zouden vinden dat kinderen een stem zouden moeten hebben.'

Austin leunde achterover. 'Vertel me nou niet dat dit weer gaat om je campagne om kinderen stemrecht te geven.'

'Dat zouden we wel moeten krijgen,' zei Darny. 'Niemand luistert naar ons.'

'Ze doen niks anders,' zei Austin. 'O, verdomme. Ze zullen je dit nadragen als je het tot premier schopt.'

Darny leek opeens heel klein.

'Ik wilde niet... Ik had niet gedacht dat dit jou in de problemen zou brengen.'

Austin slaakte misschien de diepste zucht van zijn leven. 'Nee,' zei hij. 'Nee, daar had je niet aan gedacht. Want je bent pas elf en dan kun je nog niet zo denken. Maar o, Darny, had je er maar wel aan gedacht.'

'Moet ik nu naar King's Mount?' zei Darny met een ondertoon van paniek. 'Daar villen ze kinderen, Austin. Vooral als ze klein zijn. Herinner je je die bende nog die al die kinderen uit groep zeven gebrandmerkt had?'

'Dat weet ik nog,' zei Austin op sombere toon. King's Mount was vrijwel voortdurend in het nieuws. 'Dat is ook de reden,' zei hij terwijl hij om zich heen keek, 'waarom ik denk dat we hier moeten blijven, Darny. Ze hebben hier geweldige scholen, niet te geloven zo mooi, die onafhankelijke denkers met open armen ontvangen en allerlei onwijs leuke dingen doen. Daar leer je leeftijdsgenoten uit de hele wereld kennen enne, nou ja, ik denk echt dat je het daar naar je zin zult hebben, en...'

'Blijven we hier? In New York?'

Darny keek naar hem. Austin was voorbereid op tranen, geschreeuw, verzet – alles behalve die blik.

'Geweldig!' zei Darny, en hij stootte zijn vuist in de lucht. 'Het kan nooit erger zijn dan die bak ellende. Cool! Kon Stebson me nu maar zien! We gaan in New York wonen! Wauw! Wanneer komt Issy terug?'

'Ze... misschien komt ze niet terug,' zei Austin. 'Ze vindt het lastig om de winkel achter zich te laten.'

'Doe niet zo dom,' zei Darny. 'Natuurlijk kan ze dat. Ze heeft massa's personeel.'

'Zo eenvoudig ligt het niet,' zei Austin. 'Het is haar bedrijf.'

Darny keek hem sprakeloos aan. 'Ze komt helemaal niet?'

Kelly-Lee kwam naar hen toe. 'Hoe gaat het hier? En sorry, maar ik hoorde jullie praten – blijven jullie echt?'

'Daar ziet het wel naar uit,' zei Austin.

'O, dat is geweldig! Aan mij heb je een goede nieuwe vriendin.' Ze legde haar hand op zijn schouder. 'Ik laat je de stad zien. En jou ook, lieffie. Ik weet zeker dat we dikke maatjes worden.'

Darny keek haar aan zonder iets te zeggen en trapte onbehouwen tegen de tafel. Na een tijdje zei hij zacht: 'Ik denk dat het door mij komt. Ik denk dat het mijn schuld was.'

Austin keek hem schuin aan. 'Wat?'

'Dat Issy niet terugkomt.'

'Denk je dat jij Issy hebt weggejaagd?'

'Ik deed het slecht op school. Daarna was ik gemeen tegen haar.' Darny keek vreselijk verdrietig. 'Ik deed het niet expres, Austin. Ik bedoelde het niet zo. Het spijt me. Het spijt me.'

'Sst, sst,' zei Austin, die opeens zin had om te vloeken. 'Nee. Natuurlijk niet. Natuurlijk kwam het niet door jou. Ze is gek op je.'

Darny begon te huilen.

'Het was mijn schuld,' zei Austin. 'Ik was een egoïstische idioot. En er speelde van alles en ik dacht, domme lul die ik was, dat het geweldig zou zijn en dat ik moest instappen, en nou ja, daar zitten we dan...'

Darny zag er niet langer uit als een agressieve prepuber.

Hij had alles weg van een verdrietig, bang jongetje.

'Zorg alsjeblieft dat ze terugkomt,' zei hij. 'Alsjeblieft, Austin.'

Austin slikte moeizaam. Hij gaf geen antwoord.

17

Issy had al het eten en drinken in de kelder uitgepakt, plus zoveel willekeurige cadeautjes als ze tijdens een supersnel bezoek aan Boots mee had kunnen grissen. Boven was Maya nog steeds aan het werk en zaten Pearl en Caroline gezellig te kibbelen over hoe oud kinderen moesten zijn voordat je ze vertelde dat de Kerstman niet bestond. Caroline vond dat als ouders hard voor hun geld hadden gewerkt, kinderen zich daar bewust van moesten zijn en moesten leren hoe duur dingen waren. Pearl was het daar niet mee eens. Het was de zaterdag voor Kerstmis en Louis zat een kerstmanbaard voor zichzelf te maken van een enorme dot watten, karton en plakband. Hij had ook een puntmuts op die Grote Louis hem cadeau had gedaan en glimlachte vriendelijk naar andere kinderen die het café binnenkwamen.

'Ik ben niet de echte Kesman,' zei hij hulpvaardig tegen een klein meisje. 'Wil jij ook een baard?'

Het meisje knikte en het duurde niet lang of Louis had van zijn handarbeid een goedlopend ambachtelijk bedrijfje gemaakt. Na enige tijd kwam er een kleine vrouw in haar eentje binnen en bestelde alleen een glas groene thee. Ze keek uitgebreid om zich heen, begon toen driftig notities te maken in een blocnootje en boog opzij.

'Mag ik er ook een?' vroeg ze.

'Ja' zei Louis. 'Maar ga dan niet net doen alsof u de Kesman bent. Want dat bent u nu eenmaal niet.'

'Ik denk niet dat iemand mij ooit zou verwarren met de Kerstman.'

'Of een pliesie. U mag zich ook niet vermommen als een pliesie.'

De vrouw keek verbluft en verzekerde Louis dat ze niet van plan was om zich als politieagent voor te doen.

'Sorry,' zei Pearl door haar dikke witte baard. 'Hij mocht van zijn vader naar *Terminator 2* kijken en hij werd er doodsbang van.'

'Dat verbaast me niks. Ik vond het ook eng, en ik ben nog wel volwassen.'

Louis vestigde zijn warme bruine ogen op haar. 'Het is niet echt, hoor, mevrouw. Het is gewoon een film. Gaat u maar weer slapen.'

Opeens grijnsde de vrouw breed en sloeg met een klap haar blocnootje dicht. Ze keek Pearl aan. 'Oké, oké,' zei ze. 'Ik geef me gewonnen. Ik heb het helemaal gehad. Het is bijna Kerstmis en ik ben echt bekaf.' Ze liep naar de toonbank en stak haar hand naar Pearl uit. 'Abigail Lester. *Super Secret Londen Guide*. Stijlredactie.'

Pearl gaf haar beleefd een hand zonder enig benul te hebben waarom. 'O. Hallo.'

Caroline sprong als een gevilde kat over de toonbank. 'Abigail!' gilde ze, alsof ze hartsvriendinnen waren. De vrouw keek van haar stuk gebracht.

'Eh, is dit uw onderneming?' vroeg ze.

'Nee, hij is van het meisje dat staat te huilen in de kelder,' zei Pearl. 'Wacht even. ISSY!'

'Mag ik je een cupcake van het huis aanbieden... warme chocolademelk? Een glaasje wijn? Niet dat we wijn verkopen, maar we hebben het in huis voor de vrijdagavond...' Caroline ratelde maar door en Pearl begreep er nog steeds niets van.

'Nee hoor, dank je wel. Ik zie aan de tevreden klanten dat alles hier heerlijk smaakt.'

Issy kloste afgemat en met brandende ogen de trap op.

Het leek wel of haar jetlag na de terugreis uit Amerika niet was weggegaan, maar juist intenser was geworden en zich in haar huid had genesteld, alsof ze wel wakker wilde worden, maar dat niet kon, omdat ze wist dat ze dan de wereld zou zien zoals die was: een ruimte waarin Austin duizenden kilometers bij haar vandaan was en daar altijd zou blijven.

'Gefeliciteerd,' hoorde ze iemand zeggen. Issy kneep haar ogen iets dicht en zag het slanke meisje met het blonde haar. 'We zullen het officieel pas in de volgende editie aankondigen, maar jullie hebben de prijs gewonnen voor de mooist versierde winkel.'

Issy knipperde met haar ogen.

'Dat kleine mannetje daar heeft de doorslag gegeven,' zei Abigail met een blik naar Louis, die wist dat hij iets goed had gedaan en nu zat te wachten tot hij hoorde wat dat was. 'Gratis kerstmanbaarden uitdelen is een vorm van klantenservice die duidelijk een stap verder gaat. Goed gedaan, jongeman.'

'Dankoe wel,' zei Louis zonder aansporing.

'Dus, we sturen een fotograaf... En er komt een cheque voor vijfhonderd pond jullie kant uit. Gefeliciteerd!'

Abigail verwachtte duidelijk dat Issy iets zou zeggen, maar die kon niet veel meer uitbrengen dan een gemompeld bedankje.

'Het was natuurlijk helemaal mijn concept,' zei Caroline, terwijl ze dichterbij kwam. 'Ik kan je al mijn leveranciers noemen, en al mijn inspiratiebronnen in de wereld van binnenhuisarchitectuur.'

'Nou, dat wil ik wel,' zei Abigail. 'Hier heb je mijn kaartje. We bellen volgende week wel als iedereen thuis zit bij te komen van de kerst – dan kunnen we in alle rust de foto's maken.'

Caroline griste het kaartje weg voordat Issy zelfs maar haar hand kon uitsteken.

'Doen we! Kus! Kus!'

Toen Abigail met haar baard om wilde weggaan en een kus kreeg van Louis, draaide Caroline zich triomfantelijk om.

'Wat is er nu eigenlijk net gebeurd?' vroeg Issy vermoeid.

'De mooist versierde winkel! Ik wíst gewoon dat we zouden winnen. Ik denk dat het te danken moet zijn aan mijn geraffineerde trompe-l'oeil-engelenhaar.'

'Vast wel,' zei Issy, die probeerde een glimlach te trekken. Ze hadden het zonder haar toch goed gedaan. Dat was een bitterzoet gevoel. 'Vijfhonderd pond? Nou, ik vind dat jullie die maar moeten delen als een extra kerstbonus. Ik kan het jullie voorschieten als je wilt.'

'Nou ja, conceptueel gezien was het eigenlijk mijn...' begon Caroline, maar na een snelle blik van Issy maakte ze haar zin niet af. Pearls hart maakte een sprongetje, maar ze wilde niet onbillijk zijn.

'Het was Carolines concept,' zei ze. 'En zij heeft ons aangemeld.'

Caroline keek naar Pearl, stomverbaasd over haar grootmoedigheid.

'O nee,' zei Issy. 'Het kwam door Louis' baarden. Dat heeft ze zelf gezegd. Dus eigenlijk is het zijn prijs. Bovendien heb jij al die nieuwe versierselen elke dag schoongemaakt en afgestoft.'

Caroline kon er niet tegen dat iemand grootmoedig was, zonder dat zij een duit in het zakje deed. 'Ik zou er natuurlijk niet aan moeten denken om meer te nemen dan mijn rechtmatige aandeel,' zei ze. 'Voor het geld hoef ik het immers niet te doen.'

Pearl en Issy wisselden een glimlachje, en terwijl Issy om zich heen keek in de prachtige winkel en de tevreden klanten, had ze het gevoel dat ze toch ergens wel wat kerstgevoel uit moest kunnen putten.

'Ik heb je baard af,' zei Louis op ernstige toon, en hij hield op karton geplakte watten omhoog, met lussen van plakband voor over haar oren.

'Dank je wel, Louis,' zei Issy. En ze hing de baard voor haar kin.

Op kerstavond werd de traditionele doos wijn bij Issy's oude huis bezorgd – haar moeder had duidelijk niet beseft dat ze was verhuisd. De wijn was koosjer, zag ze. Ze belde Marian, maar kreeg haar niet te pakken. Haar moeder zou toch geen kerst meer vieren, nam ze aan. Dat had ze trouwens nooit gedaan, niet echt.

Alles stond klaar voor morgen. Al het eten was klaargemaakt en afgedekt met keukenfolie. Het kon zo de grote industriële oven van het café in. Morgen moesten ze alle aardappels schillen, maar daar waren dan mensen genoeg voor. Bijgerechten als cranberrysaus en in boter gestoofde kool had Issy maar al te graag uitbesteed aan Marks & Spencer. De koosjere wijn kon bij de flessen champagne staan die Caroline zou aanleveren en de twee flessen whisky die Ashok van een dankbare patiënt had gekregen. Helena en zij bleven tot laat zitten kletsen terwijl ze cadeautjes inpakten voor Chadani Imelda, die niet wist wat er aan de hand was, maar wel vermoedde dat er iets was en dat als excuus gebruikte om laat op te blijven. Ashok hield zich met haar bezig. Nu en dan rende hij langs de zitkamer, achter een gillend meisje aan dat een vieze luier boven haar hoofd hield. Helena en Issy negeerden het tafereel.

Zij praatten over de toekomst.

'De woning boven het café staat leeg,' vertelde Issy. 'De eigenaar weet niet zeker of hij weer wil verhuren of gaat verkopen. Hij verwacht er meer voor te kunnen krijgen vanwege de locatie. Dus per saldo heb ik mezelf met mijn heerlijke bakgeuren uit de markt geprijsd.'

'Nou, waarom vraag je niet of jij hem mag huren. Hij weet al dat je een goede huurder bent. Dan kun je later alsnog besluiten wat je wilt doen.'

'Hm, misschien,' zei Issy.

'En wij zijn hier ook niet zo heel lang meer,' bracht Helena in het midden. 'Zodra ik weer aan het werk ga, kunnen we een hogere hypotheek krijgen en gaan we verhuizen. We hebben sowieso een tuin nodig voor Chadani Imelda.'

Chadani Imelda reed nu paardje op Ashoks rug en zat onbedaarlijk te giechelen.

'Dan kun jij hier weer intrekken.'

'Dat zou kunnen,' zei Issy, terwijl ze naar de roze keuken keek en naar de fijne oude leunstoelen met verschoten bloemetjesbekleding, die nu compleet bedolven waren onder enorme bergen cadeautjes. 'Ik weet het niet. Misschien moet ik gewoon eens verder kijken.'

'Ik heb me aangemeld als verpleegkundige,' zei Helena. 'Bij een uitzendbureau. Moet je zien.' Ze hield een dik pak papier omhoog.

'Wauw,' zei Issy. 'Wat zei je toen ze vroegen waarom je weer wilde gaan werken?'

'Ik zei: lieve mensen, ik kan op vele terreinen fantastisch goed zijn.'

'Heb je dat zo gezegd?'

'Ja, precies zo. Nee, joh. Ik heb ze er gewoon aan helpen herinneren dat ze in hun handen mogen knijpen dat ik voor ze wil werken en gezegd dat ze niet zulke impertinente vragen moeten stellen.'

'Zo, hé,' zei Issy.

'Kijk even de andere kant uit,' zei Helena. 'Ik moet je cadeautje inpakken.'

'O, doe niet zo mal,' zei Issy.

'Ik meen het! Kijk de andere kant uit, anders krijg je niks.'

Issy ging mopperend in de deuropening staat. Chadani Imelda droeg haar onderbroek nu op haar hoofd. Ashok gromde naar haar en deed alsof hij een beer was. Issy stond glimlachend naar hen te kijken. Het was een leuk gezicht. Ashok besefte dat ze toekeek en keek naar haar op. Hij hield op met grommen.

'Jij had dit ook kunnen hebben,' zei hij op serieuze toon.

Issy voelde hoe ze verstijfde.

'Jullie hadden dit samen kunnen hebben. Jullie hebben je erg dom gedragen.'

'Ashok, houd daar onmiddellijk mee op!' klonk een stem uit de zitkamer die geen tegenspraak duldde.

'Ik wil gewoon dat Isabel gelukkig is. Wil jij dan niet dat Isabel gelukkig is? Jij wilt maar dat ze nieuwe etages gaat huren, in plaats van dat je zegt: goh, Isabel, wat was het fijn toen je gelukkig was, want dat waren je vrienden ook, dus was iedereen gelukkig.'

'Ik waarschuw je,' klonk de stem weer.

Issy kreeg een brok in haar keel. 'Ik kon er niets aan doen,' zei ze. 'Ik ben niet degene die is weggegaan.'

'Weet je dat zeker?'

'Het komt wel goed.'

Ashok nam Chadani in zijn armen en wreef met zijn neus langs haar zachte, olijfkleurige wangetje.

'Ik wil dat het beter wordt dan "wel goed", Isabel.'

Helena stampte de kamer binnen. 'Bed! Bed, bed, bed. Iedereen gaat nu naar bed.'

18

Engelse kerstpudding-cupcakes

100 gram ongezouten boter
100 gram stroop
50 gram suiker
2 eieren
1 theelepel kaneelpoeder
1 theelepel gemberpoeder
½ theelepel kardemom
½ theelepel kruidnagelpoeder
250 gram patentbloem
25 gram ongezoet cacaopoeder
1/2 theelepel baksoda
2 theelepels bakpoeder
1 theelepel zout
100 ml melk
1 theelepel cognac
1 theelepel vanille-extract

Verwarm de oven voor op 170°C/gasoven stand 3 en vet de cupcakebakvorm in.

Meng de droge ingrediënten door elkaar en zeef ze. Zet apart.

Mix boter, stroop en suiker op middelhoge stand romig. Voeg de eieren een voor een toe en blijf steeds kloppen tot elk ei helemaal in het beslag is opgenomen. Voeg daarna de vanille en cognac toe.

Voeg de droge ingrediënten in drie porties toe en giet er tussendoor twee keer melk bij. Klop elke keer goed door elkaar.

Bak ongeveer 20–22 minuten. Versier desgewenst met cognacboterglazuur.

'Gelukkig kesfees! Gelukkig kesfees allemaal!' Louis gaf zijn moeder en oma allebei een stevige zoen.

'Het is halfzes,' zei Pearl. 'Ga slapen.'

'De Kesman is wel gekomen!'

Louis wees opgewonden naar de kous onder het boompje dat ze elk jaar opzette en dat vol hing met zijn versierselen. Pearl had zijn grote cadeau achtergehouden tot ze in het café waren. Thuis kon ze het nergens verstoppen. Maar hij had zijn kleine cadeautjes alvast gekregen, stuk voor stuk ingepakt.

'Kun je alsjeblieft weer gaan slapen?' vroeg ze versuft. Ze was nog steeds hondsmoe en het was ijskoud in huis. Ze liet 's nachts de verwarming niet branden en het was opeens akelig koud geworden.

'Néééééé.' Louis schudde krachtig zijn hoofd om te laten zien hoezeer hij dat echt niet kon. Pearl had geen flauw idee hoe ze een vierjarige zover kon krijgen dat hij op kerstochtend weer naar bed zou gaan.

'Goed, dan,' zei ze. 'Wil je dan je kous heel stilletjes...'

'Ik heb het koud, mama.'

'... heel stilletjes in bed komen openmaken?'

Louis klom zielstevreden naast haar in bed en begon heel luidruchtig de cadeautjes open te trekken die Pearl gisteravond laat snel met plakband had dichtgeplakt.

'Mama! Een tandenbo'stel!' riep hij verrukt uit. 'En ik heb een sinaasappel! En sukkelaatjes! En sokken! O, sokken,' zei hij op iets normalere toon.

'Ja, maar het zijn wel monstergaragesokken,' zei Pearl.

Louis' ogen schoten door de kamer. Er was geen cadeau – dat kon ook niet – dat groot genoeg was om een monstergarage te zijn. Hij probeerde nonchalant te kijken.

'Ik hoef geen monste'gawage,' zei hij zacht.

Pearl voelde de adrenaline door haar lijf stromen en was opeens klaarwakker. Ze had de monstergarage na sluitings-tijd naar het café gebracht. Meteen nadat ze Issy's cheque op haar rekening had laten bijschrijven, had ze zich met bonkend hart en klam van opwinding naar Argos gehaast. Ze wist dat ze een deel van dat geld opzij moest leggen voor gas, water en licht en voor de onvermijdelijke prijs-verhoging van het openbaar vervoer per januari. Eigenlijk moest ze, besefte ze, terwijl ze tegen de ijskoude wind in liep, voor zichzelf een nieuwe winterjas kopen. Deze was zo dun... en ze zou dolgraag een paar van die warm uitziende laarzen van schapenvacht willen die ze meiden nu zag dragen. Maar nee. Ze zou alleen dit cadeau kopen. Alleen vandaag.

'Hebt u een monstergarage?' vroeg ze nadat ze met wilde blik de winkel binnengerend was. Ze was al de hele dag in paniek dat ze uitverkocht waren. Het was het meest suc-cesvolle speelgoed van het jaar. Er had een stuk in de krant gestaan over een gevecht dat in een grote speelgoedwinkel was uitgebroken om wie de laatste monstergarage mocht kopen. Blijkbaar gingen ze op eBay voor honderden pon-den van de hand. Maar ze moest het proberen. Dat moest.

Het was stil geworden in de winkel, en het drong nu pas tot Pearl door dat haar dunne jas doorweekt was van de natte sneeuw. Toen herinnerde ze zich dat je bij Argos niet aan de toonbank vroeg wat je wilde, maar dat je een formuliertje invulde. Iedereen stond naar haar te kijken. Toen had de aardige verkoopster geglimlacht. 'U hebt echt geluk,' zei ze. 'Onze laatste levering was vertraagd en is nog maar net binnen. Dat is voor de meeste mensen veel te laat. Ik lig al de hele week onder vuur vanwege die garage.'

Ze liet een dramatische stilte vallen.

'Maar goed, we hebben ze.'

Terwijl Pearl met trillende handen het bestelformulier invulde hoorde ze mensen om zich heen telefoneren – 'Ze hebben ze! Ze hebben hier monstergarages' – en snel hun bestelling plaatsen. De winkel liep vol met mensen die op het nieuws af kwamen.

'Oeps,' zei de verkoopster toen Pearl de grote, felgekleurde doos aanpakte. 'Zo te zien hebt u een stormloop veroorzaakt.'

Pearl had ook ongelooflijk spilzuchtig een vel verschrikkelijk duur, zilverkleurig inpakpapier gekocht en pakte het cadeau eerbiedig in met een grote rode strik. Daarna had ze het tot de volgende dag onder de oven verstopt.

Toen ze bijna thuis was, ging haar telefoon.

'Pearl,' zei Caroline, 'ik wil een deel van dat geld terug.'

'Nou...' Pearl probeerde niet te laten blijken hoe opgewonden ze was. 'Herinner je je dat de Kerstman weet dat je naar het Cupcake Café gaat? Ik denk zomaar dat hij daar langs is geweest. Want je weet dat ze daar een echte schoorsteen hebben.'

'O ja,' zei Louis, die meteen opmonterde. Hij dook weer in zijn kous en kwam boven met een pakje plakplaatjes.

'Plakplaatjes!'

'Kun je ook iets stiller zijn?'

'Wil jij de Kesman vertellen dat ik het niet meende, toen ik zei dat ik geen monste'gawage hoefde?'

'Ik weet zeker dat de Kerstman dat al weet.'

'Net als het kindeke Jezus.'

'Precies.'

'Dank u voor de kadoosjes, kindeke Jezus.'

Pearl besloot dat langs zich heen te laten gaan. Licht kreunend duwde ze zich uit het bed omhoog om de verwarming aan te steken en koffie te zetten. Het zou een lange dag worden.

Caroline werd in haar eentje wakker in het enorme twee-persoonsbed met de smetteloze lakens van Egyptisch katoen en de talloze kussentjes, hoofdkussens en andere parafernalia (het was niet zozeer een bed als wel een veilige haven voor haar ware ik, vond ze). Even deed het haar vreselijke pijn dat ze op kerstochtend in haar eentje wakker werd.

Toen dacht ze terug aan gisteren. Er viel natte sneeuw en er woei een ijskoude wind. Desondanks gingen de rugbytraining en vioollessen gewoon door – veel ouders vonden het niet ideaal om kinderen vakantie te geven; daar werden ze maar slap van. Hermia en Achilles waren braaf opgestaan en wilden zich net gaan aankleden toen Caroline in haar lange Japanse ochtendjas bij hen langskwam.

'Nou,' kondigde ze aan, 'ik heb een besluit genomen.'

De kinderen keken haar aan.

'Het is vreselijk vies weer. Wie hebben er zin om de hele dag binnen te blijven en hun pyjama aan te houden?'

De kinderen hadden instemmend gebruld. Dus had Caroline de verwarming hoger gezet (normaal gesproken vond ze een warm huis vreselijk ordinair en slecht voor de huid) en hadden ze naar *Mary Poppins* gekeken. Daarna hadden ze het Ladderspel gespeeld, waarna Achilles een dutje was gaan doen. (Hij had een druk programma en de school stelde hoge eisen aan hem, zodat hij bijna voortdurend moe was. Dat verklaarde ook, besefte Caroline, waarom hij continu liep te dreinen, iets wat Louis bijna nooit deed. Caroline dacht eerst dat Louis altijd zijn zin kreeg, maar ze begon te vermoeden dat dit niet zo was.) Ondertussen waren Hermia en zij naar boven gegaan en had Caroline haar al haar make-up en kleren laten uitproberen. Ze had naar haar spiegelbeeld gekeken en beseft dat haar mooie dochter op het punt stond om te veranderen in een mooie puber (als ze tenminste haar houding kon verbeteren, dacht Caroline onwillekeurig), en dat ze zich daarvoor moest wapenen.

Voor het avondeten had ze Chinees eten laten invliegen en na afloop zaten ze om de boom met een doos chocolatjes. Caroline dronk een glas champagne en liet hen allebei proeven. Daarna hadden ze hun cadeautjes opengemaakt.

In tegenstelling tot vorig jaar, probeerde Caroline deze kerst niets te bewijzen. Ze probeerde Richard niet te kwetsen door hem voor de voeten te werpen hoe goed ze de kinderen kende, of hoezeer ze vooral haar kinderen waren, of hoeveel van zijn geld ze aan hen kon besteden. Ze had gewoon aan hen gedacht en iets voor hen uitgezocht waarvan ze dacht dat zij het leuk zouden vinden, ongeacht of het een bende zou maken in haar minimalistische ruimte en of het ten koste zou gaan van hun kansen om op een goede universiteit te worden toegelaten.

Daarom kreeg Hermia een tablet met een modeontwerpersprogramma erop en een paar modepoppen. Achilles kreeg een Scalextric-racebaan, en ze nam zelfs de tijd en de moeite om die samen met hem in elkaar te zetten. Doordat de kinderen zoveel aandacht van haar kregen, merkte ze, hadden ze geen behoefte om ruzie te maken of elkaar uit te schelden.

Dit lijkt best makkelijk, dacht Caroline. Misschien moet ik er een boek over schrijven en een internationale goeroe worden, net als die vrouw in Frankrijk. Toen keek ze om zich heen in de zitkamer, waar het nu een vreselijke rotzooi was, en boerde ze het Chinese eten op dat ze eigenlijk niet had moeten eten. Ze vroeg zich af of Perdita het erg zou vinden om op eerste kerstdag te komen werken en besefte dat ze toch maar geen opvoedgoeroe zou worden.

Maar ze kon wel haar best doen.

Tegen de avond kwam Richard in de verwachting de gebruikelijke litanie van bittere verwijten, norse kinderen en verbolgenheid aan te treffen, gistend in het onberispelijke huis waarvan hij de hypotheek en het schoonhouden betaalde.

In plaats daarvan was het huis een augiasstal en zaten de kinderen – zaten ze echt te lachen? Zat iedereen hier zomaar te lachen? Had Caroline een pyjama aan? Dan waren pyjama's zeker weer mode. Waarschijnlijk was het een ontwerp van Stella McCartney en had het hem een vermogen gekost.

'Papa!' hadden de kinderen gegild. 'Kom eens kijken wat we hebben gekregen! En wat we hebben gedaan.'

Richard schonk Caroline een zenuwachtig flauw glimlachje. Kate bleek al net zo lastig te zijn als Caroline – vooral als het ging om geld, aandacht en attitude in het algemeen. Hij vervloekte, voor de zoveelste keer, zijn voorkeur voor afgetrainde blonde vrouwen. Maar Caroline leek in een milde stemming te zijn.

'Hé, ik heb een fles champagne open,' zei ze. 'Heb je zin om vijf minuutjes binnen te komen?'

Dat had hij wel. En ze hadden het zowaar gepresteerd om een beleefd gesprek te voeren over de afronding van hun scheiding en een manier om hun leven op te pakken, terwijl de kinderen tussen de bergen inpakpapier zaten te spelen, en Caroline zei weliswaar dat ze had gehoord dat Kate een heel groot, ongelooflijk luxueus tweedebruiloftsfeest wilde, maar dat was puur om het genoegen te smaken Richard een beetje bleek te zien worden. Al met al gedroeg ze zich echter keurig en proostten ze als volwassenen.

En toen Caroline op kerstochtend rechtop zat in haar bed en naar de cadeautjes van de kinderen keek die ze open zou maken als ze hen vanavond zag voelde ze zich voor het eerst niet rancuneus, eenzaam of boos. Ze voelde zich vooralsnog... goed.

Toen herinnerde ze zich de afgrijselijke rotzooi die ze in de keuken zou moeten opruimen en slaakte ze een diepe zucht.

Issy werd wakker toen Chadani Imelda op haar gezicht klom. Toegegeven, ze lag in haar kamer, al had Chadani er al sinds haar geboorte op gestaan om bij haar moeder te slapen (Ashok deed alsof hij dat niet erg vond, en als iemand ernaar vroeg, loog Helena of het gedrukt stond). Het peuterbed dat er met zijn naar buiten krullende hoofd- en voeteneind uitzag als een slee lag best lekker, met zijn nieuwe matras en de smetteloze witte lakens van White Company.

Even was ze bijna vergeten wat er aan de hand was.

'Gahahabagaga!' zei Chadani Imelda met haar gezichtje vlak boven dat van Issy. Er droop kwijl uit haar mond op Issy's neus.

'O, ja,' zei Issy hardop. 'Mijn leven is voorbij, maar dat van jou begint pas. Nu weet ik het weer. Goedemorgen, Chadani Imelda! Gelukkig kerstfeest!' En ze kuste haar.

Toen moest ze drie kwartier met haar koffiemok in haar hand blijven staan terwijl Helena, Ashok en Chadani, alle drie gekleed in bij elkaar passende rode outfits, hun cadeautjes openmaakten. Er lagen natuurlijk ook cadeautjes voor Issy, maar ze was vooral bezig met gezinsfoto's maken. Eindelijk waren de hectaren inpakpapier weggeruimd en had Chadani Imelda geen oog voor haar eerste computer, haar eerste toilettas, haar miniatuurauto en haar nieuwe gevlekte Dalmatiërbontjasje omdat ze probeerde zich grote hoeveelheden bubbeltjesplastic toe te eigenen. Toen ging de bel en kwam Ashoks familie binnen met enorme koelkast- dozen vol geurig eten en reusachtige cadeaus voor Chadani. Issy sloop weg en verkleedde zich stilletjes terwijl ze naar de grijze lucht keek. Het sneeuwde – niet veel, maar genoeg om de straten en de bovenkant van de schoorstenen van Stoke Newington met een dun laagje te bestuiven. Rond de laatnegentiende-eeuwse rijtjeshuizen, de dure villa's, de enkele torenflats en de bonte mengeling van dat prachtige

Londen was het deze ochtend stil. Issy leunde met haar hoofd tegen het venster.

'Ik mis je, opa,' zei ze zacht. Toen trok ze de effen marineblauwe jurk aan die ze had gekocht en die er netjes uitzag maar, besefte ze, niet bijster feestelijk. Nou ja, maakte niet uit. Ze zou toch de hele dag een schort voor hebben. Dat was de beste manier. Ze keek nog een keer naar de stille stad en sprak niet uit wie ze nog meer miste. Liefde was geen keus, maar werken wel. Ze rolde haar mouwen op.

'Goed, lieve mensen,' zei ze tegen Ashoks familie. Chadani's vier tantes zaten levendig kirgeluidjes boven haar te maken terwijl ze om het hardst praatten over de nieuwste verworvenheden van hun eigen kinderen. Het zou een lawaaiige dag worden. Ze had een paar uur nodig om haar hoofd helder te krijgen. 'Ik zie jullie wel in het café als jullie hebben ontbeten.'

Austin lag te dromen. In zijn droom was hij weer terug, in het Cupcake Café. Toen schrok hij met een kloppend hoofd wakker. Wat was er gisteravond gebeurd? O, god, hij wist het weer. Darny logeerde bij Marian en Merv was met Austin wat gaan drinken. Daarna had hij in zijn eentje ook nog een paar drankjes genomen, wat dom was, want voor zover hij kon beoordelen, bestonden Amerikaanse drankjes uit pure alcohol. Daarna had hij enigszins wankel geprobeerd om naar zijn hotel terug te lopen en was hij dat meisje uit de cupcakewinkel tegengekomen. Het leek bijna wel alsof ze hem had staan opwachten. Ze had hem eerst geholpen om verder te lopen, maar toen had ze hem achterovergeduwd in de sneeuw, een gezicht getrokken dat waarschijnlijk sexy was bedoeld en geprobeerd hem te tongen! En hij had haar weggeduwd en uitgelegd dat hij een vriendin had en zij had gelachen en gezegd dat die zo te zien niet in New York was, waarna ze wéér had geprobeerd hem te zoenen. Toen was hij heel kwaad op haar geworden en werd zij zelf ook boos en begon ze tegen hem te schreeuwen dat niemand oog had voor haar problemen.

Daarna werd het allemaal een beetje vaag, maar hij was heelhuids in het hotel teruggekomen. Het was niet bepaald een avond waar hij trots op was. Gelukkig kerstfeest. En hier lag hij dan, akelig vroeg wakker, helemaal in zijn eentje. Briljant. Goed werk, Austin, met je geweldige nieuwe succesvolle leven en je nieuwe bliksemcarrière. Het loopt allemaal gesmeerd. Fantastisch gedaan. Hij kon maar beter Darny gaan ophalen.

MacKenzie, zijn assistente, had de pest aan hem, dat was wel duidelijk. Gelukkig vond hij dat niet erg en had hij al dringend overplaatsing aangevraagd voor Janet, wier enige zoon in Buffalo woonde. Toch had MacKenzie hem gevraagd of ze kerstinkopen voor hem kon doen. Blijkbaar was dit iets wat ondersteunend personeel nu eenmaal deed. Dus had hij haar gevraagd wat een veertienjarig jochie volgens haar leuk zou vinden (Darny was nog niet eens twaalf, maar Austin bedacht dat dit wel bij hem zou passen) en ze was teruggekomen met een berg in cadeaupapier verpakte vormen die ze op zijn bureau had gesmeten. Hij had dus geen flauw benul wat Darny voor Kerstmis kreeg. Maar de metro reed de hele dag, dus trok hij naar Queens om Marian te begroeten. Enerzijds leek het volkomen bezopen dat hij eerste kerstdag doorbracht met de moeder van zijn ex, anderzijds had ze hem verzekerd dat ze geen kerst vierden, dat ze Chinees zouden eten in een restaurant en dat Darny en hij van harte welkom waren om de hele middag in hun pyjama op de bank naar films te kijken. Vergeleken bij Mervs uitputtende programma van gezelschapsspelletjes en familiegrapjes, was dat precies wat hij nodig had. Hij sleepte zich uit bed en nam een heel, heel lang bad.

Hij had echt druppeltjes condens op zijn gezicht, maakte hij zichzelf wijs. Hij was beslist, absoluut niet aan het huilen.

'Only to bring you peace...'

Het liedje klonk weer op de radio. Issy had vierduizend aardappelen geschild en stond op het punt om te beginnen aan drieduizend wortelen. Maar dat vond ze eigenlijk niet erg. Ze kon wel genieten van de monotonie van het werk, de opgeschroefde jovialiteit van de dj, die op deze eerste kerstdag waarschijnlijk in zijn eentje aan het werk was en de zoete vertrouwdheid van de liedjes – waarvan je sommige leuk vond (Sufjan) en sommige niet (Issy was wel klaar met reizende ruimtevaarders). Toen veranderde ze van zender en luisterde ze naar de jongens die vanuit King's College kerstliedjes zongen, zelfs al deden ze haar aan Darny denken, ook al had Darny een hekel aan zingen.

De kalkoen glansde en stond bruin te braden in de oven, samen met een prachtig geglaceerde beenham. De spruitjes en de rodekool konden op het vuur. Ze had blikken ganzenvet om de beste geroosterde aardappelen te maken en was van plan om een geweldige pavlovataart te maken voor toe. Ze vond het zo heerlijk om het schuimgebak precies goed te krijgen. Alles liep dus gesmeerd. Mooi. Geweldig.

Om elf uur begon iedereen binnen te druppelen. De eerste was Pearl die al erg lang op was en die onmiddellijk haar schort voordeed en wilde gaan schoonmaken. Issy probeerde haar tegen te houden. Louis danste achter haar aan, vol verhalen over de kerkdienst en de snoepjes die hij van de predikant had gekregen en de liedjes en hoe Caroline hen was komen ophalen in haar enorm grote auto ('Ik vind je aardiger nu ik je auto heb gezien,' had hij tot grote afschuw van Pearl gezegd, maar Caroline had er zowaar om gelachen en met haar hand over Louis' dikke krullen gestreken.) Ashoks family was en masse binnengekomen en Issy kreeg onmiddellijk spijt dat ze al dat vegetarische eten had gemaakt, dat ze eten had gemaakt, punt, gezien de enorme hoeveelheden die zij meebrachten. Alles in de kelderkeuken kreeg een pittigere, ongewonere geur en Caroline maakte de eerste fles champagne open.

Maar eerst schuifelde iedereen snel rond onder de boom om hun cadeautjes voor elkaar neer te leggen. Daarna werd iedereen bevangen door verlegenheid en zei ga je gang, nee ga jij maar eerst, maar ondertussen was volkomen duidelijk dat Louis als eerste aan de beurt was, dus dook Issy onder de boom om zijn cadeautjes te zoeken en trok ze tevoorschijn.

'Hè, dat is raar,' zei Helena.

En dat was ook zo. Want er stonden vijf even grote, even vierkante cadeaus. Louis' ogen werden zo groot als schoteltjes.

'Ik zei toch dat de Kerstman hier langs zou gaan,' zei Pearl, en ze liet hem naar voren lopen. Hij scheurde de eerste – die van Pearl met het prachtige zilverkleurige inpakpapier en de rode strik – open.

Het bleef ontzettend lang stil. Toen draaide Louis zich met grote ogen die schitterden van de ingehouden tranen naar zijn moeder. Zijn mond hing open van schrik en verbazing.

'De Kesman heeft een monste'gawage voor me mee-genomen!'

Toen keek iedereen naar de vier andere cadeaus, die exact dezelfde afmetingen hadden, en beseften ze onmiddellijk wat er was gebeurd.

Er was er een van Issy, die tijdens haar lunchpauze naar Hamleys was gerend en er een vermogen voor had neer-geteld. Er was er een van Ashok en Helena, die de hunne al maanden geleden online hadden besteld. Er was er een van Caroline, prachtig ingepakt. Dan had je natuurlijk Pearls exemplaar. En de laatste kon Pearl eerst helemaal niet plaatsen. Toen begon het haar te dagen. Hij was natuurlijk van Doti. Ze schudde ongelovig haar hoofd. Ze had gedacht dat het kwam doordat iedereen zo gek was op Louis. Daarbij was haar ontgaan dat het niet alléén om Louis ging.

'De Kerstman heeft zich vast vergist,' zei ze, terwijl ze haar zoon knuffelde. 'Ik weet zeker dat we de andere kunnen terugbrengen.' Ze wiebelde fel met haar wenkbrauwen naar de anderen.

'Ik geloof dat de Kerstman dingen ruilt voor andere cadeautjes,' zei Issy op luide toon terwijl ze in haar tas groef naar de kassabon. 'Geen wonder dat er zo'n tekort was.'

Louis zei helemaal niets. Hij lag midden in de winkel en was alles en iedereen vergeten terwijl hij alle verschillende monster-, auto- en monstertruckgeluiden maakte en achtereenvolgens met elk monster praatte. Hij lag vreselijk in de weg. Niemand vond het erg.

Pearl sloop weg om Doti een berichtje te sturen. Aan het eind schreef ze: 'Kom langs als je niets te doen hebt xx.' Net toen ze op het punt stond het bericht te versturen, werd haar aandacht getrokken door een beweging achter het raam. Ze keek op. Het was Ben, die ze sinds hun ruzie niet meer had gezien. Hij had een verontschuldigende blik in zijn ogen en hield zijn handen gespreid.

Ze liep naar de deur.

'Hai,' zei ze.

'Hai,' zei hij met zijn blik op de grond gericht.

'Luister,' zei hij. 'Je had gelijk. Ik had die rotgarage niet mogen meebrengen. Ik had hem van iemand in de kroeg gekocht.'

'Ben,' zei Pearl vreselijk teleurgesteld.

'Maar ik heb hem teruggebracht, oké? Ik wist dat er iets mee was. Het spijt me. Ik heb nachtdiensten gedraaid. Ik ben maar een beveiliger, maar ik heb tenminste werk? Kijk, ik heb mijn uniform nog aan.'

Ze keek naar hem. Ja, inderdaad.

'Staat je goed, dat uniform.'

'Stil,' zei hij terwijl zijn blik over de welvingen van Pearls zachte oude wollen jurk gleed, het mooiste kledingstuk dat ze had. Hij stond haar nog steeds prachtig.

'Hoe dan ook,' zei hij terwijl hij haar een cadeau aanreikte. 'Het is geen garage, hoor. Het is iets wat ik me kon veroorloven. Op een fatsoenlijke manier.'

'Kom toch binnen,' zei Pearl. Snel wiste ze het berichtje op haar telefoon. 'Kom mee.'

Iedereen begroette hem vrolijk en Caroline gaf hem onmiddellijk een glas. Louis sprong op met zo'n brede grijns dat het leek of hij uit elkaar kon barsten.

'De Kesman heeft een monste'gawage voor me meegenomen!' zei hij.

'En ik heb dit voor je meegenomen,' zei Ben.

Louis trok het pakje open. Er zat een pyjama in met allemaal monstergaragefiguurtjes erop. Hij was zacht en warm, de juiste maat en precies wat Louis echt nodig had.

'Een monste'gawagepyjama!' zei Louis. Hij begon meteen zijn kleren uit te trekken. Pearl overwoog even om hem tegen te houden – hij had een mooi duur overhemd en een nieuwe trui aan – maar bedacht zich op het laatste moment.

'Gelukkig kerstfeest,' zei ze tegen iedereen in het café en ze hief haar glas.

'Gelukkig kerstfeest,' zei iedereen terug.

Daarna pakten alle gasten hun cadeautjes uit. Caroline deed haar best om niet haar neus op te trekken voor de smakeloze kaarsen en prullen die haar kant op kwamen. Het lukte Chadani Imelda om een hele strik op te eten. Louis keek niet op van zijn garage. Issy, die in de buurt van de keuken bleef, merkte dat er geen cadeautjes voor haar waren, maar vond daar niet zoveel van.

Ze hadden alle tafeltjes tegen elkaar aan gezet om één lange tafel te maken met ruimte voor iedereen, en Ashoks zussen wedijverden met Issy om ruimte in de keuken, waar ze stonden te kletsen en te lachen, grappen uitwisselden en knalbonbons uitdeelden, en Issy schommelde ertussendoor en liet zich meevoeren op de gedeelde vertroosting van geluk en ongedwongenheid. Chester van de ijzerwarenhandel was uiteraard ook van de partij, net als mevrouw Hanowitz, omdat haar kinderen in Australië woonden. Tegen de tijd dat ze, licht aangeschoten, konden eten onder het genot van kerstliedjes die luid op de achtergrond speelden, vormden ze met zijn allen één grote groep.

De maaltijd was verrukkelijk. Bhaji's en gember-bieten-curry stonden naast de perfect gebraden kalkoen, bergen chipolataworstjes en volmaakt krokante geroosterde aardappelen, allemaal heerlijk. Iedereen at en dronk zich vol en rond, behalve Caroline, die niet kon eten, maar haar best deed met de rodekool.

Toen de maaltijd voorbij was, ging Ashok staan.

'Ik wil graag iets zeggen,' zei hij, niet geheel vast op zijn voeten. 'Allereerst wil ik Issy bedanken dat ze op deze eerste kerstdag haar winkel – haar thuishonk – open heeft gegooid voor ons allemaal, verschoppelingen en daklozen die we zijn.'

In antwoord werd er met voeten geroffeld en gejuicht.

'Dat was een geweldige maaltijd – veel dank aan iedereen die eraan heeft bijgedragen...'

'Wat je zegt,' zei Caroline.

'... en Caroline.'

Er werd hartelijk gelachen en met vorken op de tafels geramd.

'Oké, ik heb twee punten van orde. Ten eerste, is het je misschien opgevallen, Issy, dat jij geen kerstcadeautjes hebt gekregen?'

Issy haalde haar schouders op om te laten merken dat ze dat niet erg vond.

'Maar, aha! Dat is niet zo!' zei Ashok. Hij stak een envelop omhoog. 'Hier heb je een klein blijk van onze achting. Ons allemaal. O, en we hebben Maya weer aangenomen.'

'Wie is Maya?' vroeg Ben aan Pearl. Zijn grote hand kneep onder de tafel in haar dijbeen.

'Niemand,' zei Pearl snel.

Issy maakte met trillende handen de envelop open. Erin zat een retourtje New York.

'Iedereen heeft eraan meebetaald,' zei Ashok. 'Omdat...'

'Omdat je een idioot bent!' schreeuwde Caroline. 'En deze keer mag je mijn jas niet lenen.'

Issy keek Helena met glinsterende ogen aan.

'Maar ik ben er... Ik heb geprobeerd...'

'Dan probeer je het nog maar een keer, idioot die je bent,' zei Helena. 'Ben je nu helemaal gek geworden? Ik durf te wedden dat hij zich vreselijk rot voelt. Dat zei je moeder althans.'

'Wat fijn, zoals iedereen de kans krijgt met mijn moeder te kletsen, behalve ik,' zei Issy. Ze keek naar de datum op het ticket.

'Nee, hè!'

'Jawel,' zei Caroline. 'Goedkoopste dag om te vliegen. Dus pluk de dag. Wij hebben Maya de hele komende week.'

'Ik kan niet eens op het vliegveld komen.'

'Gelukkig heb ik een taxichauffeur met nierfalen behandeld,' zei Ashok. 'Hij vroeg of hij iets voor me kon doen. Ik vroeg of hij op eerste kerstdag een vriendin naar Heathrow kon brengen. Hij moest wel diep zuchten en keek helemaal niet blij, maar hij komt eraan.'

'En ik heb je koffer gepakt!' zei Helena. 'Het zal je deugd doen dat ik wel handige kleren heb ingepakt.'

Issy wist niet waar ze moest kijken. Haar bevende handen vlogen naar haar mond.

'Kom op, nou,' zei Helena. 'Wat heb je nou helemaal te verliezen?'

Issy beet op haar lip. Haar trots? Haar zelfrespect? Tja, misschien waren die niet zo belangrijk. Maar ze moest het weten. Ze móést het weten.

'D-d-dank jullie wel,' stamelde ze. 'Dank jullie wel. Echt, ontzettend bedankt.'

'Ik maak wel wat brood klaar voor in het vliegtuig,' zei Pearl. 'Deze keer is het geen businessclass.'

Toen Caroline besefte hoezeer Pearl om het geld zat te springen, had ze haar collega ervan weten te overtuigen dat iedereen tien pond bijdroeg aan het ticket. Pearl had hooguit een heel vaag idee van wat een ticket kostte en geloofde haar maar wat graag.

Er klonk getoeter van buiten.

'Dat is je taxi,' zei Ashok.

Helena overhandigde haar een tas en haar paspoort. Issy wist niets uit te brengen. Ze omhelsden elkaar. Toen sloot Pearl zich aan en daarna Caroline ook en vormden ze met zijn vieren één grote bal.

'Regel het,' zei Helena. 'Of zoek het uit. Of zie maar. Oké?'

Issy slikte. 'Oké,' zei ze. 'Goed.'

En de hele tafel keek haar na toen ze de sneeuw in stapte.

'Mooi,' zei Ashok en hij slikte moeizaam en haalde een juwelendoosje uit zijn zak. 'Eh, dan heb ik nu een ander punt van orde.'

Maar er klonk een schreeuw van Caroline. Uit de sneeuw doemde de kleine gestalte van Donald op, en vlak achter hem renden Hermia en Achilles. De baby liep recht op het Cupcake Café af en iedereen kwam hem begroeten.

'Hij is weggelopen!' zei Hermia.

'Wij ook,' zei Achilles. 'Het is daar vreselijk saai.'

Pearl knipoogde naar Caroline.

'Nou, ik zal warme chocolademelk voor jullie maken en daarna gaan jullie meteen terug,' zei Caroline.

Caroline belde Richard en hij vond het goed dat ze die middag konden blijven om spelletjes te doen. Toen werd het even stil. 'Mogen wij trouwens ook komen?' zei Richard. 'Het is hier vreselijk saai.'

Caroline dacht na.

'Nee,' zei ze, maar niet op onvriendelijke toon. 'Ik heb niet het recht om jullie hier uit te nodigen, maar we spreken elkaar snel.'

Pearl laadde in de kelder de grote vaatwasmachine vol, schreef een berichtje en wiste het, schreef een ander berichtje en wiste dat ook. Uiteindelijk schreef ze alleen: 'Dank je wel. Gelukkig kerstfeest' en stuurde het naar Doti. Wat viel er verder nog te zeggen?

'Wat loop je daar beneden te doen?' klonk Bens diepe stem.

'Niks!' zei Pearl.

'Mooi,' zei Ben. 'Want ik weet wel een paar dingen om te doen.'

Pearl berispte hem giechelend. Toen voelde ze een warme hand op haar gezicht en dacht daarna alleen nog: gelukkig kerstfeest, gelukkig kerstfeest.

19

Driekoningentaart

30 gram amandelspijs
30 gram witte suiker
3 eetlepels ongezouten boter, zacht
1 ei
¼ theelepel vanille-extract
¼ theelepel amandelextract
2 eetlepels patentbloem
1 snufje zout
1 rol bladerdeeg (± 24 x 40 cm.)
1 ei, geklopt
1 cadeautje (van oudsher een klein aardewerken – dus niet plastic! – beeldje)
poedersuiker om mee te bestrooien
1 gouden feestmuts

Verwarm de oven voor op 220°C/gasoven stand 7; bekleed de bakplaat met bakpapier.

Vermeng in de keukenmachine de amandelspijs met de helft van de suiker. Voeg dan de boter en de rest van de suiker toe, en vervolgens het ei, de vanille- en amandelextract, daarna de bloem en het zout.

Rol het bladerdeeg uit. Houd het koel, kneed het niet en trek het niet uit. Snijd er twee even grote cirkels uit en leg ze even terug in de koelkast.

Schep de amandelvulling op een van de cirkels op de bakplaat, maar laat rondom wat ruimte vrij. Druk het beeldje in de vulling.

Leg de tweede plak bladerdeeg erbovenop en plak de randen met een klein beetje water aan elkaar vast.

Bestrijk de bovenkant met het geklopte ei en breng inkepingen aan (dat mag op artistieke wijze, als je wil).

Bak vijftien minuten in de voorverwarmde oven. Houd tijdens het bakken de oven gesloten, anders zwelt het deeg niet helemaal op. Haal uit de oven en bestrooi met poedersuiker. Zet terug in de oven en bak nog 12 à 15 minuten, of totdat de bovenkant diep goudbruin kleurt. Zet op een rooster om af te koelen. Zet er een goudkleurige feestmuts bovenop. Geef de muts aan degene die het cadeautje in zijn of haar taart vindt (of gewoon meteen aan Louis).

Austin kwam bij Marian aanzetten met een fles kirsch, al wist hij niet goed waarom. Hij voelde zich meteen wat vreemd, omdat hij de enige man was zonder baard, maar iedereen leek erg aardig. Er waren ongeveer vier gezinnen en op de kachel werden knoedels gekookt. Er was natuurlijk geen kerstversiering, er hingen geen kaarten, er stond geen televisie aan; niets om aan te geven dat dit niet zomaar een dag was. Terwijl het wel degelijk een bijzondere dag was. Althans, voor de rest van de westerse wereld.

Darny zat achter een kop stroperige koffie tevreden met een van de oude mannen te praten.

'We hebben het over de aard van het kwaad,' zei Darny. 'Geweldig.'

'Is dat koffie?' vroeg Austin. 'Ja hoor. Dat kon er nog wel bij.'

Hij stak zijn hoofd om de deur. 'Hai, Maria... iriam. Heb je hulp nodig?'

'Nee, nee,' zei Marian, die bladerdeeg stond uit te rollen, en het helemaal verkeerd deed.

'Mooi. Hoor eens, is het goed als ik Darny zijn cadeautjes geef? Ik weet dat het eigenlijk niet...'

'Nee, nee, dat is prima,' zei Marian. 'De helft van de kinderen krijgt sowieso stiekem cadeautjes, we hebben het er alleen niet over.' Ze glimlachte ondeugend.

'Je ziet er heel tevreden uit, helemaal op je plek,' zei Austin.

Marian grijnsde en keek door het keukenraam. In de zitkamer keek een man van in de vijftig met een lange baard en prachtige bruine ogen op, ving haar blik en glimlachte naar haar.

'Het is niet slecht,' zei Marian licht blozend. 'Al is iedereen hier veel te slim voor me.'

'Doe je nou alsof je dom bent?' vroeg Austin op hartelijke toon.

'Nee, dat laat ik aan jou over,' zei Marian, terwijl ze hem een blik schonk die hem onverbiddelijk aan haar dochter deed denken. 'Geef je broer nu zijn cadeautjes maar. Hij denkt dat hij niets krijgt.'

'Echt?'

Austin liep terug naar de kamer met de grote tas vol cadeautjes.

'Gelukkig kerstfeest,' zei hij.

Darny's ogen werden groot. 'Ik dacht dat ik niets zou krijgen.'

'Wat, omdat je nu joods bent?'

Darny schudde zijn hoofd. 'Nee,' zei hij. 'Omdat ik me zo slecht heb gedragen.'

Austin dacht dat zijn hart zou breken.

'Darny,' zei hij terwijl hij op zijn knieën bij zijn broer ging zitten. 'Darny, wat er ook gebeurt... ik zal nooit vinden dat jij je slecht gedraagt. Ik vind je geweldig en briljant en soms een beetje moeilijk...'

'En een sta-in-de-weg.'

'Nou ja, daar kun jij niets aan doen, toch?'

Darny liet zijn hoofd hangen.

'Als, eh...' zei hij. 'Als ik niet van school was getrapt, zouden we dan nu nog met Issy in Engeland wonen?'

'Dat maakt niet uit,' zei Austin. 'Het is goed dat we hier zijn. Dat is goed, toch?'

'Zodat jij bergen geld kunt verdienen en de hele dag aan het werk bent, waardoor ik je nooit zie?' zei Darny. 'Mmm.'

Hij ging zitten en begon zijn cadeautjes open te maken. Austin keek toe, net als de andere kinderen, benieuwd wat MacKenzie had gekocht. Er was iets wat een NFL-spel heette voor de Wii (die Darny niet had), en een lang basketbalshirt dat tot zijn knieën reikte en eruitzag als een jurk, en een honkbalpet met een propeller erbovenop. Darny keek naar Austin. 'Ik weet niet waar deze dingen voor zijn,' zei hij op zachte toon. 'Zijn ze bedoeld om een Amerikaan van me te maken?'

'Vind je ze niet leuk?' vroeg Austin.

Darny keek naar beneden en deed wanhopig zijn best om niet ondankbaar over te komen. Hij gedroeg zich zo voorbeeldig dat Austin er een beetje de rillingen van kreeg.

'Ja... Ik bedoel, je hebt wel een computer nodig en zo om ermee te spelen... maar waarschijnlijk...'

Het werd even stil.

'Dank je wel,' zei Darny.

Een flink oudere jongen met een zweem van een vlassig snorretje pakte het NFL-spel op. 'Als je wilt, kan ik je laten zien hoe je dit speelt.'

'Dank je wel,' zei Darny, die meteen een stuk blijer keek. 'Cool.'

Marian kwam uit de keuken en wenkte Austin.

'Ik heb een cadeautje voor jou,' zei ze.

Austin trok zijn wenkbrauwen op toen ze een envelop tevoorschijn haalde.

'Ik wil dat je mijn dochter gaat opzoeken,' zei ze. 'Sterker nog: ik sta erop. Gewoon een dag of twee. Om te zien of jullie iets kunnen afspreken zonder al te veel afleiding om jullie heen. Wij passen wel op Darny; hij heeft het naar zijn zin met de andere kinderen. Ga gewoon naar haar toe. Ze weet niet of het voorbij is. Ze weet niet wat er aan de hand is. Ik mag je graag, Austin, maar als je haar ongelukkig maakt en laat bungelen hak ik al je vingers af. Is dat duidelijk?'

Austin maakte met trillende handen de envelop open. Hij keek ernaar.

'Hoe kom je aan het geld om dit te doen?' vroeg hij.

'O, een vriend die in de computers zat en daar nogal veel mee heeft verdiend... hij is overleden,' zei ze. 'Schat van een man. Nou ja, soms ook vreselijk. Maar wel heel erg slim.'

Austin trok zijn wenkbrauwen op.

Samen keken ze naar de opstuivende sneeuw in het achtertuintje.

Austin keek opnieuw naar het ticket.

'Deze vlucht vertrekt al over twee uur.'

'Dan is het maar goed dat je al in Queens zit, hè?'

Deze keer sliep ze niet tijdens de vlucht. Issy zat al vol van de kerstlunch en wilde niets meer eten. De bemanning was vrolijk en gezellig, maar verder zat het vliegtuig vol nors uitziende mensen die een hekel hadden aan Kerstmis, of in elk geval flink wat mensen die er niets mee hadden, zodat alle uitbundigheid min of meer aan hen voorbijging. Ze hield haar tas stevig vast, beet op haar lip en probeerde nergens anders aan te denken dan dat ze voor het eerst in veertien dagen niet huilde. En dat Austin en zij zich op de een of andere manier nu snel weer in dezelfde ruimte zouden bevinden. Verder wilde ze niet gaan. Ze keek alleen nietsziend naar het barstende ijslaagje achter het ovale raam.

Austin was zo halsoverkop in zijn vliegtuig beland dat hij helemaal geen tijd had om na te denken. Hij probeerde zijn gedachten te ordenen, maar merkte dat er helemaal geen samenhang in zat. Hij dronk een driedubbele whisky en probeerde te slapen. Dat lukte niet.

Hun vluchten kruisten elkaar boven Newfoundland; Issy vloog naar een ochtend in New York, Austin naar een middag in Londen, en de helderwitte dampsporen trokken een grote X in de lucht.

Er was geen verkeer. Austin hoefde niet na te denken. Hij wist precies waar ze zou zijn. Waar ze altijd zou zijn. Toen de taxichauffeur – die geanimeerd vertelde over zijn wonderbaarlijke herstel van nierfalen, iets waar Austin amper naar luisterde – bleef staan bij het steegje aan Church Street, werd Austins oog getrokken door de rijen kerstlichtjes voor het Cupcake Café die weerkaatst werden in de vuilwitte sneeuw, de beslagen ramen en, binnen, de vage omtrekken van blije mensen die heen en weer liepen.

Zodra hij dat zag, wist hij opeens precies wat hem te doen stond. Hij zou terugkomen. Ze konden opnieuw beginnen. Hij zou ander werk zoeken, maakte niet uit wat. Ze zouden er wel uit komen. New York was wreed, een blinkende droom. Niet voor hem. Hij had al eens eerder alles opgegeven. Dat lukte hem ongetwijfeld nog een keer. Want zelfopoffering werd uiteindelijk beloond met geluk. Dat wist hij. En hoeveel hij ook verdiende, of hoe goed Darny's school ook was, ze konden niet gelukkig zijn – geen van beiden – zonder Issy. En dat was het dan. Toen de taxi wegreed, bleef hij even staan. De nacht viel snel in. Zijn lange jas en sjaal wapperden in de wind. Hij bleef staan en haalde zielsgelukkig diep adem voordat hij de eerste stap zette, vrolijk en met een hart dat openstond voor de toekomst. Hij trok de klingelende deur open.

Het bleef lang stil.

'Wat krijgen we nou?' zei Pearl, die lichtelijk teut was, terwijl Louis zich op Austins benen stortte.

'Austin! Waar is Darny! Ik heb je gemist, Austin!'

Een van Ashoks familieleden blies op een feesttoeter. Een lage noot verbrak de stilte.

Het sneeuwde nog steeds. Issy kon zich amper een minuut van de reis voor de geest halen, laat staan de kortere rij dan normaal bij de paspoortcontrole. Soms leek het net of de buitenwijken van Londen en die van New York elkaar konden aanraken, alsof ze allemaal deel uitmaakten van dezelfde metropool van taxi's, restaurants, bedrijven en mensen die haast hadden en van alles moesten doen.

De taxi zette haar af bij het hotel.

'Het spijt me, mevrouw,' zei dezelfde lieftallige vrouw die eerder aan de balie had gezeten. 'Ik ben bang dat meneer Tyler is uitgecheckt.'

Issy slikte. Dat was geen moment bij haar opgekomen. Ze had geen idee waar hij kon zijn. Was hij bij zijn baas thuis eerste kerstdag aan het vieren? Ze wist niet hoe ze hem kon bereiken. En ze had eigenlijk een beetje gehoopt... Ze besefte dat dit dom was, idioot, maar ze had gehoopt hem gewoon tegen te komen, hem te zien, te zien hoe – hopelijk – de zon op zijn gezicht doorbrak met die brede glimlach van hem, in zijn armen te rennen. Niet te hoeven bellen, ongemakkelijke gesprekken te voeren en wanhopig – of nog erger, gek – te klinken. Het was veel beter om gewoon op te dagen en later alles uit te leggen, dacht ze.

'Hebt u nog een kamer?' vroeg ze.

'We hebben er nog eentje vrij,' zei de vrouw met een vriendelijke glimlach. 'Dat wordt dan 780 dollar.'

Issy griste haar creditcard terug alsof ze was gestoken. 'O,' zei ze. 'O, laat maar zitten, dan.'

De vrouw keek haar bezorgd aan. 'Weet u, het is erg moeilijk om met Kerstmis een hotelkamer in New York te vinden,' zei ze op meelevende toon.

Issy zuchtte. 'Dat maakt niet uit,' zei ze hoofdschuddend, stomverbaasd over hoe gruwelijk haar missie fout liep, ondanks alle opwinding en goede bedoelingen waarmee haar vrienden haar op pad hadden gestuurd. 'Ik slaap wel bij mijn moeder op de bank.'

'Super!' zei de vriendelijke receptioniste.

Dat zou het beste zijn, bedacht Issy. Vannacht bij haar moeder logeren, morgen Austin opbellen, waar hij dan ook mocht zijn, en afspreken als beschaafde volwassenen. Dat was het beste. Dan kon ze slaap inhalen, een bad nemen en meer van dat soort zaken. Ze zuchtte. Haar moeders preek aanhoren dat je niet van mannen op aan kon. Dat soort dingen, dus.

Eerst zwierf ze door de straten. Het was een prachtige, zonnige dag en het ijs kraakte. Zolang je in de zon bleef, leek het niet eens zo koud. Er waren veel mensen op de been. Ze maakten een wandelingetje en zeiden elkaar ge-dag, toeristen die niet goed wisten wat ze op eerste kerstdag met zichzelf aan moesten, hun rugzak ophesen en foto's maakten, massa's joodse mensen die luidruchtig volle Chinese restaurants in liepen. Het was... het was leuk.

Uiteindelijk merkte Issy dat ze door een bekend ach-terafstraatje liep. De grote winkels waren natuurlijk dicht, maar het was verbluffend hoeveel kleine zaakjes er open waren. Zelfs op eerste kerstdag was handel allesbepalend. Opeens hoorde ze een flard van haar lievelingskerstliedje uit een open deur komen... en rook ze een viezige lucht. Issy liep naar binnen en besefte met een korte steek van spijt dat ze de enige klant was. Nou ja. Hij had hier kunnen zijn. De enige medewerker stond met roodomrande ogen naast de kassa en keek niet eens op.

'Hallo,' zei Issy.

20

Vanillecupcake, met dank aan de caked crusader

Voor de cupcakes

125 gram ongezouten boter, op kamertemperatuur
125 gram fijne kristalsuiker
2 grote eieren, op kamertemperatuur
125 gram zelfrijzend bakmeel, gezeefd met een zeef
2 theelepels vanille-extract (NB: 'extract' en 'aroma' zijn niet
   hetzelfde. Een extract is een natuurlijk product, in een aroma
   zitten chemische stoffen en vanille-aroma is vies.)
2 eetlepels melk (je kunt volle of halfvolle melk gebruiken, maar
   geen magere, want die smaakt nergens naar)

Voor de botercrème:

125 gram ongezouten roomboter, op kamertemperatuur
250 gram poedersuiker, gezeefd
1 theelepel vanille-extract
Scheutje melk – en daarmee bedoel ik: begin met een eetlepel,
   klop die door het beslag, kijk of de botercrème de gewenste
   dikte heeft, en zo niet, voeg dan nog een eetlepel toe, enzo-
   voorts

Bereidingswijze:

Verwarm de oven voor op 190° C/heteluchtoven 170° C/gasoven
stand 5. Leg de papieren cakevormpjes in het bakblik. Dit recept
is genoeg voor 12 cupcakes.

Klop de boter met de suiker tot een bleek, glad en luchtig
beslag. Dit zal een paar minuten duren, ook als de boter zacht is.

In dit stadium kun je beter niet smokkelen, aangezien je nu lucht in het beslag klopt. Hoe je het beslag klopt is aan jou. Toen ik net begon met bakken gebruikte ik een houten pollepel, daarna ben ik overgestapt op een elektrische handmixer en nu gebruik ik een keukenmachine. Ze leveren allemaal hetzelfde resultaat op, maar als je een pollepel gebruikt, krijgt je bovenarm een goede work-out – wie zegt dat cake ongezond is?

Voeg de eieren, het zelfrijzend bakmeel, de vanille en de melk toe en klop het geheel tot een glad beslag. Volgens sommige recepten moet je deze ingrediënten een voor een toevoegen, maar je hoeft je daar bij dit recept niet druk om te maken. De juiste consistentie is er eentje waarbij 'druppelvorming' ontstaat: dat betekent dat wanneer je zachtjes tegen een lepel cakebeslag tikt, het beslag er in druppels af valt. Valt het beslag niet van de lepel, klop het dan nog wat langer. Valt het beslag daarna nog steeds niet van de lepel? Voeg dan een extra eetlepel melk toe.

Lepel het beslag in de vormpjes. Je hoeft het beslag niet glad te strijken, dat gebeurt door de hitte van de oven vanzelf. Zet het bakblik in de bovenste helft van je oven. Doe de oven niet open tot de cakejes er 12 minuten in hebben gestaan, en controleer dan pas of ze gaar zijn, door met een houten satéprikker in het midden van de cakejes te prikken. Als de prikker er schoon uit komt, zijn de cakejes gaar en kun je ze uit de oven halen. Als er rauw beslag aan de prikker blijft kleven, moet je de cakejes nog een paar minuten terug in de oven zetten. Aangezien cupcakes maar klein zijn, kunnen ze in een mum van tijd veranderen van niet gaar in te gaar, dus houd ze goed in de gaten! Maak je geen zorgen als je cakejes wat langer in de oven moeten dan in het recept staat – iedere oven is anders.

Haal de cupcakes nadat je ze uit de oven hebt gehaald meteen uit de vorm en zet ze op een rooster. Als je ze in het bakblik laat zitten, blijven ze namelijk doorgaren (omdat het blik nogal heet is) en kunnen de papieren bakvormpjes bovendien loslaten van de cake, wat er lelijk uitziet. Nadat je de cakejes op het rooster hebt gezet, zullen ze snel afkoelen – dat duurt pakweg een halfuur. Maak intussen de botercrème: klop in een kom de boter, tot deze superzacht is. De boter lijkt dan bijna op slagroom. In de deze fase van het proces zorg je dat je botercrème verrukkelijk en lekker licht wordt.

Voeg de poedersuiker toe en klop het glazuur licht en luchtig. Klop in het begin heel voorzichtig, anders maak je een poedersuikerwolk en zit je hele keuken onder het witte poeder! Blijf kloppen tot de boter en de suiker goed zijn vermengd en je een gladde crème hebt. De beste manier om dit te testen is door een klein beetje glazuur op je tong te leggen en het tegen je verhemelte aan te drukken. Als het korrelig aanvoelt, moet je het nog wat beter kloppen. Voelt het glad aan? Dan kun je door naar de volgende stap.

Klop de vanille en de melk door het glazuur. Als de botercrème niet zo zacht is als je zou willen, kun je een klein beetje extra melk toevoegen. Maar pas op! Je botercrème moet ook weer niet te vloeibaar worden.

Spuit of smeer de botercrème op je cupcakes. Smeren is makkelijker en je hebt er geen extra keukengerei voor nodig, maar als je wilt dat je cupcakes er superfancy uitzien, loont het wellicht de moeite om een spuitzak en een stervormig spuitstuk aan te schaffen. Er zijn ook spuitzakken voor eenmalig gebruik te koop, dat scheelt weer in de afwas.

Versier de cakejes met wat jij leuk vindt en gebruik je creativiteit. Ik heb tot nu toe van alles gebruikt: eetbare suikerbloemetjes, discodip, Maltesers, eetbare glitters, hageltjes, nootjes en een verkruimelde Bros... de mogelijkheden zijn eindeloos!

En dan is het nu tijd om de show te stelen met je creaties. Eet smakelijk!

Het was echt verbluffend, het menselijke vermogen tot medelijden, bedacht Issy. Ze had echt niet kunnen geloven dat ze hier zou zitten terwijl een medemens haar hart uitstortte over hoe oneerlijk het was dat Issy's vriend niet met haar wilde aanpappen.

'Je had me gezien,' zei ze na verloop van tijd. 'Je wist dat ik bestond.'

Kelly-Lee bleef maar grote tranen huilen die van de punt van haar volmaakte wipneusje drupten. 'Maar jij woont in het buitenland,' zei ze. 'Daarom bedacht ik dat het niet belangrijk was, snap je?'

'Nee,' zei Issy.

'Jij woont in Europa! Iedereen weet dat iedereen daar zes vriendinnen heeft.'

'Weet iedereen dat?'

'Nou en of,' zei Kelly-Lee. 'En je hebt geen idee hoe zwaar ik het heb. Nu raak ik ook nog mijn baan kwijt...'

'Omdat je iemand wilde inpikken?' vroeg Issy. 'Jeetje, jouw baas is stukken strenger dan de mijne.'

'Nee... blijkbaar zijn mijn cupcakes niet lekker.'

'Dat zijn ze ook niet,' beaamde Issy. 'Ze smaken zelfs erg vies.'

'Nou ja, ze leveren ze aan als halfproduct. Ik hoor te oefenen met zelf bakken, maar dat heb ik nog nooit gedaan.'

Issy sloeg geërgerd haar ogen op.

Kelly-Lee keek haar met knipperende ogen aan. 'Houdt hij echt, echt van je?'

'Dat weet ik niet,' zei Issy eerlijk.

'Misschien zal ik eindelijk weten hoe ware liefde voelt als ik zo oud ben als jij,' zei Kelly-Lee, en ze begon weer te huilen.

'Eh, ja, misschien wel,' zei Issy. 'Mag ik je keuken eens zien?'

Kelly-Lee leidde haar rond. De oven stond niet eens aan, maar de keuken was verrassend goed uitgerust.

'Moet je al die ruimte eens zien!' zei Issy. 'Ik werk in een bunker! Jij hebt ramen en alles wat je nodig hebt.'

Kelly-Lee keek lusteloos om zich heen. 'Zal wel.'

Issy keek in de enorme state-of-the-art vacuümkoelkast. 'Wauw. Ik mocht willen dat ik er zo een had.'

'Heb je geen koelkast?'

Issy reageerde niet en haalde er een doos eieren en wat boter uit. Ze rook eraan. 'Deze boter is erg middelmatig,' zei ze. 'Dat is een slecht begin, maar we zullen het ermee moeten doen.' Ze pakte ook melk, liep toen door naar de grote bakken bloem en suiker en deed een schort voor. Kelly-Lee keek haar verward aan.

'Kom op,' zei Issy. 'We hebben niet de hele dag de tijd. Althans, dat hebben we wel, want het is eerste kerstdag en we hebben geen van beiden iets beters te doen. Maar laten we daar maar even niet bij stilstaan.'

Kelly-Lee luisterde, eerst maar met een half oor, maar toen met meer aandacht, terwijl Issy haar geduldig stap voor stap uitlegde wat de beste temperatuur was om de boter en suiker door elkaar te kloppen, hoe belangrijk het was om niet te lang te mixen en van welke hoogte je de bloem moest zeven, iets waar Kelly-Lee nog nooit van had gehoord.

Twintig minuten later zetten ze vier ladingen in de oven en begon Issy de geheimen te onthullen van de botercrème.

'Moet je zien,' zei ze. 'Je gelooft gewoon niet wat een viezigheid je eerst maakte.'

Ze klopte de crème tot een mengsel dat nog luchtiger was dan room en liet Kelly-Lee ervan proeven. 'Als je niet proeft, weet je niet wat je aan het doen bent,' zei ze. 'Je moet voortdurend proeven.'

'Maar dan pas ik niet meer in mijn spijkerbroek!'

'Als je niet proeft, heb je straks geen baan meer en kan je niet eens een spijkerbroek kopen.'

In de keuken steeg een hemelse geur op waarin nu eens niet de baksoda overheerste, en Issy voelde zich onmiddellijk tot rust komen en ontspannen. Zij was hier. Hij was hier, ergens. Alles zou goed komen. Ze pakte haar telefoon om haar moeder te bellen.

'Wat krijgen we nou?' vroeg Marian.

In Queens werd de situatie duidelijk. Issy kwam aanzetten met twee dozijn cupcakes, die haar moeder hardnekkig 'fairy cakes' bleef noemen.

'Darny!' zei Issy toen hij haar in de armen vloog. Dat had ze niet verwacht.

'Het spijt me,' mompelde hij. 'Het spijt me zo. Ik deed sikkeneurig tegen je en toen ging je weg.'

'Nee,' zei ze. 'Ik deed bazig en gedroeg me als een moeder, en dat was verkeerd en ik heb je gekwetst. Het spijt me.'

Darny mompelde iets. Issy hurkte om het te kunnen verstaan. 'Ik mocht willen dat je mijn moeder was,' zei hij.

Issy zei niets, maar hield hem stevig vast. Toen wist ze het weer.

'Weet je waarom mijn tas zo gruwelijk zwaar is?' vroeg ze.

Darny schudde zijn hoofd.

'Ik heb een cadeau voor je meegebracht.'

Het was een ingeving geweest, een idiote ingeving, vond ze, toen ze het moest meezeulen. Maar ze kon voor Louis wel iets anders kopen.

Darny's ogen werden groot toen hij het zag.

'Wauw!' zei hij.

Alle andere kinderen renden er ook op af.

'Monstergarage!'

Issy glimlachte naar haar moeder. 'Hij is nog maar klein,' mompelde ze.

'Is hij ook,' zei haar moeder. 'Tja. Nou. Wat een puinzooi.'

Issy ging zitten met een glas koosjere rode wijn waar ze inmiddels erg gek op was. Ze schudde haar hoofd.

'Dat vind ik niet,' zei ze verbaasd. 'Echt niet. Ik kan het niet geloven, dat hij alles uit zijn handen laat vallen en dat hele eind reist. O, wat zou ik willen dat ik nu in Londen was.'

Toen ging haar telefoon over.

'Niets zeggen,' zei een sterke, humorvolle, vertrouwde stem. 'Ik stuur je wel een bericht.'

'Oké... ik... ik...'

Maar hij had al opgehangen.

21

Issy had een berichtje ontvangen met een eenvoudig adres – cryptisch, maar bondig. Toen ze daar op tweede kerstdag in alle vroegte aankwam, was het nog rustig, al begon zich een rij te vormen. Hij was er nog niet, maar als ze iets geleerd had, bedacht Issy, was het wel dat ze niet langer op Austin, of op wie dan ook kon wachten.

'Eén paar, alstublieft,' zei ze beleefd. Ze berekende haar Amerikaanse maat en gespte de zwarte hoge schaatsen aan. Toen liep ze ietwat wiebelig het ijs op. Opa had schaatsen altijd heerlijk gevonden. In de jaren vijftig had de gemeente in Manchester een ijsbaan aangelegd, en hij vond het fijn om rondjes te rijden in zijn mooie donkere pak met zijn handen onbezorgd op zijn rug, een grappig gezicht. Issy ging soms met hem mee. Dan pakte hij haar hand en draaide haar in het rond. Dat had ze heerlijk gevonden.

Langzaam reed ze rondjes terwijl de ijskristallen aan de oppervlakte het zonlicht weerkaatsten en in het hoog boven haar uittorenende 30 Rock mensen naar binnen stoven om op tweede kerstdag weer aan het werk te gaan. Ze keek naar het roze licht dat door de hoge gebouwen werd weerkaatst. Het was, vond ze, spectaculair. Fantastisch. New York en zij hadden een moeizame start beleefd, maar nu... Ze probeerde een korte draaibeweging, maar dat lukte niet en ze verstapte zich. Iemand stak zijn hand uit en greep haar vast.

'Gaat het?'

Ze draaide zich om. Even scheen de zon zo fel dat ze

werd verblind en niets meer zag. Toch herkende ze zijn gestalte voor haar, in zijn lange jas, de vertrouwde groene sjaal die ze voor hem had gekocht en die paste bij de groene jurk die ze aanhad.

'O,' was het enige wat ze kon uitbrengen. Nu ze weer goed kon zien, vond ze dat hij er erg moe uitzag. Maar los daarvan keek hij echt vreselijk blij. 'O.'

Vervolgens gingen ze, balancerend op hun schaatsen, volledig in elkaar op, en Issy had het gevoel dat ze vloog. Ze reed snel rond als een ijsdanseres, sprong over opgehoopte sneeuw, sjeesde een besneeuwde helling af of vloog als een vliegtuig door de lucht.

'Liefje,' zei Austin terwijl hij haar steeds opnieuw zoende. 'Wat ben ik een idioot geweest. Wat een idioot.'

'Ik was zelf ook koppig,' zei Issy. 'Dacht helemaal niet na over waar jij mee bezig was. Heel oneerlijk.'

'Nee, niet waar! Je was helemaal niet oneerlijk.'

Ze keken elkaar aan.

'Laten we niet meer praten,' zei Issy, en ze bleven samen in het midden van de ijsbaan staan terwijl enigszins beduusde, maar toegeeflijke schaatsers hen ontweken en de zon het ijs liet smelten, dat als kristal van de hoge torens om hen heen druppelde.

Ze checkten weer in het hotel in en brachten daar een paar dagen door. Daarna maakten ze het weer goed met Darny door hem mee te nemen op tochtjes en naar tentoonstellingen, tot hij om genade smeekte. Op de derde dag nam Issy een telefoongesprek aan en liep daarna met een verblufte blik op haar gezicht naar Austin.

'Dat was Kelly-Lee,' zei ze. Toen hij heel even schuldig keek, besefte ze dat ze hem nog niet had verteld dat ze naar de winkel was geweest. Ze besloot hem niet te vertellen wat Kelly-Lee had gezegd.

'Ik kwam haar tegen en heb haar geholpen wat cupcakes te bakken... dat is alles,' zei ze beslist. 'Hoe dan ook, blijkbaar is haar baas langs geweest en was stomverbaasd. Nu wil hij haar naar Californië sturen om een nieuw filiaal te openen, en blijkbaar heeft Kelly-Lee het gevoel dat ze in Californië veel beter op haar plek zou zijn.'

'Dat denk ik ook,' zei Austin.

'Hoe dan ook, er is blijkbaar een kans om de zaak in New York te leiden als ik wil...'

Austin had nog niet met Merv gepraat. Hij keek haar aandachtig aan.

'Hm,' zei hij. 'Maar wij gaan terug naar Londen.'

'Het regent in Londen, toch?' zei Issy voorzichtig. 'En we zullen waarschijnlijk wel wat verdienen aan de verhuur van jouw huis. En het mijne, als Ashok en Helena verhuizen. Tenzij hij haar weer zwanger maakt, want dan vermoordt ze hem en gaan ze uit elkaar.'

Austins gezicht was volkomen uitdrukkingsloos.

'Het zou fijn zijn,' zei Issy, 'om Maya een fulltimebaan te kunnen geven. Haar werk bij het postkantoor is opgedroogd en ze is zo'n aanwinst. En nu Pearl en Caroline het zo goed met elkaar kunnen vinden...'

Austin moest even kuchen toen hij dat hoorde.

'... vergeleken bij eerst...'

Nu Issy eindelijk goed was uitgerust, had ze de afgelopen dagen over veel dingen nagedacht. Heel veel.

Austin keek naar haar. Ze lag op het witte bed en zag er weelderig, bleek en beeldschoon uit, en hij dacht niet dat hij ooit iets had gezien wat hem zo aanstond.

'Mmm,' zei hij.

Issy keek hem rustig aan. 'Nou, een paar jaar in de geweldigste stad ter wereld, met Darny op de beste school ter wereld... dat is misschien helemaal zo gek nog niet.'

Austins ogen werden groot. 'Dat hoeft helemaal niet. Ik

ga met alle liefde terug. Het maakt me niet echt veel uit. Ik wil gewoon daar zijn waar jij bent.'

Issy deed haar ogen dicht. Ze zag het voor zich. Het Cupcake Café. Ze kon de bel horen klingelen en Pearl schor horen lachen terwijl ze 's ochtends naar de zwabber greep; ze zag Carolines gespannen gezicht voor zich terwijl ze klaagde over hoe duur skivakanties tegenwoordig waren. Ze zag zichzelf dansen op Capital Radio en voelde Louis' warme armpjes om haar knieën als hij binnen kwam hollen met een nieuwe tekening voor de achtermuur. Ze kon zich de gezichten van zoveel klanten voor de geest halen, herinnerde zich de dag dat haar menu's van de drukker kwamen, en wist nog precies hoe het was begonnen als een droom, maar werkelijkheid was geworden. Haar Cupcake Café.

Maar het wás ook echt. Het was geen droom. Het zou niet verdwijnen als zij ophield ernaar te kijken. Het zou niet plotseling in rook opgaan. Pearl was er klaar voor – ze stond te springen – om de leiding van haar over te nemen, en Maya's verwoede oefenen en obsessieve oog voor detail beloofde veel voor haar recepten. En Caroline was nu eenmaal Caroline. Daar viel niet veel aan te doen. Ze kon nu weggaan en erop vertrouwen dat het ging lukken, dat ze het zonder haar konden redden. En misschien kon ze haar geliefde ook helpen om zijn nieuwe leven op orde te krijgen. Het café zou, hoopte ze vurig, nooit veranderen. Maar zij konden dat wel.

'Ik wil hier zijn,' zei ze. 'Waar Darny het beste tot zijn recht komt. En bij mijn moeder in de buurt. Maar vooral... voor ons, Austin. Jij bent ons. Het is geweldig goed voor ons. En het wordt geweldig goed voor mij. Dat geloof ik. Mijn besluit staat vast. Ik ga gewoon pakweg eens per maand terug, om te kijken of alles nog goed gaat, of niemand elkaar de hersens heeft ingeslagen. Dat doen we een paar jaar... we zouden gek zijn om dat avontuur niet aan te gaan. Ik heb mijn leven al eens omgegooid. Ik denk dat ik de smaak te pakken heb gekregen.'

Austin sloot haar in zijn armen. 'Ik zal mijn hele leven eraan wijden om het jouwe geweldig leuk te maken,' zei hij.

'Dat hoef je niet te doen,' zei Issy. Ze keek door het raam naar de lichtjes, het leven en de schitterende, nerveus drukke en rumoerige straten. 'Dat is het al.'

Hij bleef staan en dacht na. Toen dacht hij verder na.

'Weet je,' zei hij, 'je mag hier helemaal niet werken als je geen greencard hebt.'

Nu was het Issy's beurt om verbaasd te zijn.

'O nee? Ik dacht, misschien gewoon in een caf...'

'Niks daarvan,' zei hij. 'En normaal gesproken is het uitermate lastig om eraan te komen.'

'Mm?'

'Tenzij je... samen bent met iemand die er een heeft.' Hij wreef met zijn neus in haar hals. 'Weet je, door alle chaos heb ik nog niet eens een kerstcadeautje voor je gekocht.'

'O, dat is ook zo!' zei Issy. 'Dat was ik vergeten! Ik wil een cadeautje!'

'Weet je wat ze in New York bij bosjes verkopen?'

'Dromen? Schaatsen? Pretzels?'

Hij keek haar peinzend aan. 'Stel je doel wat hoger.'

Ze keek hem zonder iets te zeggen aan, maar haar vingers dwaalden ongemerkt af naar haar diamanten oorbelletjes.

'Precies,' zei Austin. 'Je hebt iets nodig wat bij die oorbellen past. Dat is zeker. Maar misschien... aan je vinger?'

En ze kleedden zich warm aan en liepen hand in hand de bijtend koude, zonovergoten opwindende toekomst van een toeterende, gonzende New Yorkse ochtend in.

In Londen stond Pearl glimlachend te kijken naar de middagklanten die verheugd stonden te wijzen naar het nieuwjaarsassortiment van cupcakes met appel, rozijn en rozenbloesem als voorproefje van de lente, en afgeprijsde gembercake voor de enkele klant met kerstheimwee, prachtig ingericht door Maya.

'De cappuccino kan door!' brulde ze.

Dankwoord

Eerst wil ik iedereen bedanken die *Het Cupcake Café* heeft gelezen en zo aardig was om me te laten weten dat ze het leuk vonden, of zelfs online een reactie plaatste, om anderen te laten weten hoe leuk ze het vonden. Ik kan jullie niet genoeg bedanken. Ik vind het heerlijk om van mensen te horen, vooral als je de recepten hebt uitgeprobeerd! Ik ben op Twitter te bereiken via @jennycolgan en mijn Facebook-pagina is www.facebook.com/thatwriterjennycolgan. Als je *Het Cupcake Café* niet hebt gelezen, is dat helemaal niet erg. Dit boek staat op zichzelf.

Vooral ook veel dank aan Sufjan Stevens en Lowell Brams omdat ze hun best hebben gedaan om ons een klein kerstwonder te bieden... Alles wat zoek is, duikt weer op.

Daarnaast wil ik Kate Webster heel hartelijk bedanken omdat ik haar geweldige recept voor de chocolade-colacupcake mag gebruiken (zie pagina 239). Meer van haar geweldige recepten vind je op haar bakblog: http://thelittleloaf.wordpress.com.

Als altijd heel veel dank aan Ali Gunn, Rebecca Saunders, Jo Dickinson, Manpreet Grewal, David Shelley, Ursula Mackenzie, Emma Williams, Jo Wickham, Camilla Ferrier, Sarah McFadden, Emma Graves voor het prachtige omslagontwerp, Wallace Beaton voor de omslagillustratie, iedereen bij Little, Brown, de Board, en al onze vrienden en familie. Extra knuffels en kerstkussen voor meneer B en de drie Beetjes – ik hoop zo dat al jullie kerstherinneringen magisch zullen zijn.

Zelfs die keer dat we de Scalextric niet aan de praat kregen.

Bak je eerste cupcake met
The Caked Crusader

Gefeliciteerd! Je hebt dit prachtboek uit, en behalve dat je denkt: goh, nu wil ik alle boeken van Jenny Colgan lezen, denk je misschien ook: ik wil cupcakes bakken! Gefeliciteerd! We nemen je mee op reis. De eindbestemming? Plezier – en overheerlijke cupcakes natuurlijk.

Om te beginnen zal ik je een geheimpje verklappen, waarvan alle cupcakebakkerijen zouden willen dat ik het onder de pet houd: cupcakes bakken is makkelijk, snel én goedkoop.

Je kunt thuis de heerlijkste cupcakes bakken – zelfs bij je eerste poging, dat beloof ik – die beter smaken en er beter uitzien dan cupcakes uit een fabriek.

Het leuke aan cupcakes bakken is dat je er weinig spullen voor nodig hebt. De kans is groot dat er in een van je keukenkastjes al een cupcakebakblik rondzwerft (zo'n ding met 12 gaten). Mocht je toevallig fan zijn van de Engelse sunday roasts, dan kun je zo'n bakblik ook voor je Yorkshire puddings gebruiken. Voor minder dan een tientje tik je er al een op de kop, en soms vind je ze zelfs in de supermarkt.

Het enige wat je verder nog nodig hebt, is een pak papieren cupcakevormpjes. Ook die vind je op de bakafdeling van je supermarkt.

Voor we in een recept voor vanillecupcakes duiken, is het van belang dat je eerst goed de onderstaande vier tips doorleest, die ik persoonlijk als de vier basisprincipes van het bakken beschouw (dat klinkt een stuk gewichtiger dan het in werkelijkheid is!).

- Laat alle ingrediënten (in het bijzonder de boter) voor

je begint op kamertemperatuur komen. Dit zorgt niet alleen voor de beste cupcakes, het maakt de ingrediënten ook een stuk makkelijker te verwerken, en waarom zou je het jezelf niet wat makkelijker maken?

- Zorg dat je de oven voorverwarmt. Dat wil zeggen: stel je oven 20 à 30 minuten voordat je cakejes erin gaan vast in op de juiste temperatuur. Dan krijgt het cakebeslag namelijk direct de goede temperatuur en treden alle processen meteen in werking, waardoor de cakejes mooi luchtig worden. Gelukkig hoef je al die processen niet te snappen om goede cupcakes te bakken!

- Weeg al je ingrediënten netjes af op een weegschaal en zorg dat je niets vergeet. Bakken is heel anders dan koken: je kunt niets gokken, en je kunt een bepaald ingrediënt niet door iets anders vervangen en verwachten dat het een succes wordt. Als je een ovenschotel maakt waar twee wortels in moeten en je besluit er toch drie te gebruiken, is de kans groot dat het resultaat even lekker is (wellicht wat worteliger); maar als er in een cakerecept staat dat er twee eieren in moeten en jij gebruikt er drie, dan krijg je geen lichte, luchtige cake, maar een ei-achtige deeghomp. Dat klinkt misschien beperkend, maar het is juist fijn: al het denkwerk is al voor je gedaan, maar jij krijgt alle lof, aangezien jij die verrukkelijke cupcakes hebt gebakken!

- Gebruik ingrediënten van goede kwaliteit. Als je roomboter op je brood smeert, waarom zou je dan margarine voor je cakejes gebruiken? En als je van goede chocolade houdt, waarom zou je dan couverture in je cakejes doen? Wat je bakt wordt zo lekker als de ingrediënten die erin gaan.

Lees ook de andere delen in de *De kleine bakkerij*-serie…

JENNY COLGAN
De kleine bakkerij aan het strand

JENNY COLGAN
Zomer in de kleine bakkerij

'Pure verwennerij van begin tot eind.'
SOPHIE KINSELLA

JENNY COLGAN
Winter in de kleine bakkerij

JENNY COLGAN
Een nieuwe zomer in de kleine bakkerij

Lees en leef mee met Polly die tegen wil en dank vriendschap sluit met de lokale bevolking, met vallen en opstaan haar leven weer richting geeft en bovendien valt voor een wel heel schattige huisgenoot die door het raam naar binnen komt waaien: de papegaaiduiker Neil.

En de andere boeken van Jenny Colgan, zoals de *Café Zon & Zee*-serie…

KORT VERHAAL

Lees mee hoe Flora haar vertrouwde Londen verruilt voor het Schotse eiland Mure en daar aan de kade bij de haven haar Café Zon & Zee runt. Het is een geliefde plek voor toeristen (heerlijk eten) en bewoners (de laatste nieuwtjes).

Lees ook de andere delen
in de *De kleine bakkerij*-serie...

Lees en leef mee met Polly die tegen wil en dank vriendschap sluit met de lokale bevolking, met vallen en opstaan haar leven weer richting geeft en bovendien valt voor een wel heel schattige huisgenoot die door het raam naar binnen komt waaien: de papegaaiduiker Neil.

En de andere boeken
van Jenny Colgan,
zoals de *Café Zon & Zee*-serie…

JENNY COLGAN
Café Zon & Zee

'Een heerlijk cadeau.'
Jojo Moyes

JENNY COLGAN
Het eindeloze strand

'Mijn favoriete schrijver.'
Jill Mansell

JENNY COLGAN
Wintereiland

'Een heerlijk cadeau.'
Jojo Moyes

JENNY COLGAN
Het eilandhotel

'Een grappig en warm boek.'
Sophie Kinsella

JENNY COLGAN
Een verre kust

Kort verhaal van
de auteur van
Café Zon & Zee

KORT VERHAAL

Lees mee hoe Flora haar vertrouwde Londen verruilt voor het Schotse eiland Mure en daar aan de kade bij de haven haar Café Zon & Zee runt. Het is een geliefde plek voor toeristen (heerlijk eten) en bewoners (de laatste nieuwtjes).

... de *Happy Ever After*-serie...

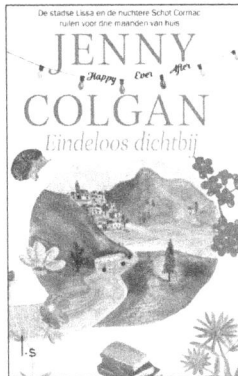

Lees hoe Nina, Zoë en Lissa hun weg vinden in een klein dorpje in Schotland in de buurt van Loch Ness. Zullen ze zich daar allemaal thuis gaan voelen?

... en de *Cupcake Café*-serie!

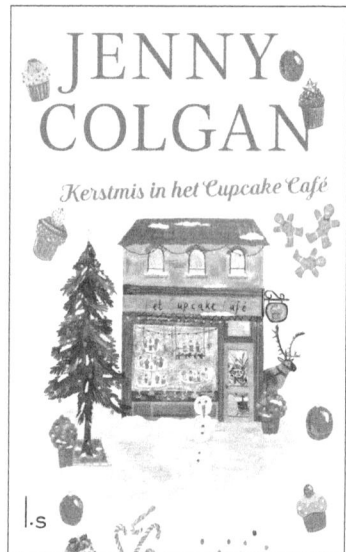

Lees hoe Issy een grote stap maakt en gewapend met de recepten van haar grootvader, de hulp van haar beste vrienden en van de lokale bankmanager eindelijk haar eigen café opent: Het Cupcake Café.